P9-EEH-716

Принцесса стиля

МАРИНА ПАЛЕЙ

Хор

ЭКСМО
Москва
2011

УДК 82-3
ББК 84(2Рос-Рус)6-4
П 14

Художественное оформление серии *П. Петрова*

Палей М.

П 14 Хор : роман-притча / Марина Палей. – М. : Эксмо, 2011. – 352 с.

ISBN 978-5-699-52121-0

В авторский сборник Марины Палей входит роман-притча «Хор», лауреат Русской премии 2011 года, и повесть «Рая & Аад», вошедшая в шорт-лист премии Белкина за 2008 г. За особенное чувство языка Марину Палей назвали Русской принцессой стиля.

УДК 82-3
ББК 84(2Рос-Рус)6-4

ISBN 978-5-699-52121-0

ХОР

[роман-притча]

часть первая

[1945]

ER IS EEN TIJD OM LIEF TE HEBBEN EN TE OMHELZEN[1]

— 1 —

Ее пощадили тогда – единственную из восьми – нет, девяти девушек и молодых женщин, – потому что, как Андерс понял много позже, она с рождения была наделена этим баснословным свойством, воздвигавшим стену между ней – и неугодной ей волей. Он осознал это, может быть, запоздало, равно как и тот факт, что сама она, конечно, тоже не прозревала ничего необычного в своей природе. Но даже если смутно и догадывалась, то все равно: обстоятельства после той страшной ночи сложились для нее так, что – с целью выжить самой и устроить свое потомство на неродной, не сразу приютившей ее земле – она вынуждена была всечасно притаиваться, честно притираться, приноравливаться,

---

[1] Время – любить и обнимать *(нидерландск.)*. Здесь и далее в названии частей – *авторская трактовка* Екклезиаста.

с терпеливым старанием обезличиваться – то есть соскабливать всякую зазубринку своего нрава, сглаживать малейший проскок нездешней интонации, убивать в себе память о шуме и запахе чужого и чуждого здесь леса – и так далее – вплоть до безраздельного слияния с фоном. Как именно? А так – до полного своего растворения в этом скудном заоконном ландшафте.

Она, двадцатидвухлетняя в год их встречи, видимо, и впрямь не многое тогда о себе знала и – что вытекает из новых условий – предпочла бы знать еще меньше. Кроме того, она ничего не скрывала от мужа, так что Андерс ни разу не имел основания упрекнуть ее в неискренности. Но человек устроен неразумно – причем, в первую очередь, для себя самого: он отдает себе отчет только в своих внешних особенностях, он уверен наверняка только в этой элементарной разнице экстерьера, внятной для органов зрения и осязания, – что же касается сокрытой от глаз, истинной своей сущности, то жена Андерса, например, смутно считала, что все *другие* имеют внутри абсолютно тот же, что и она, состав, с таким же «общепринятым» (и «общепонятным») набором – пристрастий, притязаний, неприязней, прихотей и капризов. То есть если внешне эти *другие* ведут себя иначе, то потому лишь, что как-то иначе, более сдержанно, что ли, с детства воспитаны – или от природы обладают более сильным, способным к самообузданию нравом.

Так же считал и Андерс.

Однако той ночью, более десятка лет назад, ему было не до анализа: в его лоб оказался вжат ствол трофейного «вальтера», и Андерс почувствовал смерть не то чтобы «близко» – обыденно. Черным чудом одомашненная волчица, смерть оказалась удручающе бытовой, даже словно бы кухонной. Андерс почувствовал тошноту, наотмашь сраженный этим – может быть, главным – человеческим унижением, природу которого в дальнейшем не взялся бы разъяснять даже себе, – однако чем-то похожим на то, каким потчует красавица-актриса, когда ждешь от нее «призывно мерцающих тайн» – и счастлив погибнуть за эти межгалактические загадки, – а она, приведя вас к себе в чертоги – лучезарясь, *светло улыбаясь* – по-хозяйски расторопно несет вам непритязательные свои разгадки: пылесосы, кондомы, аборты, супы.

...«Вальтер» тогда оказался и впрямь, что и говорить, близко – дуло люто скособочило его кожу; скрюченные пальцы, нацеленные на убийство, словно двоились – их было около дюжины, этих пальцев-щупалец, – хотя, что за разница, хватило бы и обычного набора. Из года в год, изо дня в день, маниакально возвращаясь к ночи чудовищного кровопролития, Андерс внушал себе (а потом уж и принуждал себя к этому самовнушению), что тогда на них свалилось не просто везение – нет, нет и нет! – но так проявила себя именно предначертанность их любви. Поэтому как раз с кровавой сцены в хлеву, который, до вторжения победителей, казался влюбленному Андерсу, конечно, *библейским* (а ферма герра Цоллера – конечно, *садом Эдемским*), – он и начал отсчет их совместного lichte weg. (Кстати сказать, этот *светлый путь* длился, если быть точным, и Андерс всегда таковым был, пять лет и одиннадцать месяцев.)

Безусловно: только заботами Провидения, только заблаговременно все рассчитавшей судьбой можно было бы объяснить невероятный поворот дела, когда она, его будущая жена, не издав ни единого звука (они еще слаще бы распалили багрово-сизые, лаковые от натуги гениталии ратоборца, которые тот, с жуткой неторопливостью, выпростал из-под клацнувшего ремня), – будущая жена Андерса, встав на цыпочки и не издав ни единого звука, поднесла к очам этого обезумевшего воителя реденькую щепоть своих побелевших пальцев. Это был простой жест, первое, что пришло ей в голову, чтобы чем угодно отвлечь ратника, накачанного под завязку водкой и звериной яростью, – она, возлюбленная Андерса, поднесла свою щепоть к его мутно-кровавым очам – потом плавно повела их, его бычьи очи, словно за ниточки, – вбок, вбок, вбок – и установила четко на Андерсе; затем она сказала: смотри, это мой муж; после чего, властно и осторожно, стараясь не замараться об армейскую гимнастерку легионера, потянула ниточки вниз, сфокусировала его разъезжавшиеся зрачки точно в центре своего впалого живота и сказала: я – беременна.

Она произнесла обе фразы на языке ворвавшихся с рассветом триумфаторов. Андерс догадался о смысле – еще бы он, даже никогда прежде не слышавший этого языка, не догадался! – хотя она, его возлюбленная, назвала события, которые произойдут только через несколько месяцев. Андерсу было невероятно странно, что она, его любовь, так уверенно издает эти неведомые ему звуки, причем нечто саднящее (и страшное) заключалось в том, что этот чужой, абсолютно чужой, чужеземный вояка понимал ее совсем без труда. Это было наречие легионов, уже не подвластных ни земным, ни Божьим законам, – обезумевших легионов, в которых высшие военные чины, усредненные с низшими водкой, жаждой крови, предельно оголенными звериными желаниями, – были ничем от последних не отличимы, – разве что, формально, поношенными нашивками. Это был язык, ввергший в бессловесный ужас все местное население – детское, стариковское, женское, – полностью безоружное, готовое к непредставимому.

А она, любовь Андерса, больше не сказала ничего – и осталась стоять, как стояла, – нагая, лишь в маленьком белом бюстгальтере. Дамские часики с кожаным потертым ремешком и крестик старинного серебра, втоптанные в навозную жижу минутой раньше, не соблазнили и даже не отвлекли воинов, изголодавшихся по женскому мясу. Крепдешиновое платье, уже лишенное рукавов-фонариков, словно бы ему оторвали руки, жертвенно распласталось под хвостом коровы с вывороченными кишками; коровье сердце еще продолжало сокращаться – оно было хорошо видно в дыре, прорубленной меж ее ребер; крепдешин ярко голубел под ее хвостом, на него медленно вытекал предсмертный коровий кал – а рядом лениво, но с должным напором молодости, мочилась, открыто глядя в сторону женщин, ватага ждавших очереди.

— 2 —

...Живот у нее оказался девический, как было сказано, впалый – даже чуть более впалый, чем это бывает у быстро вытянувшихся отроковиц, – живот с мелким, словно обиженно закусившим нижнюю губку пупком. Через пять с половиной суток, когда они – Андерс и его будущая жена – наконец остались наедине и возмечтали оставаться так до самой смерти, Андерс признался, что ее, раздетую, он испугался больше, чем «вальтера». Загипнотизированный, как и тот легионер, щепотью ее белых и словно бы намагниченных пальцев, он отвел тогда взгляд чуть ниже – и резко обмяк, сраженный навылет наготой ее тела («готового к анатомии», – как он, рыдая, честно сформулировал свое впечатление на немецком – то есть на единственно общем для них языке). Однако она истолковала это признание, скорее всего, иначе, а может, плохо его поняла, потому что сначала тихо смеялась (и тени от свечи – там, в погребе крестьян из предместья Эрлау – метались, как ласточки), а затем успокоилась, но, еще икая от смеха (и, как всегда, мило путая времена и артикли), сказала, что *в ее местах* двадцатипятилетний парень вряд ли бы испугался голой бабы, даже если был бы воспитан строгими католиками, как Андерс, – или, к примеру, как до войны воспитывались украинские *hloptsy* всего в сотне километров к западу от ее полесского села. Но ты – *не какая-нибудь*, – с нежным упрямством возразил Андерс, – а кроме того, ты не *баба*. Но она лишь плечом повела: эта дискуссия была ей неинтересна.

— 3 —

До самого последнего своего дня Андерс так и не вытравил из обихода собственных трезвых мыслей одну, нетрезвую, словно приблудную, которой отчаянно стыдился, словно средневекового суеверия (оно не шло служащему крупнейшей национальной страховой компании). Мысль эта была довольно проста и сводилась к следующему: разгадай он вовремя скрытый смысл происходившего там, в хлеву, на ферме герра Цоллера, то, возможно, мог бы затем избежать этой глухой, узкой, словно тоннель, дороги, ступив на которую, он слишком поздно понял, что для него на этом пути, уже до самого конца, не будет ни поворотов, ни ответвлений, ни возможности заднего хода, ни даже мизерных послаблений, касательных скорости к этому концу приближения.

Но тогда, через двое суток после бегства из предместья Кауфбаха, с фермы герра Цоллера, уже готовые довериться временной безопасности в погребе Греты и Ганса Шиффер, поначалу напуганной, но доброжелательной крестьянской четы из Эрлау (на которую Андерс сумел воздействовать своими почтительными манерами, почти безакцентным немецким и половиной стопки постельного белья, которой снабдил его герр Цоллер), ему и ей, вздрагивавшим и беспрерывно молившимся, оставалось уповать лишь на чудо.

Андерс, по счастью, сохранил при себе нидерландский паспорт, но оба понимали, что если у нее, остарбайтерки, на руках окажется даже более-менее приемлемая европейская «липа» (даже самого лучшего, нейтрального, то есть шведского или швейцарского происхождения), то сама она, в качестве «свободной женщины», неизбежно предстанет пред милующие или карающие очи голодного до всего сразу восточноевропейского победителя. И потом, через две недели, когда оказалось, что война закончилась, и родственник крестьянской четы, пожилой саксонский нотариус, сумел (за оставшуюся половину бельевой стопки) раздобыть потрепанный билет Польской студенческой корпорации, где не требовалась фотография, но зато значилось, что она (там было поставлено польское имя) носит, как и Андерс, фамилию ван Риддердейк, ибо является его законной супругой с тысяча девятьсот сорокового года, то есть с тех пор, как их брак был зарегистрирован муниципалитетом города Утрехта (куда невеста прежде приезжала в качестве туристки) – и такая же пометка была сделана в паспорте Андерса, благо, что умельцев подобного дела за годы войны развелось в изобилии, – и они двинулись – пешком, попутными грузовиками, телегами, товарными вагонами – к западной границе советской оккупационной зоны, о которой они слышали что-то смутное, противоречивое, но всегда жуткое, – Андерс сразу же начал целенаправленно вытравлять из памяти события прошлого – и ее, свою любовь, свою жену перед Богом, призывал к тому же.

Они обязаны были всю свою волю, силы, весь свой ум, свою изворотливость сосредоточить целиком в одной точке – той, когда эти волшебные, призрачные бумажки попадут наконец в ручищи хрипло дышащего бойца на контрольно-пропускном пункте.

...Последние пятьдесят километров им посчастливилось проехать на собственном велосипеде – вполне еще ходком, купленном в каком-то живописном предместье за три из шести пачек американских сигарет, которые они чудом обнаружили в подорванном «Виллисе».

— 4 —

Она сидела сзади, молчащая, неживая от ужаса, лавинообразно нараставшего в них обоих с каждым километром, с каждым метром. Ловко виляя по искореженной бомбардировкой и танками дороге, привычно ощущая руль такой же частью тела, как свои руки, безжалостно подгоняемый в спину ее свинцовым молчанием, Андерс, тем не менее, двигался словно бы в сторону, обратную той, что наметил.

...Он видел перед собой набережную канала Oudegracht, самую любимую свою часть Утрехта (где он как раз и поселился, с тех пор как окончил гимназию во Влаардингене и переехал сюда из дома родителей), – он ехал как раз мимо ювелирной лавки, когда вылетевший навстречу автомобиль заставил его резко рвануть руль – и вот он уже барахтается в холодном канале – куда, миг спустя, прыгает рослый, как и он, парень.

Потом, переодетые в сухое (Андерс дал парню свою одежду и обувь), они согреваются красным вином, отпуская смачные словечки в адрес смывшегося автомобилиста и, главным образом, хохоча. Вы здесь, in Holland, – канадец энергично поводит плечами, обживая шерстяной свитер Андерса, – вы, мне сдается, уже из материнской утробы выкатываетесь на велосипеде! Нет, – уточняет подвыпивший Андерс, – нас уже зачинают на велосипеде, и мы будем зачинать своих детей на велосипеде, и наши дети так же зачнут наших внуков!.. (Как жаль, что тот парень вскоре вернулся в свою страну – далекую, мало представимую – с пугающей онкологической аббревиатурой CA.)

...Через десять лет после войны Андерс будет проезжать на велосипеде центр одного из городов на севере своей страны – и вдруг резко затормозит. Он увидит невдалеке монумент, который по непонятной причине остановит его внимание. Ему захочется спрыгнуть с велосипеда и подойти к монументу пешком. Глядя вблизи на фигуру этого обобщенного человека, он не сможет назвать ни одного внешнего признака, сходного с чертами человека другого – частного, навсегда поселенного в хранилище памяти, – и, тем не менее, это будет немного он, – конечно, и он тоже, тот довоенный канадец, – в этом образе канадского освободителя. Стоя в просторном плаще, опираясь на каменный меч, рыцарь безотрадно склонил крупную, породистую свою голову. В нем нет ни торжества, ни торжественности, ни устрашающей силы, ни назидания. Во всей фигуре его застыла тяжелая, каменная, неизбывная скорбь. Даты, выбитые на граните, увековечивая один из наиболее эффективных всплесков человечьего взаимоистребления (1940 – 1945), не объясняют причин этой скорби, ведь перед нами не жертва, а как-никак победитель. Но грозно, хотя и незримо рыдая (вот что бросает в лицо бездумным каждый уступ этого гранита), человек скорбит оттого, что ход истории, заранее оправданный «неоспоримым благородством цели» (и неизбежной повторяемостью самого действия), *вынудил его совершить убийство.*

— 5 —

«Давай остановимся, – вдруг услышал он за спиной ее голос, – мне что-то нехорошо».

Они сели, обнявшись, недалеко от дороги, и она, в который уж раз, – если считать полмесяца в подвале, а до того – путь из Кауфбаха в Эрлау (не дальний, примерно пятнадцатикилометровый, но занявший у них, продвигавшихся лишь по ночам, пугавшихся любого куста и надолго хоронившихся где придется, двое полуголодных суток), – в который уж раз она стала сбивчиво просить его жениться, обязательно жениться – на ком-нибудь дома, *на своей*, подобрать себе хорошую пару и жениться, и не ждать, и не мучиться, и не вспоминать, а жениться на хорошей женщине или девушке, и завести нормальный дом, и много детей, и... и... И вдруг перебила сама себя:

«Ох, господи, Анди, какой же ты все-таки красивый! Ты же принц настоящий!»

Он никак этого не ожидал – и не нашелся, что сказать.

«Ты просто сам этого не понимаешь, – продолжала она сквозь слезы. – У вас в Голландии все парни такие высокие?»

«Ну... как? Ну да... нормальные», – еще больше смутился он.

«Да у нас на селе девахи тебя в клочья бы разорвали! – сквозь слезы улыбнулась она. – В клочья, понимаешь?! Да ты посмотри на себя... У тебя же бедра... как сказать? – Махнула рукой – и сказала на своем языке: – У тебя же такие узкие чресла, что их одной ладонью обхватить можно! В одну жменю поместятся... Ну, на крайний случай, в две... А плечи! Какие сильные, ровные-ровные... И какой же ты гибкий, господи... Тебе бы танцы на сцене танцевать, а не мешки на ферме таскать...»

«Что-что?» – он целиком не понял вторую часть этого маленького монолога.

«А то! – она снова перешла на немецкий. – А волосы твои, темно-русые, густые... Или светло-каштановые? Не пойму... – Она погладила его голову, и Андерс обнял ее. – Да: волосы твои гладкие, густые, длинные... почти до плеч... у нас так не носят... ишь ты, художник...»

«Это ты красивая, а не я», – целуя ее, успел вставить Андерс.

Но она сердито увертывалась от его поцелуев, морща лоб, жестом показывая: дай сказать! А ему было странно все это слушать. Он не считал себя красавцем, да и среди его знакомых, кроме того, не принято было обсуждать (и ценить) мужскую внешность, внешность вообще. Он никогда не чувствовал, что чем-то выделяется в толпе парней и мужчин. Голландские девушки не выказывали ему какого-либо особого предпочтения...

«А глаза? Отважные, светлые, очень северные... Я только в кино такие видала... А нос? Нос орлиный... Я тоже в кино только...»

«Если ко мне не получится, поеду с тобой, – решительно перебил он, – с тобой, с тобой, пусть будет там что угодно...»

«Куда?! Куда ты поедешь?! – она с силой оттолкнула его и зарыдала безудержно. – Что ты вообще о тамошней жизни знаешь?! Мне отец приказал, когда угоняли: как хочешь там устраивайся, как хочешь, а если и пропадешь, так хоть у чужих! Но назад он велел ни ногой, ни за что, никогда, – я тебя прокляну, вот что отец мне сказал, – если тебя тут, в твоем же родном фатерлянде, заживо сгноят...»

«Хватит, – сказал Андерс, решительно встал и протянул ей обе руки, – нам надо успеть до темноты».

— 6 —

Встретив свою будущую жену, Андерс перестал чувствовать себя жертвой. То есть он сразу же перестал сожалеть о той дурацкой истории, из-за которой его, вместе с членами одной из групп een verzetsbeveging[1] угнали на земли Третьего Рейха в качестве «Fremdarbeiter»[2]. А до этого он действительно классифицировал свою ситуацию как дурацкую – ведь ни в одну из групп de verzetsbeveging он не входил, так что его однократный, хотя и весьма действенный отпор носил совершенно частный, а, кроме того, глубоко стихийный характер. Относясь к «наиболее физически продуктивной группе» (мужчин от восемнадцати до сорока лет), Андерс в любом случае подлежал насильственной отправке на работы. Однако этот пункт оказался улаженным: Андерсу, который долгое время был добровольным репетитором для двух сыновей своего huisarts[3], удалось сделать через него убедительную справку о своей физической непригодности. Казалось бы, гроза миновала, но тут-то он и попался – на своем брезгливом неприятии животного грабежа, пусть даже в самой новомодной, т. е. «идеологически обоснованной» форме. Попросту говоря, Андерс – с громким деревянным стуком – столкнул арийскими черепами двух приземистых пехотинцев, когда они заявились, чтобы конфиско-

---

[1] Движение сопротивления *(нидерландск.)*.

[2] Фремдарбайтер. Буквально: иностранный рабочий *(нем.)*. Закамуфлированное название для контингента насильно угнанных в Германию во время Второй мировой войны.

[3] Семейный (домашний) врач (*нидерландск.*).

вать «в пользу германской армии» его новенький велосипед. Он даже не успел тогда понять, что велосипед именно «конфискуют» (то есть его, Андерса, грабят на основе какого-то там мартышкиного «постановления»), как не уразумел и того, что жители его улицы, района, города уже полдня как аккуратно ограблены. В нем просто мгновенно сработал инстинкт человека, столетиями выученного уважать Собственность, а также Действующий Закон, принятый с ведома его, частного гражданина. Так что отмутузил он тогда немцев как следует, без малейшей скидки на их расовое превосходство – точно так же, как поступил бы и с любым своим нашкодившим компатриотом.

Оккупанты могли бы пристрелить его прямо на месте, – и один, с окровавленной рожей, уже передернул затвор, но другой, видимо, старший по званию, высокомерно поправляя форму, резко и безапелляционно его облаял (ссылаясь на некий приказ за номером таким-то), – потом он обстоятельно облаял Андерса, – потом к нему с лаем присоединился первый, – и так, вперебивку лая, они посулили ему свой всесильный, безупречно организованный ад.

Андерс, убежденный в своей правоте, не принял их посулов всерьез, а потому оказался по-детски обескуражен, когда к нему полчаса спустя ворвалась группа автоматчиков и старший по званию дал ему четыре минуты на сборы. В первое мгновение он просто не осознал связи происходящего с предшествовавшей – и, как он это расценивал, частной – дракой, однако семь пар кованых сапог дали ему понять, что связь эта существует. И никогда позже (даже когда ему, возможно, уже и следовало бы пожалеть обо всем сразу) Андерс ни секунды не пожалел ни о зверстве расправы, ни о гнусном страхе, низводящем человека до насекомого, ни о брезгливом чувстве дикой, непривычной беспомощности, когда его, с группой худых, угрюмо молчавших соотечественников, везли на восток – вдоль заброшенных, без единого тюльпана, полей – еще недавно, до этой войны, таких ярких, разворачивавшихся пред взором быстро гнавшего велосипедиста длинными разноцветными полосами, похожими на влажные акварельные коврики в альбомах его детства, – крестьянских полей, с гимназическим тщанием геометрически расчерченных словно бы им самим.

...Разумеется, он ни о чем не жалел, потому что всецело доверял Деве Марии и считал, что, если Богородица назначила ему встретить жену таким непростым путем, значит, другого пути в Ее небесной канцелярии не значилось. Кроме того, подростком потеряв отца (чье тело, уже изрядно распухшее, выброшенное морем на далекий зандфортский берег, довольно долго возбуждало толки о самоубийстве), Андерс, на двадцать шестом году жизни попавший в недружественное, как ему поначалу казалось, предместье Кауфбаха, успел за десять недель искренне привязаться к герру Цоллеру. Этот замкнутый, однако имевший большое уважение в округе старик, ежедневно деля трапезу с работниками своего обширного фермерского хозяйства (их было четырнадцать – в основном женщины из Восточной Европы), регулярно выдавая каждому карманные деньги, обеспечивая каждого одеждой, обувью, лекарствами, даже книгами, – все-таки выделял именно Андерса, причем делал это почти незаметно. Но Андерс, безошибочно улавливая драгоценные подтверждения этой ответной привязанности, хотел бы считать, что она проистекает не только от некоторого его сходства с погибшим под Смоленском двадцатилетним фермерским сыном.

Бухгалтерии войны понадобилось вполне определенное количество человеческих жизней, чтобы наконец выдать Андерсу разрешение на встречу его любви. В частности: ведь не разбомби Королевские ВВС Великобритании и ВВС США в ту чудовищную ночь, с тринадцатое на четырнадцатое февраля сорок пятого, завод оптических приборов «Zeiss» (а заодно и весь Дрезден), не окажись тогда горстка уцелевших фремдарбайтеров лишенными крова и пропитания (в том числе он – и она, приписанная к другому цеху и ночевавшая все эти годы, как выяснилось потом, рядом, в женском подохранном бараке), они никогда даже не увидали бы друг друга, хотя и находились зачастую, как тоже выяснилось потом, на расстоянии вытянутой руки, через стенку.

Однако после той ночи – яркой, как солнце – как взорванное в клочья солнце, – когда британская, американская, канадская авиация, добросовестно обрушив на Дрезден свой щедрый Апокалипсис (температура в огненном смерче которого превышала *полторы тысячи градусов по Цельсию*), – когда военная (освободительная) авиация, умело чередуя фугасные и зажигательные бомбы, выжгла в задымленном воздухе среди последних обломков зданий даже сам кислород – и лишь после этого сочла работу до завтра законченной, – когда лежавший в руинах Альтштадт[1] остался завален обугленными трупами, горы которых превышали высотой исторические памятники прежних времен, – он и она, еще не зная друг друга, еще друг друга не видя, еще даже не рискуя снять дифференцирующие нашивки, ринулись очертя голову к западной дороге, хотя она, как и прочие выходы из Дрездена, уже целенаправленно обстреливалась союзническими истребителями; беженцы гибли в огне и кровавой давильне, интенсивность которой была стократно усилена паникой; ей, как и ему, – все это еще порознь, – как-то удавалось спасаться от снарядов, оскол-

[1] Дословно: «Старый город» (*нем.*), часть Дрездена.

ков, огня – то чудом, то благодаря защите наваливавшихся на них трупов.

Через двенадцать часов они оба, дрожа от изнемота (и уже держась за руки), медленно входили в ворота расположенной в стороне от дороги, нежно заштрихованной еще нагими вишневыми и яблоневыми деревьями кауфбахской фермы.

– 7 –

Встреча любви, которую Андерс всей душой сразу же захотел направить в супружеские, освященные Библией, берега, – и словно бы новое обретение отца – дали ему чувство дома, уюта и, главное, защищенности. И поэтому, в течение этих двух с половиной месяцев какого-то странного затишья, регулярно молясь в маленькой кирхе соседнего села, он искренне благодарил Деву Марию за прихотливые, но, в конечном итоге, милостивые сюжеты. Андерс очень надеялся, что – сразу же по окончании этой бессмысленной, но, видимо, неизбежной мясорубки – он поедет со своей полесской красавицей в Утрехт, а там уж посмотрит, как пойдут дела: стоит ли основательно устраиваться дома – или же лучше вернуться сюда, на ферму, к давшему на это «добро» симпатичному старику. Несмотря на гибель сына, старик намеревался жить – по крайней мере для своего хозяйства, то есть для всех этих яблоневых, вишневых, грушевых деревьев, которые он считал своей семьей, нуждавшейся в его неустанных рачениях. Но... Человек *предполагает*, а Некто, будучи гораздо сильней (что, увы, нетрудно), *располагает*. И потому...

Дверь взорвана в щепки, оплавлен замок,

В воротах лавина – солдат, солдат.
И пол познает весь груз их сапог.
Глаза их горят[1].

— 8 —

Когда легионеры-триумфаторы, круша ворота, окна и двери, лавиной ворвались в еще по-утреннему сумеречный дом, старый человек запоздало осознал бездонную глубину своей наивности. Предшествовавшей ночью, под нарастающий рев канонады, под изрыгавшиеся залпы игуанодонов артиллерии, – пока инфантерия со своей специфической карой, ориентированной на более мелкую, тщательную доработку, еще не вломились, не вторглись, женщины-остарбайтерки – все, кроме будущей жены Андерса, – сбились в стайки и, глядя куда-то вверх, словно бы сквозь потолок фермерского подвала, вздрагивая от каждого взрыва, загипнотизированно приговаривали: *идут братки... вот идут наши братки*; они были готовы в дальнюю дорогу до-

---

[1] Вариант финальной строфы из стихотворения Уистена Одена «O what is that sound...». *Перевод Марины Палей.*

мой, но не угадывали еще финала в концентрационных объятиях родины. Они еще не знали, что победители не снизойдут даже до видимости юридического следствия (да и где таковое тем взять?); они не знали, что самосуд в условиях войны (и особенно в условиях победы) приравнивается к Земному Возмездию и к Высшему Небесному Воздаянию; они еще не знали, что с точки зрения соотечественников – то есть в соответствии с *народным сознанием* (блистательный оксюморон), – они, женщины-остарбайтерки, совершили *двойное предательство*, а именно: позволили врагу угнать себя на территорию врага – и, кроме того, во время наступления *своих* не кинулись очертя голову в сторону фронта, чтобы любой ценой пробраться к *своим*, – напротив того: они бросились в тыл, в логово зверя, дабы там оказать поддержку «агонизировавшему, исторически обреченному фашистскому режиму».

Вот потому, в то кровавое *утро вторжения*, каждый легионер, несмотря на состояние алкогольного опьянения средней и сильной тяжести, имел наготове *меч карающий* (назовем это так) – им, этим мечом, следовало изменниц родины телесно наказать (жестоко, очень жестоко, но справедливо) – а также произвести среди них – *таким способом* – воспитательно-профилактическую работу – чтобы в другой раз, коль таковой выпадет, не медом бы им показался иноземный угон. Умри, а не дайся!

ХОР

Обычное дело: распатланная, распаленная донельзя убийствами и воздержанием военно-полевая Фемида, врываясь в мирные поселения, руководствуется, как и следует ожидать, не столь соответствующими разделами римского права, сколь яростными наущениями Ветхого Завета. Поэтому именно анатомические части тела – око (за око), зуб (за зуб) и т. д. – являются объектами ее очень конкретных пенитенциарных действий. Таким образом, военно-полевая Фемида, и это закономерно, *уравнивает* два – по сути, полярных – подхода к проблеме человеческого воздаяния: «lex dura sed lex» и «à la guerre comme à la guerre»[1].

Когда легионеры-триумфаторы – а они, видимо, одинаковы во всем мире, – заполнив смрадом и грохотом весь дом, вперли в животы женщин еще не остывшие стволы автоматов и, гогоча, снизошли наконец до четкого распоряжения («Встать, бляди, подстилки фашистские!! Щас, блядь, каждую будем нá хор ставить!!») – и женщина из города с труднопроизносимым названием Lutsk, которая неловко замешкалась, тут же была прошита насквозь, – фермер, застывший в проеме сорванной двери, мгновенно понял, что сейчас, под комментарий *фашистская шваль, эксплуататор советских граждан,* – автоматы упрутся уже в него.

---

[1] «Закон суров, но это закон» *(лат.)* и «на войне как на войне» *(фр.)*.

Надо было как можно скорее спрятать работников-мужчин – в основном, славянского происхождения, которых победители на скором суде исторической справедливости могли бы счесть наиболее тяжким против него, германского фермера, *обвинением* (будто победители утруждают себя составлением *обвинений*!), – да, необходимо было где-то спрятать мужчин, которые в настоящий момент находились в летней времянке на окраине поля.

По всей деревне уже безостановочно трещали автоматы, в их краткие паузы врывалась истерика собачьего лая, звериных криков людей. Чудом выскользнув из дома, уже будучи посреди картофельного поля, по пути к времянке, герр Цоллер столкнулся на тропинке с Андерсом, который два дня назад был отправлен им в соседнюю деревню. Андерс, словно не касаясь земли, летел к женскому флигелю – удержать его, конечно, не представлялось возможным.

Когда фермер вбежал во времянку, она оказалась пуста. Переводя дух, он увидел в окне пылающий дом соседа – но так и не обнаружил четверых своих работников – точнее, он не заметил четыре тела, лежавшие навзничь метрах в двадцати от заднего торца времянки.

Он ринулся назад – туда, где из хлева уже нессял непрерывный, слитый воедино, душерazдирающий вопль гибнущих животных и насилуемых женщин.

Теряя последние силы, старик медленно сполз по яблоневому стволу, который сам же любовно выбелил прошлой осенью... Будто со стороны, он вдруг увидел себя самого, яростно пропускавшего сквозь крупную мясорубку яркие и упругие, словно мясистая вишня, сочащиеся человеческие потроха. Однако все же это был не совсем он, зато потроха – сердце, печенка, кишки, легкие – ощущались как собственные. Густо испуская кровь, они перетекали в фарш, другого пути у них не было; в его черепе, с методичным поскрипыванием, монотонно вращался ржавый мясорубочный вал, старика несколько раз кратко вырвало, но это было не главное – главным было то, что возле дверей хлева, уже снаружи, он увидел, словно в бреду, Андерса с его подругой, полностью обнаженной... нет, кажется, на груди ее белел маленький бюстгальтер... Эта деталь была уже не важна, а самое важное старик никак не мог ухватить. Сдирая на ходу рубаху, Андерс одновременно тащил оцепеневшую девушку к дому; изможденный фермер попытался ползти им наперерез, но не успел...

Из-за отчаянных воплей жертв и лая автоматных очередей Андерс не сразу расслышал стоны хозяина. Когда он внес герра Цоллера в дом, положил на жесткий диван и бережно напоил водой, мясорубка в голове старика слегка замедлила свой ход... Пока молодая женщина судорожно натягивала на себя чье-то платье, он, в несколько приемов, встал, отпер комод, вытянул оттуда небольшую стопку накрахмаленного постельного белья (она оказалась для него тверда и тяжела, словно охапка поленьев), обернул своей чистой рубахой и переложил на широкие ладони Андерса, затем слабыми своими руками выгреб из буфета хлеб, сухари, остатки картофельного пирога, даже умудрился втиснуть все это в холщовый мешочек, положить его сверху на бельевую стопку – и только тогда, медленно подведя свое тело к дивану, рухнул.

Мясорубка заглохла. Милосердное равнодушие затопило его по самое горло... он безвольно поплыл в удобной лодке, устланной мягкой-мягкой овчиной... она пахла младенческим млеком... млеко было слегка нагрето материнском телом и нежным апрельским солнцем... его обняли и поцеловали с давно забытой любовью... и он не расслышал звука удалявшихся шагов.

Так он плыл и плыл неясное для себя количество времени в своей, отдельной от всего мира, лодочке-колыбели, где течение времени стало уже обретать иной знак... Снаружи, в кромешной ночи чужого отчаянья, прошло, видимо, минут двадцать... Последним звеном между его смутным «я» и меркнущим миром вовне оказался хор божественных по красоте голосов, слитых в один мощный, всепобеждающей голос: прекрасная песня на непонятном языке пропала так же внезапно, как грянула.

— 9 —

«Мы приехали», — сказал Андерс.

Они спешились. Он, внешне спокойно, протянул паспорта двум военного образца фигурам. Одна из них топорщилась и пузырилась словно бы еще не обсохшим хитином; другая фигура была уже привычно закована в поскрипывающую кожаную сбрую — табачно-буроватую, грубую, со следами потертости и тусклым блеском ороговения.

Из него вдруг будто извлекли позвоночник — легко и даже не больно, словно из хорошо разваренной рыбы. Андерс почувствовал себя кем-то мелким, слизнеобразным, даже не способным пошевелить ложноножками, чтобы переползти из соленой лужицы нечистот в относительно пресную.

В ту же секунду, когда стержень Андерса оказался удален, жестокость физически превосходившего существа показалась ему арифметически правильной, хотя сам он, даже в детстве, не принадлежал к неограниченному контингенту сынов человеческих, которые, поймав жука, с любопытством выдавливают из него шарики кала, а затем и кишки. Андерс вдруг вспомнил (и это воспоминание показалось ему диким), что на пути сюда, в эту неизбежную точку, он был обеспокоен еще и следующим: а вдруг в самый ужасный миг (который виделся ему то смутно, а то прямо в деталях) на него нападет «медвежья болезнь», – и тогда придется, мерзко переминаясь, приумножая заранее спланированные унижения, дрожащим голосом проситься в сортир (как туда попроситься с достоинством?) – и все это к добавочному удовольствию мучителей...

В реальности все оказалось не так. Оказалось, если спихиваешь на кого-нибудь свою жизнь, все равно на кого, чувствуешь облегчение. Главное, сбросить эту ношу с себя самого, а там уж как Бог даст. (А Он щедро дает именно тем, кто равнодушнее прочих или сильнее прочих, что, во многом, одно и то же.) Каменный груз судьбы, непосильный для одного, наконец-то оказался сброшен в подвернувшуюся телегу. Телега пускай и везет.

— 10 —

...Через много лет после войны, когда люди слегка отдохнут, а потом снова устанут, некоторым из них начнет регулярно проникать в голову некая мысль, которой они будут, безусловно, стыдиться. А потому никогда не выскажут ее вслух. Мысль эта, не такая уж и крамольная (вспомним древних греков, назвавших фатум *своим словом* и уж одним этим объегоривших судьбу), — мысль эта звучит так: а вдруг некоторые из тех, которые... которые стояли голыми в очереди... там, в концентрационных лагерях... в концлагерях аккуратной, трудолюбивой, богобоязненной нации... там, на высокоэффективных заводах по переработке теплого человечьего мяса... вдруг они, эти человеческие существа, *уже себе не принадлежавшие,* – наконец себя кому-то вручившие, а потому безучастные в этой *очереди на выход*, на вылет в трубу, — вдруг там, в этой хорошо организованной очереди, они почувствовали *покой и конечное облегчение?*

— 11 —

Наши документы в чужих руках. Где-то в провале. В царстве иных мер и весов. Бумажки: целлюлоза и краска. Какая связь между ними — и возможностью снова видеть твои глаза? Или невозможностью этого, то есть смертью? Какая связь между ними — и знанием, что твои глаза очень скоро, даже ускоренно, могут превратиться в глазницы? Никакой. Никакой связи нет. Это не для нашей с тобой головы. Не думать.

Несведущие даже в собственных усредненных душах состряпали вульгарный миф: за миг до гибели «пред мысленным взором человека» проносится набор земных эпизодов аж от самого внутриутробья, — они мелькают, пятна лиц в солдатском строю, – пятна лиц, сливающихся в белую ленту, ни одно лицо, ни один эпизод не нарушает заданного линейкой порядка: привычная, лишь запущенная на внеземную скорость, пленочка братьев Люмьер.

Все это чушь. Ни в жизни, ни во снах, ни в предсмертье – мир чувств не осуществляет себя линейно. Мириады частиц разлетевшейся во все стороны капли не имеют и тени родства с общепонятной «очередью». И кроме того: предсмертная секунда – она лишь снаружи секунда, а внутри она как раз и равна продолжительности пройденного пути. Не ускоришь.

— 12 —

В миг, когда его судьба, вместе с судьбой неотделимой от него женщины, оказалась так грубо овеществленно отданной в чужие руки, Андерс увидел свою жизнь именно единым разом, всеохватно. Да: он увидел все эпизоды прошлого *одновременно.* Но поскольку в такой форме они не поддаются понятному людям воспроизведению, остается выбрать из них лишь несколько и, вынужденно, применить все тот же *условный*, изначально несовершенный – заведомо искажающий чувства и мысли – *линейный ход.*

...Андерс видел море. Оно не было морем его страны, к которому надо подниматься – иногда даже по лестнице – и которое не увидишь с горы, потому что в его стране нет гор. Море, представленное его зрению, обозревалось им откуда-то сверху, с большой высоты. Воды данного моря не были собственностью какого-либо государства – то были Планетарные Воды Земли. Как и небо над ним, Планетарное море казалось гладко-синим, ровным, полностью безучастным к человеку. И оттого оно, Планетарное море, было страшным.

Затем Андерс увидел море уже с меньшей высоты, и тут он смог наконец разглядеть: красные черепичные крыши на берегу, кирху с куполами из черного мореного дуба и даже золотого петушка на верхушке; с восторгом заядлого рисовальщика Андерс отметил мощную крепостную стену, змеиным изгибом повторявшую очертания маленького городка. На таком расстоянии море казалось уже почти понятным, словно бы одомашненным – как гигантский, однако же не опасный зверь.

Вдруг в море что-то поменялось. Белые молочные зубки начали прорезываться в нем здесь и там, этому помогал ветерок – детский, уже немного нервозный... Вот море стало зарастать острыми белыми зубками – быстро и сплошь... Сверкающее белозубое море! Каждый зубок был наделен еще маленькой короной, обрамленной еще меньшими зубчиками; эти же зубцы и зубчики – в таком же соотношении увеличенные и застывшие в камне – повторяли себя многократно, обегая поверху крепостную стену.

Но вот, откуда ни возьмись, налетает шторм; теперь море зубасто, даже клыкасто: каждый клык выпукл и гладок – цвет его тускл, желтоват... Ветер воет и воет; волны, горбатые волки, откровенно оскалясь, рвутся и рвутся на берег – туда, к почти уже досягаемым, беззащитным стайкам потемневших, словно бы шоколадных, мокрых от страха детских куличиков. Вот волны-волки слизывают их вмиг – словно и не было... Несмолкаемый морской грохот – рокочущий ропот, глуховатый виолончельный бас – странно сливается с дискантом церковных колоколов...

Вот волны, уже боевые слоны, атакуя и атакуя, обламывают свои бивни о прибрежные скалы... Музыка, относимая ветром, заглушается, кроме того, шумом волн, но наступает неизбежный миг – она разорвана в клочья, затоплена – и полностью уничтожена их яростным ревом... И все же это грозное море живет не само по себе: оно ненавидит человека, а значит, имеет живую с ним связь, оно бесится для устрашения человека, оно нацелено именно на человека, оно включает человека в сферу своего внимания, в бездны своей тайной жизни... Хотя бы и с целью его убийства – оно вынуждено с человеком общаться...

Однако морские бивни-клыки постепенно опадают, втягиваются, полностью исчезают – и перед тем, как стать снова ровным, самодостаточным, страшным, море показывает свой предпоследний облик.

Прибрежную узкую часть, изящную окантовку, составляет словно бы зелень свежего винограда... Другая часть, наибольшая по размаху, распростерта до самого горизонта: это ярко-синяя полоса. Двуцветное море по-детски беззаботно играет само с собой, но вот в эту игру мощно вторгается ветер, и море словно бы мужает: это уже сине-зеленое знамя Земли, планетарный шелковый биколор...

Глубины моря и человеческого существа... Тени словно бы предвечно развоплощенных видений... Или это просто замена пленки в закрытом для постороннего глаза киноархиве памяти?

Хлев. Иноземные ратоборцы, ждущие, словно у ленты конвейера, своей очереди свершить самое справедливое в мире насилие. Бесполезные слезы. Бессменная кровь. Бессмысленное семя. Безостановочное время. Она говорит: смотри, это мой муж. А потом: я беременна. Нет, не так... Она говорит: смотри, это мой муж, он голландец. Ну и что? (Их было много, этих озверевших ратников, любой из них мог рыкнуть: ну и что?! Никто не рыкнул.)

Их было много. Они были заняты. Чем? Что они делали? Они мародерствовали, насиловали, убивали. Но не только. Что-то еще... Мочились. Удовлетворяли голод. Рыгали. Сидели на корточках в ожидании очереди. Что-то еще... Хвастались трофеями. Отпускали шутки. Орали. Что-то жевали. Портили воздух. Что-то еще. Спорили. Валялись в соломе. Спали. Ковыряли в носу. Что-то еще. Хлебали воду. Обменивались адресами и чувствительными стишками. Гоготали. Хлестали водку. Целенаправленно ломали утварь. Поторапливали насильников. Комментировали их действия. Давали им советы. Что-то еще. Закусывали. Клацали затворами. Дрались. Курили. Что-то еще. Блевали. Показывали фотки. Резались в карты. Что-то еще... Пели.

Да, это.

Пели.

Они пели.

— 13 —

«Не положено!» – рявкает пограничник.

«Что именно?..» – шепчет Андерс.

«Найн! – пограничник скрещивает перед его лицом огромные свои руки. – Дас ист ферботтен! – он говорит с марсианским акцентом. – Найн!! – снова, резко их соударив, он перекрещивает свои ручищи. – Ферштейст ду?!»

«Да, – шелестит сухим ртом Андерс, – я все понял».

Он ничего, конечно, не понял – только послушно смотрел кино, как бы и не с собой в главной роли, – он смотрел кино, в котором один пограничник откатывает и *ставит к стенке* велосипед (потом, видимо, нас, скорей бы уж нас), – а другой – жадно и в то же время с отстраненной ловкостью профессионала – ныряет по его, Андерса, карманам – выуживая одну за другой пачки сигарет, а затем, выгребет разом, зажатыми в громадной жмене: носовой платок, зубную щетку, гвоздь, скляночку йода, бинт, монетку, расческу, велосипедный ключ – и доныривает еще, за оставшейся культей сигаретки.

Итак, Андерс словно смотрел кино, где двое приземистых солдат увозят его велосипед (жизнь, тяготея к трагикомическому, тешится сходством концов и начал), – потом, словно сквозь завесу разбавленного молока, он увидел кувалдообразную бабу, похожую на бульдога с мокрыми, яркоклюквенными брылами, которая знаком повелела возлюбленной Андерса следовать за ней, и в коридоре, стены которого были выкрашены в цвет застарелых фекалий, знаком же приказала ей зайти за грязную матерчатую перегородку...

В сознании Андерса бессильная ярость внезапно уступила место какому-то провалу. Окружающие предметы, словно покрытые толстым слоем снега, начали сливаться в ровную белизну... и наконец пропали в ней без остатка... Слабый писк в ушах, тонкое произвольное позванивание перетекло в четкий ритмический перезвон, в carillon; Андерс понимает: это кирха вызванивает свою полуденную музыку (было светло), и он кидается к окну.

Сначала ему приходится повозиться с довольно тугим шпингалетом, и вот он уже пытается распахнуть окно, что не так-то легко: на карнизе, который ровен и широк, словно каминная полка, лежит толстый слой младенчески пухлого снега. Новорожденный снег нежно излучает хрупкую розовость и влажную фарфоровую голубизну. Половинкой окна, будто широким застекленным совком лопаты, с хрустом (и сожалением) сминая богатый меховой воротник, Андерс медленно оттесняет снег к самому краю, и – хоп! – где-то внизу – уже слышен глубокий и сыроватый щенячий плюх. Симметрично дублируя этот звук, Андерс проделывает то же самое с другой оконной половинкой.

И вот холодный и свежий поток, ворвавшись, широко течет в спальню, окна которой с утра, когда Андерс еще спал, по самый край уже были наполнены свежей морской синевой. Море, незнакомое Андерсу, но о происхождении которого он догадывается (Великое Море Викингов – так сразу называет он эту гигантскую акваторию), – да, Великое Море Викингов, сородичей фризов, начинает синеть сразу за кирхой: оно сияет от подошвы уступов до самого горизонта – летнее, праздничное, даже курортное. А по берегам, под лазурными лугами небес, под юным небесным куполом (где на дальнем краю сбились в стадо тучные белоснежные овцы), королевским горностаем разлеглась пышная зима скандинавов.

Женственно смягчая уступы скал, сплошь в серебре прошвы, полотнища богатых снежных мехов вразброс украшены ярко-красными бусами крыш, разноцветными брошами фасадов. Вблизи броши оборачиваются облицовкой ровных, уютных, как детские кубики, стен; каждая стена являет собой идеальный образчик цвета: спелая малина – персик – малина со сливками – листья салата – шоколад с молоком – июльское яблоко – снова спелая малина – сок абрикоса – девственный вереск – мед – незабудка – влажный срез банана – слоновая кость...

Андерс-подросток (примерно четырнадцатилетний) взбирается на подоконник, прихватив альбом, бокал с прозрачной водой и гимназический набор акварельных красок. Пока светит солнце, надо, во что бы то ни стало, хоть немного – наскоро, но про запас – напитать свое зрение (словно можно утолить его нечеловеческий голод!). И все же крайне необходимо вобрать до предела и закрепить на бумаге эту простую вещественность счастья: редкую чистоту линий, распахнутую и ясную улыбку дня.

Резко встав с корточек, он уже почти полностью выпрямляется на подоконнике, когда земля и небо, быстро поменявшись местами, но словно не довернувшись, зависают наискосок, – он вылетает куда-то – видимо, кувыркаясь, – потому что тело не успевает схватить определенности направления, но в ту минуту, когда его мозжечок, вращаясь волчком, вдруг замирает, в последний миг серой предобморочной тошноты сознание Андерса наконец нащупывает нечто конкретное: он стремительно летит вверх.

Ровным вертикальным солдатиком, с вытянутыми «по швам» руками, – вот как пловцы прыгают вниз, чтобы уйти в глубину – точно так же он уходит вверх. Сначала берега и воды, словно балуясь, словно играя друг с другом (и еще включая в эту игру человека), несколько раз стремительно меняются местами, как это бывает, когда отчаливает корабль, и пассажир, перебегая с борта на борт, быстро теряет ориентир. Но вот полоса берега, еще покачиваясь, начинает занимать назначенное ей положение. Оно тоже непрочно: теперь суша – казалось бы, безграничная суша – начинает стремительно уменьшаться; стоит отвести взгляд – и в следующий миг, словно в обратном бинокле, Андерс видит ее уже крошечной, точечной, словно нездешней. Море, все более отчуждаясь, утрачивает наконец не нужную ему связь с человеком – и вот, посреди первобытной дикости вод, суша, к ужасу предоставленного самому себе Андерса, становится вдруг целиком обозримой.

Это остров.

Он весь подставлен небу и глазу, такой беззащитный и почему-то единственный. Словно погружаясь в море, остров неостановимо тает... Андерс, напрягая до предела силы, пытается — якорьком глаза — зацепиться хотя бы за последнюю точку земной тверди... но вот истаивает и точка.

Море, единовластное море Земли, ровным цветом заполняет все видимое пространство. Море сияет само для себя, потому что именно так живет кровь планетарного тела — однако в часы отлива оно милосердно дает возможность ощутить почву — тем, кто без нее не выживает, и вот Андерс уже видит свою жену (сначала сверху, потом со спины), — да, он видит ее, стоящую словно в другом измерении: она, *уже переведенная* через тридцатиметровую демаркационную зону, отвечает на вопросы пограничника в американской форме. Войдя в свое тело, мгновенно обжив его внутренность и поверхность, Андерс обнаруживает себя рядом с женой... Вот они, вразброд, делают несколько шагов к *выходу*... Пограничник, приветливо улыбаясь, машет им вслед... Оторопело, двумя парами чужих ног, они *пересекают незримую черту*.

За этой чертой уютно пахнет сразу всем на свете — эрзац-кофе, ванильными булочками, карболкой, жженой бумагой, конской колбасой, дустом, керосином, масляной краской, селедкой, американской тушенкой и жидкостью от клопов:

они уже ЗА турникетом – там, где идет, как и шла, будничная, привычно не сознающая себя жизнь. Андерс медленно сползает по стене возле выхода – но в последний миг резко валится на бетонное покрытие. Из его виска и уголка рта начинают тоненько вытекать, переплетаясь за ухом, две красные нитки. Пограничник рывком достает из своего френча шелковый носовой платок и – будто приобщая Андерса к избраннически малочисленной касте живых – или в знак успешного завершения инициации – туго обвязывает белоснежной материей его лоб.

* * *

Geniet het goede ten dage des voorspoeds.

Во дни благополучия пользуйся благом.

(Екклезиаст, гл. 7, ст. 14)

часть вторая

[1951 и 1956]

ER IS EEN TIJD OM VERLOREN TE LATEN GAAN[1]

— 1 —

На Пасху тысяча девятьсот пятьдесят первого года, взяв с собой Фреда и Ларса, пятилетних близнецов, и оставив Ирис, годовалую дочку, на попечение няни, они отправились поездом во Влаардинген, к матери Андерса.

Да, это было именно так: сначала жена надела шелковое, прелестное, совсем уже летнее платье – с расцветкой из анютиных глазок, словно бы даже с запахом анютиных глазок, – но он нашел, что вырез чересчур велик, и она, не споря, переоделась. Он отлично помнил, как она, равнодушно пожав плечами, слегка повела вверх левым уголком рта (над ним крупинкой корицы темнела родинка) – то есть состроила типичную свою гримаску, которую он любил до болезнен-

---

[1] Время – терять (*нидерландск.*). Екклезиаст.

ного сжатия сердца. Да и вообще уголки губ ее – влажные, в смуглых подпалинах – всегда немножечко лезли верх, будто у новорожденного щенка...

– 2 –

Гости Берты ван Риддердейк расселись in een woonkamer на мягком бежевом диване и в таких же креслах. Женщины и дети предпочли воду с сиропом; мужчины, а также и сама меврау ван Риддердейк, мать Андерса, сошлись (каждый по четверти рюмочки) на jenever[1]. Подняв рюмочки и бокалы, все, как на осмотре дантиста, с готовностью обнажили резцы, клыки и даже премоляры (малые коренные), затем, нестройно хехекая, протянули бессменное proooooost! – и каждый сделал свой маленький мертвый глоток. Lekker?.. Lekker!.. Lekker?.. Lekker!.. Dat is waar!.. Heel lekker!.. Oh, mmm... erg, erg lekker!..[2]

Внешне все шло как обычно. В этом помещении (знакомом Андерсу со времени, когда он начал себя помнить), как и всегда в это время года, возле окна, на специальной подставке, стояло наряженное за месяц заранее маленькое пасхальное деревце. Оно состояло, по сути, из покрытых лаком и плотно приклеенных к искусствен-

---

[1] В гостиной (*нидерландск.*).

[2] Вкусно?.. Вкусно!.. Вкусно!.. Да, это так! Очень вкусно! О, ммм, действительно, очень, очень вкусно! (*нидерландск.*)

ному стволу искусственных веточек. На каждой веточке, усыпанной набухшими почками, похожими на бородавки, а кое-где и листьями, сделанными все из той же бумаги, висели, каждое на шелковой голубой ленточке с бантиком, по три прелестных крошечных яичка, аккуратно и разнообразно раскрашенных. Узоры яичек, несмотря на пестроту, имели четко выдержанный стиль; все они находились в рамках голубовато-сиреневой гаммы. (Андерс хорошо знал магазин, где продавали именно эти яички: он пестрел витриной своей ровно через квартал.) На подоконнике стоял также хорошо знакомый Андерсу цыпленок в голубом, с оборочками, чепчике – и с голубым бантиком на шее; он держал в клювике-защепке пестрый веер поздравительных открыток, полученных матерью от родственников, соседей и знакомых в предпасхальные дни. Такие открытки в семьях их круга обязательно выставлялись на всеобщее обозрение: смотрите, как у нас много *социальных контактов*.

Рядом с цыпленком покоилось пушистое гнездышко из белоснежных перьев, на дне которого блестели прелестно-гладенькие шоколадные конфеты – в виде крохотных, ровной формы овальчиков; все они были завернуты в тончайшую фольгу нежно-зеленого, золотисто-лимонного, серебряного, ярко-малинового и небесно-синего цвета. В детстве Андерс называл их «кроли́чьи какашки». Там же, на подоконнике, стоя на задних лапках, глядел в окно плюшевый, серый с белым, кролик по имени Дерек; подняв переднюю лапку, он делал прохожим: dag![1]

Столик для аперитива был сервирован как обычно. Его украшало большое, размером с дыню, голубое яйцо на золотистой ножке, расписанное по всей поверхности маленькими золотыми курочками – и золотым узором по «экватору»: в этом месте яйцо можно было открыть; верхняя часть, откидываясь на миниатюрных петельках, демонстрировала ярко-синюю шелковую подкладку (тайный внесезонный подгляд пятилетнего Анди). Сегодня внутренность яйца была, разумеется, не пуста. В небесных шелках нежилась овальная бутылочка sherry, наряженная еще при покупке в белоснежное, с вырезанными в нем кружевами бумажное платьице (имитирующее белок) и ярко-желтую (имитирующую желток) розетку по центру. Увидев бутылочку, каждому взрослому надлежало сказать prachtig![2] – и каждый взрослый это сказал. У подножия подставки, на которой красовалось яйцо, стояла бутылка jenever, а также четыре бутылочки мандаринового лимонада и три маленьких пузатых графинчика с фруктовым (рубиновым, янтарным, изумрудным) сиропом. Каждый графинчик был снабжен крошечным краником, работавшим как пипетка. Возле графинчиков сто-

---

[1] Привет! *(нидерландск.)*

[2] Прелестно! *(нидерландск.)*

ял большой графин с водой, а в специальном деревянном пенале блестели серебряные ложечки. Возле пенала красовался (подарок Андерса) новомодный откупориватель бутылок по прозвищу «де Голль»: после ввинчивания в пробку его горизонтальная конструкция раскрывалась, напоминая распахнутые руки, – типичный, закрепленный в миллионах газет и журналов жест легендарного генерала, всегда одновременный с его восклицанием: «О, моя Франция!» Невысокой стопочкой аккуратно лежали тисненые бумажные салфетки нежного канареечного цвета. Рядом, сияя, испускала лучи хрустальная вазочка с голубоватыми кубиками льда и серебряными щипчиками. Тут же голубела маленькая, размером с солонку, фестончатая розетка с жареными, уже очищенными арахисовыми орешками. Крошечные, размером с наперсток, емкости для een borrel drinken[1], а также бокалы для безалкогольных напитков, выполненные в одинаковом стиле, были взяты из одного и того же праздничного набора на двенадцать персон.

— 3 —

Наступил предсказуемо-неприятный момент: за неимением темы для общего разговора все принялись сосредоточенно покашливать, поправ-

---

[1] Для пропускания рюмашки (*нидерландск.*).

лять одежду и как бы поудобней устраиваться. Некоторые даже стали смущенно чихать, вызывая шквал участия: им наперебой желали здоровья – и прилично хехекали. Кто-нибудь малосведущий, например, иностранец, мог бы подумать, что присутствует в самый разгар эпидемии гриппа, а то и приема гостей во время чумы; более проницательный (и все равно не вполне правый) решил бы, что тут собрались совершенно не знакомые друг другу люди, – но в этот момент, к счастью, вошла большая дымчатая кошка, сфокусировав огонь острых умов на себе. Всегда хорошо, когда в доме есть кошка. У нас была кошка, но теперь нет. У нас теперь нет, но вскоре будет. У нас мыши, это плохо. Когда будет кошка, мышей не будет. Да, но, пока нет кошки, мыши обычно есть. Кошка всегда немножечко линяет, это плохо. Я знаю средство для хорошей уборки. О, правда? Кошки иногда громко мяукают, это плохо. Да, это так. Это значит, им нужен партнер. Говорят, русские грозятся лет через десять запустить кошек в космос. О, правда? Мне так кажется, они собрались запустить собак. О, нет! Собаки существуют не для того, чтобы их запускать в космос. А разве кошки существуют для того, чтобы их запускать в космос, хе-хе? Если кошке не предоставлять мужа, она будет везде гадить. У русских, видимо, полно денег. Не в этом дело. Если б у меня были деньги, разве я бы отправил свою кошку в космос? Я бы тоже не отправил, а ты? Я бы тоже. А ты? И я бы нет. Ее даже кастрировать довольно дорого, а не то что в космос. Очень дорого ее кастрировать! А что бы ты сделал с этими деньгами? С какими? Ну, если бы тебе дали деньги, чтобы отправить кошку в космос. А сколько? Десять миллионов гульденов. А ее обязательно туда отправлять? В том-то и дело, что не обязательно. Тогда я бы... ну, я бы... хе-хе... а ты?..

— 4 —

Перешли в столовую.

Здесь тоже было все как обычно в такой день. Смешанные букетики тюльпанов, похожих на слепые и хищные головки птенцов, – белые, красные, лимонные, розовые и лиловые – стояли на своих традиционных местах: один букетик – слева на подоконнике и один – в углублении орехового буфета. Большой круглый стол, накрытый двумя скатертями (бежевой, толстой, как ватное одеяло – скрадывающей звуки, а поверх нее – розовой, более тонкой и более короткой, с оборками по подолу), был украшен плоской вазочкой со специально закрепленными в ней свежесрезанными золотыми нарциссами; в центре букета красовались три плотных лиловатых цветка, называемых «змеиные головки».

Рядом с вазочкой стоял графин, на три четверти наполненный водой. На той же столешнице, по кругу, красовались белые плоские тарелочки, в каждой из которых лежал янтарно-желтый ломтик дыни, брусочек белого куриного мяса и два тонких, как зеленые нитки, перышка весеннего лука. Тарелочек было девять, ровно по числу обедавших, куда, кроме самой хозяйки, Андерса с женой и двух их сыновей, входили: автомеханик Пим (старший брат Андерса) со своей женой, домохозяйкой, а также младшая дочь Берты ван Риддердейк, двадцатипятилетняя Криста со своим лысым, обжорливым сорокапятилетним Йоханом, владельцем крупного обувного магазина.

— 5 —

Жена Пима, кстати сказать, приходилась жене Андерса землячкой (что соответствовало даже и нидерландским понятиям, основанным на тысячекратно меньших расстояниях): обе женщины происходили из русскоязычного Полесья, села их проживания были соседними – полтора часа пешего хода между. Более того: жена Пима, пройдя через самосуд над «изменницами родины и коллаборантками» и вовремя ужаснувшись перспективам возвращения, тоже бежала из рухнувшего Рейха – и тоже с фремдарбайтером (в ее случае с бельгийским французом, коммивояжером), который – по мере приближения к Льежу – все более трезвея от любовного хмеля и потому решив пустить в ход природную смекалку, довольно вероломно бросил ее – конечно, не желавшую с тем ни в коей мере смириться, ринувшуюся за ним вслед и, уже на подходах к Бельгии, оказавшуюся в Нидерландах. Там, в небольшой эйндховенской пивной, где она, с целью передохнуть пару дней, взялась было мыть щербатые кружки и драить полы (приняв также условие о некоторых экстрауслугах приватного свойства для владельца), ее и приметил находившийся в деловой поездке Пим ван Риддердейк.

Следует заметить, что, будучи еще недавно компатриотками иных равнин, людьми, хотя и не знакомыми ранее, но имевшими вполне общее прошлое, и, в целом, являясь женщинами со значительно сходными судьбами (а, может, именно из-за всего этого), жена Пима и жена Андерса не только не дружили, но даже словно бы сторонились друг друга – факт, несколько удивительный и даже необъяснимый для их новообразовавшихся родственников.

— 6 —

Кстати сказать, Пиму, в отличие от младшего брата, удалось не угодить в немецкий трудовой лагерь – причем исключительно по причине того, что он сумел вовремя откупиться у некоего среднего немецкого чина, выкрав из буфета матери дорогостоящий китайский чайный сервиз (последним она невероятно дорожила как частью своего приданого). Поэтому именно не *за-*

брав, а *выкрав*: он знал, что мать ни за что не отдаст эту вещицу – даже для спасения старшего сына. (Равно, как, впрочем, и для спасения младшего.) Вышколенная родителями-протестантами в жесткой и безоговорочной атмосфере «кальвинистской трудовой этики» – и, несмотря на переход при заключении брака в католицизм, – Берта ван Риддердейк считала, что ее сыновья *не развалятся*, если уедут поработать хорошенечко куда-нибудь за границу – хотя бы и в нацистскую Германию, что с того: любой труд им только на пользу пойдет.

После данного эпизода отношения матери со старшим сыном оказались на много лет прерваны. Когда же он вдобавок женился на голозадой девахе, да еще приблудной... (Кстати, сказать, гнев сходной причины со стороны меврау ван Риддердейк никак не распространялся на жену Андерса: та имела в своем характере *нечто*, вынуждавшее подходить к ней с иной линейкой.) Но что касается старшей невестки, этой размазни, этой голубоглазой водоросли... В итоге меврау ван Риддердейк (внедрявшая в своих наследников, с самого их младенчества, житейскую мудрость: *бедный отец – не беда, а вот бедный тесть или бедный свекор – настоящая катастрофа*) – меврау ван Риддердейк дала Деве Марии клятву забыть старшего сына навеки. Поэтому первое за долгие годы приглашение ею Пима, да еще с *этой босячкой* (послабление, обязанное, видимо, гибели

Барбары, старшей дочери меврау ван Риддердейк, – гибели, случившейся два года назад), вносило в данный пасхальный обед дополнительную натянутость.

— 7 —

Сели за стол.

Меврау ван Риддердейк, энергично демонстрируя гостям пол-амфитеатра своих фальшивых зубов, сказала по-английски (для жены Пима, которую она упорно продолжала считать иностранкой): «Now we have The Special Moment», – и все, включая жену Пима и жену Андерса, быстро и сдержанно перекрестились, а затем, сложив лодочками ладони, опустили глаза. Так прошла минута, и Андерс успел всем сердцем поблагодарить святую Марию за Ее терпение и щедроты – и попросил не оставлять его семью Своим милосердием. После этого меврау ван Риддердейк снова перекрестилась, а за ней остальные. Затем она, спросив каждого, поочередно: «Wil jij?» (а жену Пима: «Would you like?»), – разлила по бокалам водопроводную воду. Захрустели накрахмаленные салфетки, приглушенно зазвякали ножи и вилки.

Дети, Фред и Ларс, вели себя очень хорошо, и Андерс ими втайне гордился. Оба мальчика внешне были поразительно похожи на жену, и

Андерса до слез умилял еще один вариант ее прекрасного облика, четко проступавший в лицах и повадках двух маленьких мужчин.

— 8 —

За пасхальным столом речь повелась о том, что сегодня погода немножечко хуже, чем вчера. Но завтра, кажется, будет немножечко лучше той, которую мы имеем сегодня. А послезавтра, кажется, будет опять немножечко хуже.

Разговор плавно перетек на цены. Оказалось, что есть вещи дорогие, и таковых много. А есть очень, очень дорогие, таковых меньше, но это все равно плохо. Потому что, когда ты должен платить много денег из своего кармана, это всегда глупо и очень для тебя плохо. Когда ты покупаешь недорогие вещи, это всегда для тебя лучше, так ведь? Гораздо, гораздо лучше. Но и недорогих не так много. Потому что все хотят купить подешевле, а? О, йа-а-а... И поэтому необходимо правильно делать свой выбор, хотя это трудно. Да, это оч-чень трудно. Зато если покупаешь вещь подешевле, такая покупка экономит твои деньги, и это для тебя хорошо. Йа, нату-у-у-урлих!.. Но надо при этом видеть и качество вещи. Потому что если качество вещи плохое, то это значит просто выбросить свои деньги на ветер! А ведь это же деньги! Йа, нату-урлих!.. Разве это не глупо, а? Просто подарить кому-то свои деньги!.. Тогда уж лучше купить вещь немножечко подороже. Потому что если покупаешь вещь немножечко подороже, но вещь хорошего качества, то это, в конечном итоге, будет для тебя значительно дешевле, так? Йа, безусловно. Не так уж глупо, а? Хе-хе. И это экономит твои деньги, а? Йа, йа, хе-хе-хе. А если ты покупаешь сразу несколько вещей, по скидке, то это также экономит и твою энергию, а? О, йа-а-а-а... Потому что ты покупаешь вещи один раз, а не много раз. Йа... Йа... Если покупать вещи много раз, но помалу, то скидка меньше. А если скидка меньше, это глупо. Нату-у-у-урлих. Надо стремиться к тому, чтобы скидка была большой, так? Да, это правда. Каждый человек к этому стремится, ту-урлих. Потому что когда ты получаешь большую скидку, это экономит тебе больше денег. Маленькая скидка экономит тебе меньше денег, это ведь очень плохо, йа-а-а? Поэтому когда вещи большие, хорошие и с хорошей большой скидкой, это лучше всего.

— 9 —

За столом шутили. Йохан, супруг Кристы, рассказывал, как на прошлой неделе, в ресторане, официант забыл включить в счет мороженое, и как он, Йохан, показав ему пальцем на пустые вазочки, сказал: «А за это, дружок, ты собираешься платить из своего карманчика, да?» Все очень смеялись, особенно хозяйка дома, а багровый Йохан, трясясь от смеха, все повторял: «Из своего карманчика, да?»

Затем было любимое блюдо Андерса: вареный, очень горячий, приятно горчащий witlof[1], обернутый тонким срезом молодого сыра, нежно на нем таявшем, а поверх еще обернутый аккуратным розовым платочком ветчины (которую и склеивал с witlof этот плавно таявший сыр). На стол, кроме того, было поставлено блюдо с крупно нарезанным салатом и два флакончика с густым и пряным, фисташкового цвета, соусом.

Когда все закончили свои порции, было предложено взять добавку. Каждый гость, улыбаясь и перемигиваясь с другими, слегка покачал округленной кистью возле своей щеки, что означало heel lekker, delicious, leuk[2]! Наконец закончили и добавку. На десерт каждый получил свой кусочек шоколадного кекса с долькой апельсина.

Когда все закончили свой десерт, меврау ван Риддердейк, снова подчеркивая чужеродность жены Пима (которая уже седьмой год понимала по-нидерландски), снова сказала «Now we have The Special Moment» (у нее был типичный

---

[1] Витлов. Распространенный гарнир. Салатный листовой цикорий, или эндивий *(нидерландск.)*.

[2] Heel lekker *(нидерландск.)* – очень вкусно. Delicious *(англ.)* – здесь: восхитительно. Leuk *(нидерландск.)* – здесь: классно, чудесно.

«steenkool Engels»[1]); затем – легонько мазнув себе средним пальцем лоб, грудь, плечи, – оцепенела; снова легко и сухо перекрестилась; синхронно с ней все это проделали остальные.

— 10 —

Закончив основную часть пасхальной трапезы, гости Берты ван Риддердейк неторопливо вернулись в гостиную – то есть со стульев вокруг обеденного стола, проплыв сквозь дверной проем, плавно перетекли на кожаный, упоительно пухлый диван и в мягкие кресла вокруг экономно сервированного кофейного столика.

Дети, по их просьбе, были отпущены в маленький садик, находившийся прямо за раздвижною стеклянною дверью. Взрослые сели: кто на диван, кто в пухлые кожаные кресла возле низкого столика перед камином. На столике уже стоял деревянный, оснащенный ручками, поднос с двумя горками чашек, маленькой сахарницей, молочником в форме гномика и блестящим металлическим кофейником. Отдельно на подносе располагалась чайная группа (особенно привле-

---

[1] «Каменноугольный английский». Так в Нидерландах иронично называют примитивный английский – имея в виду язык голландских простонародных эмигрантов (прошлых времен), которым те пользовались в Англии, нанимаемые главным образом в угольно-добывающую промышленность. *(Примеч. автора.)*

кательная для Андерса, никогда не пившего кофе): по случаю Пасхи в ней красовалась маленькая оранжевая жестяная коробка с английским чаем. Рядом стоял фарфоровый дельфтский чайничек (на боках которого маленькие синие конькобежцы раскатывали по белому, с блеском, озеру, а вдали торчали синие заячьи уши мельницы).

Меврау ван Риддердейк взяла чайничек, сняла крышку, открепила висящее на цепочке серебряное дырчатое яйцо и откинула его верхнюю половинку. Потом она вытащила из орехового (сильно потемневшего от старости) пенала дозировочную ложечку, открыла жестяную коробку, и, несколько раз зачерпнув этой ложечкой сухих ярко-черных чайных личинок (встряхивая притом ложечку после каждого зачерпывания, чтоб та не была с горкой), она осторожно пересыпала заварной чай в серебряное яйцо, наполнив его чуть меньше, чем наполовину. Затем она закрыла яйцо, прицепила его к краю отверстия, тем самым подвесив внутри чайничка, и налила в чайничек из другого, более крупного никелированного чайника вскипевшую воду. Дельфтский чайничек она быстро закрыла крышкой и водрузила на фарфоровую, тоже дельфтскую, круглую подставку в виде крепостной стены, внутри которой, посверкивая сквозь маленькие бойницы-сердечки, горели, согревая свежеприготовленный чай, три круглые, плоские, как таблетки, парафиновые свечки, vaccines. А никелированный чайник она отнесла на кухню.

На пути из кухни мевра у ван Риддердейк подошла к ореховому буфету, отперла дверцу и, выложив из него в вазочку несколько мелких песочных печений, мгновенно сочла их глазами.

Печений оказалось десять.

Затем она, так же – молча, глазами, – сосчитала, сколько людей находится в гостиной.

Вместе с нею количество людей было равно девяти.

Она вернула одно печенье в буфет, закрыла дверцу и заперла замочек на ключ.

— 11 —

Вот здесь-то, в гостиной, это и произошло.

Андерс даже запомнил точное время, когда это случилось. Возвращаясь впоследствии к этой страшной картине, он отчетливо видел часы с маятником, настенные, в темно-шоколадном футляре, висевшем между ореховым буфетом и двухметровым фикусом в зеленой кадке. Они были прибиты над тем же комодом, где, пряча игрушки между вещами матери (перешедшими ей, в свою очередь, от ее матери и бабки), Андерс держал «на потом» – терявшие свою мощь по мере его взросления – жреческие атрибуты детского царства.

Когда это случилось, те же самые часы над комодом показывали восемнадцать минут девятого. (Андерс запомнил это так хорошо, потому что часы оказались именно тем предметом, на котором он остановил, не зная, куда его деть, свой ошарашенный взгляд.) Затем, когда вступила в права, казалось бы, вечность, часы бухнули половину, и это словно отрезвило тех двоих, которые создали катастрофу: они рассмеялись и перестали. После этого Андерс, картинно ударив себя по лбу, сказал громким голосом, что детям надо бы лечь пораньше, они с утра нездоровы, и стал звать одеваться ничего не понявших, поднявших тут же отчаянный рев детей. Под этот громкий отвлекающий рев, и свой, еще более громкий педагогический комментарий, стараясь не замечать растерянно-вопрошающего взгляда жены, он и ретировался на улицу.

— 12 —

...Godverdomme[1], шагая к станции, восклицал про себя Андерс, это нельзя было сравнить ни с чем! Абсолютно ни с чем! Он быстро волок к станции изобретательно упиравшихся, полностью одинаковых мальчиков, по мальчику в каждой руке, а она шагала по другому берегу канала – значительно, даже демонстративно отстав, вздернув плечи и засунув руки в карманы плаща,

---

[1] Буквально: «прокляни меня бог». Переносно: «черт подери!» Однако это выражение в нидерландском несопоставимо сильнее, чем в русском – и по степени «обсценности», а также по эмоциональности соответствует русскому мату. (*Примеч. автора.*)

что не было в ее привычке. Так они шли, разделенные каналом, до самой станции «Vlaardingen Centrum».

Водворенные в поезд и посаженные друг против друга дети отвлеклись заоконным мельканием и наконец успокоились. Она, отвернув голову, тоже стала было смотреть в окно, но в другое, в противоположной стене вагона, хотя там вскоре ничего уже не было видно, кроме все четче проступавшего изображения их же самих. Тогда, чтобы это не выглядело подглядыванием, она стала смотреть в пол.

Андерс, как бы заботливо разглядывавший своих мальчиков, на самом деле оставался сидеть все еще там, в материнской гостиной, онемевший и ошарашенный; он продолжал пребывать именно там, судорожно и отчаянно пытаясь найти трезвое решение. Случившееся казалось ему беспрецедентным. Он поправил шарф одному сыну и тут же, машинально, поправил его другому, – и вот этим привычно удвоенным действием он наконец осознал себя едущим в вагоне – и словно подтолкнул упиравшуюся память, которая на самом-то деле уже давно держала наготове повтор.

— 13 —

В этом самом месте, за долгие годы размышлений, память Андерса наловчилась делать некий трюк – точнее, крюк, – с невозмутимостью завзятого лицемера ловко обходя момент катастрофы. И поэтому – сразу после того, как Берта ван Риддердейк обнесла всех печеньем, четко назвав каждого по имени (раньше, при жизни мужа, она всегда начинала с него, притворно-вкрадчиво произнося «Яааааннн?..», а затем, так же полувопросительно мяукая, *вступала в контакт* с остальными) – сразу же после того, как мать, следуя новому распорядку, поднесла печенье сначала жене Пима и самому Пиму (для ободрения и поощрения реабилитированных, а также демонстрации своей лояльности), затем мужу дочери и самой дочери, а уж потом жене сына, самому сыну и их сыновьям, которых специально позвали в дом, – итак, сразу после того, как Берта ван Риддердейк все это наконец проделала и завязался необременительный разговор (small talk) – Андерс – и это повторялось многократно – сразу же видел себя с женой и детьми уже в поезде из Влаардингена в Роттердам.

Защитное малодушие – главное свойство сынов и дочерей Божьих – то ли засветило на пленке его памяти, то ли «смыло» оттуда, то ли целенаправленно выстригло монтажными ножничками все *неприятные, травматические* эпизоды того особого, отдельно стоявшего вечера. И потому, когда Андерс в дальнейшем прокручивал эту зловещую пленку – точнее, когда пленка прокручивалась в его голове сама, самостоятельно, неизвестно откуда взявшаяся, и Андерс не мог ее ни остановить, ни убрать – ему, тем не менее (и как ни в чем не бывало), *показывали* сначала крупным планом пол-амфитеатра фальшивых зубов его матери, обносившей печеньем гостей, а затем – сразу вслед за тем, встык, – Андерс уже видел жену, детей и себя все в том же поезде из Влаардингена в Роттердам.

Да, именно так. В Роттердаме, как всегда, они сделали пересадку. Поезд на Утрехт, едва отъехав от последних городских огней, вдруг остановился посреди темного поля. Дети дремали. Андерс потихоньку смотрел на отражение жены, которая, кажется, тоже спала, а может быть, притворялась.

Притворялась? Она не делала этого никогда. По крайней мере, Андерс так чувствовал. И очень в ней это ценил. Значит, надо ценить и эту ее, с позволения сказать, сегодняшнюю «откровенность»? Фортель, который она, вместе с женой брата, час назад отколола? Уж лучше бы она надела свое то, с дырою для сисек, потаскушечье платье! (О Святая Дева, о чем он, о чем!! как может он такое произносить даже мысленно?!)

Андерс взглянул жене прямо в лицо. Она спала. Он принялся открыто разглядывать ее черты, знакомые до бесчувствия, которые, как он это понимал всем своим существом, не могут быть заменены ничьими другими до конца жизни – так же, как не могут быть заменены его собственные черты в ежеутреннем зеркальце для бритья. Ее и его черты могут только стареть, но не меняться по сути – зачитанный текст ветшающей книги. Зачитанный текст? Но эта ее выходка, мой Господь?! Это коленце, фортель?!

Поезд тронулся. Голова жены качнулась, и она открыла глаза.

Теперь – зевнув и поерзав, словно удобней устраиваясь на сиденье, – закрыл глаза Андерс. Но на изнанке его век только ярче вспыхнуло то, чего он отчаянно не хотел видеть.

– 14 –

...Через несколько лет – точнее, лет через пять, когда он уже привыкнет к своему несчастью, как человек привыкает к отсутствию денег, еды, крова, близких, Андерс, мысленно переместившись в тот утрехтский поезд, вспомнит еще одну деталь, от которой, в момент этого видения, сон бесповоротно встанет где-то снаружи от его мозга.

В тот момент внезапной вспышки, озарившей это воспоминание, Андерс будет лежать в постели, рядом со спящей женой, и, закрыв глаза, играть в свою самую любимую игру, никому, кроме него самого, не ведомую: он будет восстанавливать в памяти одежки своей жены.

Механизм этого *восстановления материи из ничего* никогда не был понятен даже ему самому. Он ни разу не давал себе какого-либо специального задания, вроде того, что сосредоточься, дескать, только на красных или только на серых вещах, только на летних или только на зимних – или так: только на платьях или только на блузках... Вовсе нет. Он не пытался вычленить из потока времени какой-то конкретный период жизни, предоставляя тем самым в помощь своей памяти подпорки тех или иных незабываемых происшествий. Он не пытался вызывать к жизни овеществляемое *ничто* даже какими-либо заклинаниями или приемами, то есть переводить его в *нечто,* малодушно включая в процесс грубую работу условных рефлексов. Более того: он никогда не брался как-то «по-особенному» сосредоточиться на самом процессе этого восстановления, даже просто сосредоточиться – или хотя бы отделиться от лгущей, отвлекающей, бесперебойно крадущей секунду за секундой «реальности настоящего» (той самой «реальности настоящего», которая, как цыганка, отработанно задуривая клиента, стягивает с его запястья золотые часы).

— 15 —

Начал Андерс свою игру когда-то с того, что пытался восстанавливать в памяти вещи собственные – причем вперемешку, как получалось, – детские, взрослые, юношеские, подростковые... Но вскоре он понял, что восстановленная вещь, уже с новой волной времени, снова относится в *никуда* – тускнеет, расплывается, исчезает... Переключившись, однако, на вещицы жены (что было, к его сожалению, не так «волшебно», как охота за вещами своего детства, – ведь знакомые наряды жены были ему доступней во времени), Андерс продолжал свои магические сеансы.

И вот он станет привычно лежать рядом с женой – верный, любящий муж, – а другой человек – отдельный, абсолютно независимый, а может быть, даже и ни в чем не совпадающий с первым – станет пребывать бог знает где – там, где возрождается прошлое.

Таким образом Андерс навыуживал за несколько лет этой игры довольно объемный ворох жениных атрибутов – юбочек, платьев, туфелек, блузок, кофточек, свитеров, пальто, варежек – короче говоря, нарядов, которые он мог вспомнить с того времени, когда они вместе спаслись, – шляпок, шарфов (с конца сороковых их побывало у нее в изобилии! она обожала легкие длинные шарфы, так что они были самым трудным для Андерса «заданием»); он воскресил както шубу из серенького каракуля, хотя это как раз не составило труда: шуба за все эти годы была у жены одна и воспринималась тогда как нечто живое (даже заполучила имя: Grijsje); после нее жена стала носить только драповые пальто с меховыми воротниками. Андерс, улыбаясь, удивляясь себе, вспоминал даже ажурные чулочки, которые стоили кучу денег и покупались крайне редко, и конечно, рвались, и он ясно видел на некоторых из них (будто прозрачная стена времени явилась увеличительной линзой) даже поломку узора, резкую и уродливую, обусловленную вынужденной починкой.

Средств в их семье, начиная с пятидесятых, появилось достаточно (*спасибо Америке,* как с весьма двойственным чувством говорили окружающие), но, несмотря на это, жена с внешней легкостью переняла традиционную в их кругу скорбную и непреложную скуповатость, а потому (и, конечно, в силу природного дара) без каких-либо затруднений значительно усовершенствовала свои навыки в шитье, вязании, даже вышивании (проделывая эти чудеса домоустройства ловко, весело, виртуозно) – так что выглядела она, к гордости Андерса, как принцесса. Скромная, как принято в Королевстве, и оттого вдвойне прекрасная.

Он наслаждался, вытаскивая из небытия – да, из полного, безнадежного, казалось бы, небытия – разнообразные, имевшие только ее запах, предметы; он научился восстанавливать их до таких мелочей, что отчетливо видел на ее одежках, скажем, двенадцатилетней давности не только фактуру самого материала, но мелкие особенности пуговиц, или плохо скрытые следы перелицовки (к примеру, на драповом пальто песочного цвета), или едва заметную потертость от узкого кожаного ремешка на платьице из темно-каштанового, в крупный рубчик, вельвета, или штапельные нити, еще торчавшие из клетчатого подола свежеподрубленной юбки.

— 16 —

Той ночью, в июне тысяча девятьсот пятьдесят шестого года, как раз после того, как они отметят одиннадцать лет со дня свадьбы, Андерсу придет богатый улов. Он неожиданно выудит из небытия темно-лиловую, в черных капроновых кружевах, шелковую camisole, привезенную им для жены из Марселя (это была одна из первых в его карьере деловая поездка за рубеж).

Но сразу вслед за тем, после такого, казалось бы, мирного начала, перевозбужденная память сыграет с ним жестокую шутку. Сначала ничего не подозревавший Андерс даже почувствует – не носом, но мозгом – запах этой французской camisole: легкий аромат ванили, лилии и гиацинта; жена, спиной к Андерсу, будет стоять перед трюмо, сняв с себя по его просьбе это платье, с узором и запахом анютиных глазок, малоуместное из-за большого выреза на груди, и, пока она так будет сначала стоять, а потом примется искать в платяном шкафу подходящую замену (Андерс в первые годы их супружества никак не мог привыкнуть, что ее платьица, блузки, юбочки – все это разнообразно-прелестное, капризное, милое, женское – тесно, даже бок о бок, висит вместе – да, *вместе* с его вещами; часто, когда ее не было рядом, он открывал дверцы шкафа, садился напротив и, как деревенский дурачок, неотрывно любуясь, тихо смеялся), – пока она примется искать замену, Андерс, на экране памяти возьмется потихоньку – не как законный муж, а как гимназист, краснеющий от волнения подросток, – разглядывать ее точеную, словно не тронутую родами фигурку, – она, эта фигурка, будет обтянута лиловым, в черном кружеве, шелком, – вот жена энергично, с совещательным выражением повернет к нему голову, – густые, отливом в платину, гладкие волосы (снова отросшие после того, как она остригла косу), – гордые полудлинные волосы, своей упругой силой отщелкнув с затылка черепаховую заколку, тяжким шлемом спадут ей на плечи.

...Наконец жена выбрала, в тон к глазам, длинное платье тончайшей темно-синей шерсти. В этом строгом наряде, в каком она словно бы родилась, ее фигурка казалась такой тонкой, такой беззащитно-грациозной, что хотелось плакать. Жена приколола к левому плечу маленькую серебряную розу. Вот эта самая брошечка, которую жена потом потеряла, про которую Андерс, казалось, забыл, бесконтрольной своей иголкой резко и глубоко вонзилась ему прямо в мозг. Память, рванув узду, взвилась, как ужаленная, и Андерс вдруг увидел знакомый уже эпизод *из другой точки*: да, именно это платье, с этой розочкой, было на жене тогда, *еще до* их нахождения в поезде Роттердам – Утрехт – и даже раньше – *еще до* их нахождения в поезде Влаардинген – Роттердам – и раньше, раньше – да, раньше, а именно: в гостиной его матери, на Пасху тысяча девятьсот пятьдесят первого года, когда, неожиданно подсев к жене Пима, жена Андерса обняла ее за плечи – и запела.

И, почти сразу же, жена Пима точно и сильно подхватила песню. Она сделала это так просто, будто они – жена Андерса и жена Пима – пели вместе ежедневно, привычно – так же естественно, как дышали. Более того, они пели совместно так, будто были дружны, взаимно любимы, даже родны. (А ведь дело обстояло как раз наоборот, и Андерс отлично знал это!)

Они пели так, будто осознали свое неизбывное, свое сладостное сиротство в этом непостижимом мире.

Они пели только для Бога.

Словно в последние минуты своей земной жизни.

Они пели так, будто привычный для всех остальных мир виделся им каким-то иным. Наверное, таким же, каким был внутри них самих.

Они были слитны нерасторжимо.

Они пели.

— 17 —

...Андерсу выпало особенно жестокое испытание, потому что он не знал их языка. Если б он знал язык, на каком они пели, он бы, возможно, еще мог защититься. Ведь в песне, которую принято называть народной, слова существуют лишь для того, чтобы как-то прикрыть душераздирающий смысл мелоса. В силу гибельной тайны, которой всегда обладает мелодия песни, ее словесный покров простодушно, как может, пытается отвлечь, отвлечь, увести слушающего в сторону от ужаса, то есть от истинного содержания: ох, ве-е-есел я, ве-есе-е-ел – в но-о-онешний ве-е-ечер!!!.. ох... ро... зычка... алая-а-а... Ну и весел, ну так что? – а *на самом деле* это про такое-то уж про отчаянное, про такое-то уж отпетое, лютое веселье смертника, когда до петли – шаг. (Да, может, он уж и сделан – иначе откуда там эта «розычка» похоронная?) Или – еще не легче: лютики-цветочки, зелены садочки, черемуха белая, ягодка спелая, в огороде репка, во поле береза... Вроде бы, все нормально, все пребывает на предписанных Богом местах, – а мелодия, отдельно и внятно, плачет-сиротится, жалится-вздыхает – о том, что счастья нет и не будет в помине, что и быть-то счастья не может, а есть лишь безнадежная тоска-разлука, лишь прощание на веки вечные; да и что такое жизнь человечья? печенка овечья. (Или, по словам классика, вот она, тройная формула существования: *неизбежностъ, недостижимостъ, невозвратностъ.*)

А что будет, если слова, в целомудренном своем милосердии скрывающие смысл песни, в силу каких-то причин (чужой язык) не могут отвлечь – влекомого к боли – сердца? Тогда пойманный –

без наркоза, весь как есть, голышом – оказывается подставленным чудовищному, ни с чем не сравнимому разрушению. Мелодия песни, воспроизведенная голосом человека, проникает слишком глубоко – она, как пуля со смещенным центром тяжести, рвет человечье нутро по всем направлениям, и, покуда уж не оголит его до самого основания, не разворотит полностью, – до тех пор не успокоится.

– 18 –

Андерс совсем не был к этому готов. Его мать, у которой, несмотря на формальный переход в вероисповедание мужа, кальвинизм был очень силен (пожалуй, именно он, без каких-либо примесей, и составлял ее скудную, плоскую, несгибаемую суть), – его мать, формально обращенная в католицизм не чаявшего в ней души супруга (а на деле, своей беспрекословной протестантской постностью нивелировавшая его личность так же добросовестно и успешно, как это делает асфальтовый каток), – меврау ван Риддердейк воспитывала детей в том непреложном духе, что петь-де уместно в гимназии (на уроке пения, под руководством учителя пения); можно и даже нужно петь – по нотам, в кирхе или соборе (где существуют специальные, предназначенные именно для пения, моменты службы); не возбраняется также иметь приличное хобби, а именно: занятия в хоровой группе, где люди совершенствуют свои навыки в пении по нотам, и эти навыки затем применяют в кирхе или соборе (в особый момент богослужения, предназначенный непосредственно для пения). Андерс никогда не слышал, чтобы дома, кто-либо из членов семьи, пел. Пело иногда радио, радиоприемник, но на студии петь вполне уместно, потому что это работа людей, которые получают за нее деньги и платят из них налоги.

— 19 —

Один раз, он это хорошо помнит, пели гости.

Весной тысяча девятьсот тридцатого года отмечался сорокалетний юбилей его отца, Яна Хендрика, – в том же самом влаардингенском доме. Это был год некоторых перемен: отцу предложили службу старшего бухгалтера в роттердамском порту; купив себе подержанный желтый Renault, он уезжал в свой офис до самой ночи; Барбара, заканчивая уже предвыпускной класс женской гимназии, пристрастилась к написанию стихов (тайное стало явным): двенадцатилетний Пим, напротив того, в силу беспробудной своей тупости в гуманитарных предметах был из гимназии переведен в обычную школу; десятилетний Андерс посвятил свободное время моделированию яхт; в помощь меврау ван Риддердейк, для ухода за пятилетней Кристой, была нанята oppas[1]. Лили,

[1] Няня (*нидерландск.*).

молоденькая вольнослушательница Королевских курсов живописи (которая, кроме того, взялась давать бесплатные уроки рисования для Барбары).

Итак, гости, их было шестеро (drie steltjes)[1], съели по кусочку маленького апельсинового кекса, выпили по наперсточку домашней наливки и, со значительными лицами, выстроились полукругом. Один из них, видимо, избранный главным на этом мероприятии, объявил сидевшим на диване хозяевам, что сейчас их вниманию будет представлен «малюсенький сюрпризик». И, хотя хозяевам было абсолютно понятно, о каком именно «сюрпризике» шла речь (все участники секстета уже держали ноты, и на листах большими черными буквами было отпечатано название псалма), они принялись – как бы ничего не понимая – делать домиком брови, по-коровьи вывертывать губы, в изумлении надувать щеки, с придурковатым видом переглядываться – и пускать в оборот главный компонент их политеса – самоуничижительное похехекивание, которое должно было переводиться как «ах, что вы, что вы, мы не стоим подарков». После этого ритуала, длившегося в целом минуты две (так как хористы похехекивали ответно – причем так же, с подчеркнутым смущением, по-коровьи вывертывая губы, – что должно было означать «ах, вы стоите гораздо, гораздо большего, чем наше скромное любительское пение»), – итак, после

---

[1] Три парочки (*нидерландск.*).

этого неизменного ритуала, лица, запланировавшие петь, на протяжении одной минуты добросовестно манипулировали своими голосовыми связками, строго контролируя регламентированную воодушевленность. Лица у них были сосредоточенные, как у налоговых чиновников, – но, вдобавок к тому, они были скромные и благостно умиленные – как у порядочных, всеми уважаемых, никогда не знавших нравственных колебаний людей, которые сейчас исполняют свой честный долг, а, возвратившись в свои дома, удовлетворенно поставят соответствующую галочку в своем богоподотчетном гроссбухе.

После этого культурного (и, кстати, что немаловажно, бесплатного) приложения к десерту – родители прилично поаплодировали, поохали, понадували щеки, вперебивку и как бы изумленно квохча «lekker!.. lekker!. leuk!..»[1], мелко поблеивая «perfe-e-ect!. perfe-e-ect!..», а участники секстета снова, сообразно своему положению, прилично похехекали.

— 20 —

...Анди, говорит он себе, боже, боже! Разве это твои глаза, твои уши? Что произошло? Почему? Зачем? Ведь душа твоя, Анди, своей прочной, на-

---

[1] Здесь «lekker», как и «leuk», имеет значение «мило» *(нидерландск.)*.

дежной, как корабельный канат, пуповиной, изначально и навсегда привязана к этой намывной, бедной земле – к рукотворным польдерам, растительность которых лишена запаха (словно оскоплена на корню), – к этим дамбам, кажущимся иностранцам (а теперь и тебе) воплощением сумасшедшей инженерной мысли марсиан-осьминогов, – к этим скудным полям, где горизонт обрывается на расстоянии вытянутой руки; твоя душа навеки принадлежит этим ландшафтам, сумрачной, словно нищей, погоде этих ландшафтов, а главное – она принадлежит обитателям этих ландшафтов. Коротка пуповина, короток твой поводок – а при этом глаза твои смотрят на родную твою землю, на самое твое гнездо, на дом твоего детства – так отчужденно, с такой далекой, словно уже за границами жизни, дистанции! Поводок-пуповина, как ни рвись, не отпускает – но и дистанцию отчуждения, как ни старайся, не сократить... Андерс, Андерс! Как это могло с тобою случиться? Почему? Зачем?

Анди, говорит он мысленно, вернись к себе, прежнему! Как? Никто не знает, как именно. Но ты постарайся, Анди! Сейчас... Сейчас... Надо предельно сосредоточиться... Вот, например, по поводу жены... Если бы я был прежним, то есть до встречи с ней, что бы я подумал в связи с выходкой этой женщины?

Я бы подумал: бывают, конечно, к примеру, пьяные. Взять хоть бы футбольных фанатов: нахлещутся пивом, как свиньи, а потом горланят бог знает что – и песни, и не песни. Но ведь сейчас для таких случаев – например, в Амстердаме – впереди толпы – беснующейся, ревущей, готовой крушить материальные ценности – на расстоянии трехсот от нее метров – едет специальный наряд конной полиции, оперативно разбирающий стеклянные конструкции трамвайных и автобусных остановок, а сзади толпы, тоже на расстоянии трехсот метров, следует другой специальный полицейский наряд, который эти же конструкции оперативно собирает. Так что от такого пения никто и ничто не страдает, как если бы люди и вовсе не пели.

Однако моя жена не была *в тот момент* пьяной! (Она не бывала даже навеселе – никогда.) И та, которая с ней пела, жена брата, тоже пьяной совсем не была! А это еще хуже. Если б они были пьяны, к ним можно было бы отнестись снисходительней. Но они не были пьяными, не были даже навеселе! Так что же тогда?..

Нет, это понятно: у каждого человека есть свои темные стороны... животные проявления... Но ведь существует вполне определенное место и время, где и когда эти стороны позволено проявлять! Если тебе так уж охота поглядеть канкан или, скажем, вывернуться наизнанку, то есть сплясать его на столе самолично, так иди в соответствующее заведение, благо таких после войны развелось, как блох! Но отплясывать канкан (а ЭТО было куда разнузданнее канкана) – но выворачиваться наизнанку – в приличном доме, перед матерью и родственниками собственного мужа! Что ты этим хотела сказать?! Что именно, in godsnaam[1], ты хотела?!

И снова – они поют.

– 21 –

и они поют,
и они поют,
и цветет алой розой у каждой
разверстая влажная рана горла,
и цветет жарким цветом,
маковой пьяной кровью,
цветет разверстая рана горла,

и они поют,
и они поют,
словно целуются-любятся
словно совокупляются,
да: бесстыже и жадно совокупляются
своими влажными ранами,

и они поют,
и они поют,
и каждая вплескивает свою дикую кровь в другую,
и не может остановиться
и каждая заглатывает дикую кровь другой,
и не может наглотаться,
и обе они захлебываются-заливаются, жены поющие,
и обе они захлебываются-заливаются, жены грешащие,
и обе они захлебываются-заливаются, жены ликующие,

---

[1] Ради бога (*нидерландск.*).

и все глубже,
все глубже,
все глубже дышат;

и они поют,
и они поют,
и первая впадает в кровоток второй –
и словно бы тонет
для жертвоприношения Жизни,
и вторая впадает в кровоток первой –
и словно бы тонет
для жертвоприношения Смерти,
и обе они тонут,
и тонут, и тонут,
и обе, необузданные, выныривают,
и обе выныривают, неугомонные

и они поют,
и они поют,
и вливают дыханье друг другу уста-в-уста,
и проводят друг другу открытый массаж сердца,
и прижимаются сердце-к-сердцу,
и, в едином ритме сердцебиенья,
кричат от боли и кричат от восторга,
кричат от Жизни и кричат от Смерти;

и они спасают друг друга,
и они друг друга губят,

и они голубят друг друга,
и они друг друга терзают,

и они любовно истязают друг друга,
и они беспощадно друг друга нежат,

алая кровь атакует, черная подчиняется,
черная берет верх, алая усмиряется;
алая побеждает, черная иссыхает,
черная закипает, алая леденеет.

они обе – две женки-зверины,
они мехом покрыты,
да, лохматых две женки-зверины,
они мехом заросши,

и женки плачут-поют:
для чего, для чего густой надобен мех?
да, и поют они, плачут:
для чего, для чего нужен-понадобен мех тот красивый?

мех понадобен, чтобы любить,
гладить и целовать,

мех понадобен, чтобы убить,
шкурку содрать,

и одна из них, из женок поющих,
жена Андерса,
сильная она, бархатная, теплая,
и она ловит-улавливает другую жену
своим мягким голосовым жгутом;
и заарканивает ее своей ворсистой голосовою петлею,
и обвивает ее нежным ворсом, и связывает, и ведет за собою
в любовь-рабство,
в освобождение-смерть;

и другая жена из женок поющих,
жена Пима,
истерзанная, слабая,
шелковистая, льдистая,
и подает она голос свой
всегда нежданно, словно нечаянно;

и она высоко-высоко вскрикивает,
и резко взлетает в сильнейших мгновениях боли

прямо в смерть,
и страшно взлетает в сильнейших мгновениях боли
прямо в бессмертие,
и снова покорно умирает,
и снова медленно затвердевает в ледяной сукровичный кокон;

ХОР

но та, первая, жена Андерса,
бросается поперек этому колдовству,
этому смертному оледенению,
и терзает-пытает ее, вторую,
ручьем-кипятком,
ручьем-кипятком
своей червонной, черной своей крови;

и та, первая, жена Андерса,
она низкогласая властолюбица, вот она кто,
и она стонет-взыхает, вот она как,
и она воет-скулит, вот она как,
и она рычит-повизгивает, вот она как,
и захлебывается блаженством боли,

но та, вторая,
исплакавшаяся водоросль, вот она кто,
обездвиженная, замороженная, вот она какова,
поначалу безвольная, вот она какова,
и она медленно-медленно заледеневает потверже,
потверже, погорше, ой да погорше заледеневает она,

и та, вторая,
она безучастно пронзает,
да, безучастно,
и вот она, ой, безучастно пронзает,
бубновое сердце
той, первой,
ой, да, первой,
ой, да, той, первой,
ой, да, она безучастно пронзает

бубновое сердце
той, первой,

сталью высокого,
ой, да, какого у жен не бывает,
ой, да, какого у птиц не бывает,
ой, да, какого у флейт не бывает,
голоса-льда,
ой, да, льда-голоса,
ой, да, голоса-льда

— 22 —

...Тогда, в утрехтском поезде, собрав все самообладание, стараясь говорить как можно более спокойно и ровно, он сказал ей: знаешь, мне кажется, если кому-то нравится петь, танцевать, или, скажем, заниматься спортом... то для этого есть специальные места... люди там собираются группой, специальные люди... может быть, для твоего пения лучше всего подошла бы хоровая группа?

Его речь преследовала сразу несколько целей. Главное, надо было прервать это дурацкое, тягостное молчание. Потом... ему очень хотелось услышать ее голос. Он соскучился... и ему было страшно. Он хотел убедиться, что голос этой... женщины... тот же самый, что у жены... Кроме того, ему, этим подчеркнутым спокойствием своей интонации, хотелось немного ее поддеть. Он был бы рад, если бы она стала кричать – даже орать, надсаживаясь в этом пустом вагоне, – выть всем животным нутром, без стыда и срама, – как она не позволяла себе при нем наедине никогда, но позволила при всех, когда пела. Он хотел убедиться, что и он, ее муж, ее законный муж, может вырвать из нее вместе с криком эту ее потайную, затаенную нечеловеческую суть. Да, он, ее муж, может вызвать в ней эту страшную, неведомую ему ранее внетелесную страсть. И на самом последнем месте (на самом последнем! это было так на него не похоже!) действительно пребывало желание как можно скорей загасить раздор.

В это время поезд подъехал к Утрехту. Она легонько растормошила детей и стала надевать плащ.

«Ну так что же?» – спросил ее Андерс в проходе вагона.

«Ты прав, – сказала она, не поворачивая головы. – Я буду ходить в хор. – И, выйдя на платформу, добавила: – Кстати, я уже договорилась».

Вот с этой самой минуты, о чем он, конечно, не знал, судьба Андерса Виллема Францискуса Марии ван Риддердейка, включив триггер ускоренного продвижения, необратимо встала на путь гибели.

* * *

Dat ook de mens zijn tijd niet weet,
gelijk de vissen, die gevangen worden
met het boze net;
en gelijk de vogelen, die gevangen worden
met den strik;
gelijk die,
alzo worden de kinderen der mensen verstrikt,
ter bozer tijd,
wanneer derzelve haastelijk over hen valt.

Человек не знает своего времени.
Как рыбы попадаются в пагубную сеть
и как птицы запутываются в силках,
так сыны человеческие уловляются
в бедственное время,
когда оно неожиданно находит на них.
(Екклезиаст, гл. 9, ст. 12)

часть третья

[1954 и 1958]

ER IS EEN TIJD OM TE KERMEN, TE WENEN, TE ZWIJGEN, TE GENEZEN[1]

— 1 —

У нее были огромные глаза, притом неправдоподобно прозрачные: казалось, ее лицо – насквозь – пробивают каналы неземного зрения, – так что всякий раз, глядя в глаза жены, Андерс видел лишь воздух за ее головой.

Он заметил это не сразу – нет, далеко не сразу.

После памятной Пасхи прошло три года.

Жена Андерса уже три года ходила в хор.

Регулярно, без единого пропуска.

Вторник, пятница.

Вторник, пятница.

Вторник, пятница.

Вторник, пятница.

---

[1] Время – сетовать, плакать, молчать, врачевать (*нидерландск.*). Екклезиаст.

Эти дни стали для Андерса пыточными. Вот как бывают присутственные дни, так для него были привычно-пыточные. А дни между ними, что еще тяжелей, – обратились в мучительное ожидание неизбежного. Боль стала единственным, вытеснившим прочее, рутинным содержанием жизни. Боль, черными гвоздями, намертво, вбитая в каждый час ее скудного расписания.

– 2 –

И вновь наступила Пасха.

И вновь оба брата и младшая их сестра, со своими семьями, собрались во Влаардингене у своей матери, Берты ван Риддердейк. И вновь гости сидели в гостиной, в столовой, в гостиной. Все было то же самое.

Хотя... Андерс поймал себя на том, что у него постепенно увядает желание участвовать в этой speling[1]. Ну да: het sop is de kooktoestel niet waard[2]. По крайней мере, в нем нарастало именно это чувство, которое, по правилам той же speling, надлежало строжайшим образом камуфлировать.

С каждым годом Андерс все ясней замечал, как разительно его жена отличается от его же род-

---

[1] В этой игре (*нидерландск.*).

[2] Соус не стоит керосинки. Тождественно выражению: игра не стоит свеч (*нидерландск.*).

ни. Одета она была так же, как все они, – в неброскую, но, тем не менее, достаточно дорогую одежду – да, в праздничную одежду людей среднего достатка, фантазии которых не дозволено простираться далее установленных их кругом границ. Говорила она почти без акцента, на те же самые темы, однако...

Это было уже не впервые, когда, после девятилетней совместной жизни, Андерс отмечал это «однако» – какую-то неспокойную разницу... На сей раз, сидя за пасхальным столом, он заставил себя (сам не зная почему) мысленно сформулировать, в чем же данная разница заключается.

Ему удалось это не вполне, не всеохватно. Он остановился на частностях. Например: когда жена поддерживала разговор о погоде, она не надувала глубокомысленно щек, не морщила озабоченно лба, не вздымала брови как бы в порыве редчайшего изумления, в которое приходит мыслитель, сталкиваясь с неразрешимым метафизическим сюрпризом, – она просто называла данные погоды. Когда речь заходила о той же погоде, но уже с оттенком *как бы личной оценки*, она не вздыхала смущенно, не подкатывала глазных яблок, не пожимала робко плечиком – то есть не проделывала всего того, что проделывали другие, которые (вплывая в опасный океан *вольных мнений)* неизменно сопровождали этим мимико-пантомимическим кривляньем любую «отвлеченную фразу» – а именно: фразу, не касавшуюся денег. Она не делала того, что проделывали все другие, неизменно сопровождавшие этими лживыми жестами *кальвинистской скромности* любую элементарную фразу с оборотом «volgens mij»[1]. Более того: она не была озабочена тем, чтобы загромождать гулкие, нежилые пространства якобы диалогов или общих бесед такими (обязательными для всех других) клоунскими (то есть ханжескими) словесными построениями как: *ах, я этого не знаю достоверно... ах, я, конечно, могу ошибаться... ах, я не смею настаивать на своем сугубо частном мнении... ах, простите мне эту запредельную дерзость мысли... ах, кто я такой, чтобы судить об этом...* Нет, она не делала этого никогда.

Например: «Вы не слышали, какая сегодня температура на улице?» Ответ почти всякого из сородичей и компатриотов Андерса был бы таков: «Я посмотрел сегодня утром, часов в одиннадцать (жесты, мимика: *ну, может, было не одиннадцать... я не утверждаю, что было ровно одиннадцать...*), – я посмотрел на уличный термометр за окном (жесты, мимика: *хе-хе, за окошечком...да-да-да...)* ну-у-у-у-у, я не знааааю (жесты, мимика: *ах, там, снаружи, было так много сложного, так много проблемного, о чем умолчу...*) – термометр показывал, по-моему, плюс семь градусов, или что-то вроде того... я не зна-а-а-аю...

А других тем для общих бесед в их кругу не бы-

[1] По-моему *(нидерландск.)*.

ло. Ну, налоги. Ну, как их по возможности уменьшить. Ну, скидки. Ну, типы страхования. Ну, автодорожные штрафы. Ну, распродажи. Так ведь на эти темы говорить – только нарушать здоровье. Поэтому о погоде – лучше всего: если уж зарядил дождь, то это случается не потому, что ты свалял дурака – что-то там продешевил, упустил, прохлопал – а с налогами-то ведь именно так... Со штрафами – тем более... Или с покупкой предмета за шесть гульденов, когда он, тот же самый предмет, продается в соседнем же магазине на тридцать центов дешевле.

Но в поведении его жены не было стандарта. Правда и то, что она не совершала ничего из ряда вон, это так, – однако риск некой непредсказуемости, как это постфактум осознал Андерс, витал вокруг нее непрестанно.

– 3 –

Для Андерса трафаретные формы поведения, присущие его соотечественникам, перестали казаться сами собой разумевшимися (то есть не замечаемыми) – вскоре после его угона в Германию. До войны, дважды совершая летние туристические поездки в составе студенческих групп, он не заезжал дальше Польши. Именно там, в Германии, он впервые встретил людей, живших до своего пленения где-то намного восточней Польши, – людей, о которых он никогда прежде не думал, хотя довоенные газеты время от времени и печатали о них какие-то странные материалы. В трудовом лагере Третьего Рейха он начал улавливать *иной* интонационный фон и ритм речи, совсем не похожий на таковой в немецком языке, который он знал превосходно, или в английском, который он знал хорошо и очень любил, или в понятном ему французском. Он, конечно, не знал тогда, что этот фон мимики и жестов войдет в его жизнь своевольно и навсегда – и не только лишь с памятью.

— 4 —

...Вернувшись в одиннадцать часов вечера с пасхального обеда, который закончился ровно в девять, уложив детей и слегка посмотрев телевизор, супруги легли в постель. Жена сразу уснула, что было ясно по ее дыханию – еле слышному, ничем не обремененному, ритмичному – такому, какое бывает только у молодых беззаботных зверей. Привычно установив этот факт, Андерс с какой-то даже веселой злостью отдался на произвол своей фирменной, не ведающей пощады бессоннице.

«Вот одинаковое же едим, жена, одинаковое пьем, одинаковым воздухом дышим, – думал он про себя, пока его пальцы с растерянной робостью поглаживали в темноте ее голову. – Откуда у тебя там такое?»

Он принялся было играть *в восстановление материи из небытия,* но почему-то, вместо одежек, с пугающей отчетливостью увидел тот, трехгодичной давности, эпизод в утрехтском поезде – да-да, именно так: она сняла плащ...

Она сняла плащ, так как в поезде было жарко. Но, сняв плащ, она не знала, куда девать полуобнаженные руки: это платье было без карманов. Тогда она, удовлетворяя свое желание уединиться, прикрыла глаза. Поезд слегка убаюкал ее. Дети постепенно угомонились.

Когда поезд остановился, где-то посреди черного поля, Андерс увидел, что мальчики крепко спят.

Он посмотрел жене прямо в лицо.

Она спала.

Он взялся открыто разглядывать ее черты, знакомые до бесчувствия...

Поезд тронулся, голова жены качнулась и...

И... оскалила зубы?

— 5 —

Когда-то у его матери была кошка, предшественница существующей: она умерла, когда Андерсу было уже шестнадцать. Та кошка была рыжая, почти сплошь рыжая, с белым нагрудничком, в белых носочках. Ее звали Lenore (в честь знаменитой Lenore Ulric, бродвейской звезды, на которую мать, соблазненная газетной накипью, тщетно пыталась походить во дни своей юности). Надо ли говорить, что этой Lenore позволялось абсолютно все: она даже обедала вместе со всеми, прямо на столе. На обеденном столе, который числился материнским приданым! Еще бы: ведь Lenore была членом семьи. Отец так и писал матери из своих деловых поездок: поцелуй (далее следовал хронологический порядок по нисходящей) Барбару, Пима, Андерса, Кристу и Lenore. А иногда даже так: Lenore, Барбару, Пима, Андерса и Кристу.

В представлении Андерса, который начал что-то соображать, когда Lenore была уже взрослой кошкой, она являлась, конечно, неотъемлемой частью дома (как крыша) и мира (как мама) – и была она, разумеется, *человеком.* (Только самой лучшей породы.)

Так длилось до определенного момента, пока Андерсу не минуло, кажется, шесть. В тот день он как раз помогал матери купать Lenore в зеленом тазу с выщербленной эмалью, потом они вытерли ее белым пушистым полотенцем с желтыми цыплятами, причесали и положили греться (и облизываться) на красный бархатный пуфик возле печки.

Было *навечерие* (канун) Святого Николаса, и в гостиной, готовой для завтрашнего детского праздника, уже затопили печь. Через некоторое время Андерсу захотелось проверить, высохла ли Lenore. Он открыл дверь. Довольно большая, почти пустая комната откликнулась волнующим сердце эхом. Lenore на пуфике не оказалось. Он стал звать ее, не заглядывая пока под диван, но слышал только собственный голос. Тогда он заглянул под диван, но не обнаружил ее и там.

С подоконника, держа в глиняных ручках игрушечный, туго набитый мешочек, на Андерса, улыбаясь, в упор смотрел Черный Пит. На смоляном, круглом, как сковородка, лице его рот казался особенно красным; белые, довольно-таки вытаращенные, пуговичные глаза, не сходя с лица Андерса, жили отдельно от улыбчивых губ. Андерс почему-то не выдержал его странной улыбки, и, отведя глаза вбок, увидел рыжий хвост Lenore: он выглядывал из-под занавески – в том углу, что служил гардеробом. Голубой, в белых оленях, плотный материал, наверху пышно собоpенный, свисал до самого пола с полукруглого металлического крепления под потолком, образуя темный, пахнущий странной одеждой гостей, закуток. Слева его еще защищала толстая и довольно высокая (для сидящего на полу Андерса) боковая стенка дивана: это была крепостная стена. Справа это пространство отгораживал деревянный бок мощного сундука, за которым, весь в бело-голубых изразцах, сиял (в тот вечер особенно жаркий) бок печки. Конечно, Андерс считал это укромное место (самое уютное в доме) своим Королевством.

Он отдернул занавеску: Lenore, передними

лапками, стояла на ящичке для обуви. Изо рта у нее свисала веревочка, шнурок от ботинок. «Ну что, высохла уже, mijn poessje?»[1] – Андерс протянул к ней руку, но тут веревочка как-то сама по себе дернулась... Lenore нежно разжала зубы: об пол влажно шмякнулась мышь; из ее оскаленного старческого, детского ротика полилась кровь. Дергаясь всем своим тельцем, мышь смотрела прямо на Андерса. Lenore игриво наклонила голову и, вытянутой лапкой в белоснежном носочке, ловко поддела мышь, но та не побежала, а только, перевернутая на другой бок, сильнее задергала хвостиком. Lenore пару разочков ударила в пол вытянутой лапкой, наклонила к мыши голову, еще раз обнюхала ее и принялась есть.

Андерс, конечно, слышал, что кошки едят мышей. Он видел даже картинки в книжках. Но то – кошки. Разве можно представить, чтобы мышь съела, например, мама?! Lenore не была кошкой и, кстати сказать, для Андерса ею так никогда и не стала. Но, нечаянно выдав свою природу нечеловека, так и не став кошкой, она превратилась в некое *существо*, которому Андерс не знал названия.

Переборов истерику, он не мог перебороть рвоты за столом, на котором это *существо* сидело как ни в чем не бывало, жадно лакая молоко из материнского блюдца. Но родителям Андерс так ничего и не сказал. Он по опыту знал, что отец

---

[1] Моя кошечка *(нидерландск.)*.

будет кричать: «Что из тебя получится, Андерс!» – и хорошо еще, если дело ограничится криком.

Через несколько дней врач, не нашедший у Андерса никакой определенной болезни, посоветовал родителям отсадить сына от общего стола. Он решил, что у Андерса развивается вариант невроза (то, что в дальнейшем будет называться детской и подростковой анорексией), – невроз, вызванный, в данном случае, отвращением к быстрому взрослению сестры и брата – и нежеланием следовать им. Андерс постарался и в дальнейшем, вплоть до своего отбытия из дома родителей, сохранить за собой привилегию отдельного столика, а его перемену к Lenore никто не заметил.

...Так вот: тогда, в утрехтском поезде, взглянув, как впервые, на ровные, словно жемчужинки, зубы жены, Андерс с ужасом понял, что, скорее всего, он имеет дело совсем не с женой... не со своей женой... но с кем же тогда?

— 6 —

Пастор, долгие годы служивший во влаардингенской Grote Kerk, отец Лоренс ван Бретт, худой, остроносый, противоестественно румяный, с неподвижной улыбкой в нижней части лицевого черепа, походил на тщательно вымытый, причесанный, хорошо загримированный труп. Убранный сегодня с особым блеском, он казался уже полностью приуготовленным к обряду погребения, так что оставалось загадкой, почему, зачем (и, главное, каким именно образом) его мертвое тело сохраняет вертикальное положение.

Андерс поймал себя словно бы не на своих мыслях. Он постарался сосредоточиться на белом одеянии отца Лоренса, служившего литургию. Этот белый цвет должен был, по идее, вывести мысли Андерса на путь чистоты и благочестия. Отчасти Андерс на этот путь и вернулся – ему (под нажимом больной совести) стало даже немного казаться, что – похожий в этой препоясанной альбе на Райского Акушера – там, за белыми с золотом рассветными облаками, – там, в сверкающей горным хрусталем Вечности, – отец Лоренс оказывает радостное родовспоможение вновь прибывающим.

Но... Глядя в лица прихожан, Андерс поймал себя снова словно бы на чужой мысли, а именно: они, эти реальные люди, занимали его сегодня почему-то гораздо больше, чем невидимый Господь. Было в их лицах нечто такое, что вызвало к жизни одно детское воспоминание...

— 7 —

Однажды его, семилетнего, отец повез в роттердамский зоопарк. Это было первое для Андерса посещение зверинца – места, еще издали пронзавшего ноздри и мозг диким, призывным воздухом настоящих тропиков – то есть ароматом жаренного в джунглях мяса (brasserie[1] находилась сразу у входа) – и восхитительно-грубым, необузданным в своем мощном размахе смрадом навоза.

О, эти сказочные – экваториальные и трансэкваториальные звери! Там были – дышавшие, как печи, бизоны в устрашающе-огромных шубах, там были разлинованные тушью матросо-матрасные зебры, лихо встряхивавшие смоляными гривами с бело-розовыми, вплетенными в них, цветами (что придавало им, африканкам, нечто японское); там были две двигавшиеся серокаменные горы: пара медленно сходившихся и расходившихся, неправдоподобно равнодушных слонов...

Зоопарк, что отметил отец, оказался устроен как малая модель планеты: звери и птицы были расселены там в том же соответствии, в каком их непорабощенные собратья обитают в своих естественных регионах... Андерс был поражен всем сразу – и каждой божьей тварью в отдельности... Он даже стал позевывать от счастливой, не по плечу ребенку, усталости, когда увидел, как объяснил отец, *гориллу,* сидевшую за толстой прозрачной перегородкой.

Волшебно неподвижная, горилла сначала бы-

---

[1] Закусочная (*фр.*).

ла обращена к зрителям огромной своей спиной – черной, косматой, угрюмой... Но вот она резко повернулась на чей-то визг: ее физиономия, черная и складчатая, как старый футбольный мяч, выражала брезгливую усталость и запредельное отвращение. Глядя на это существо (которому дети и взрослые, барабаня в перегородку, строили рожи), Андерс внезапно разрыдался – так громко и безнадежно, что смущенному отцу пришлось быстро увезти его домой.

Тогда Андерс, конечно, не мог еще объяснить, даже себе, причины своих слез. Сейчас, почти через тридцать лет, он, как никогда ясно, вспомнил тот день. ...Ему тогда показалось (если расщепить глухую тоску ребенка бесстыдно-опытным языком взрослых), ему показалось, что толщина прозрачной – почти призрачной – перегородки, достаточная для необходимой прочности (а на самом деле всего в два мужских пальца), – это воплощение некоего... («межродового», – как подсказал себе взрослый Андерс) барьера. То есть, еще до появления этого несчастного существа на свет (да уж! «на свет»! что за желчная фигура речи!), – еще тогда, в дозародышевом безначалии, данный барьер бесповоротно отделил его жребий – от жребия тех, кто может на него теперь невозбранно глазеть из *принципиально иного* пространства, из другого измерения... Всего два пальца... три сантиметра.... и это существо могло бы стоять вместе со всеми, с *этой* стороны перегородки... и жить жизнью непойманного человека...

Но есть барьер. И вот перед нами как бы недочеловек... заарканенный недочеловек со всеми вытекающими...

— 8 —

Всматриваясь в лица прихожан, большинство из которых он знал достаточно хорошо, Андерс не мог отогнать чужую, словно *вставленную* мысль. Это была даже не мысль, а ясная фраза, которая звучала в его голове так четко, что хотелось прокричать ее вслух, исторгнуть – может быть, выблевать. Да, именно так. Впервые в жизни Андерс не пошел к причастию. Это не было сознательным жестом отказа, нет. Просто он, завороженный, не мог сдвинуться с места.

...Прихожане, причастившись, уже потянулись назад, к своим скамейкам... Вот они медленно, со значением, идут – высоко, как бы отдельно, неся над своими туловищами просветленные лица (несколько деформированные от прижатых к нёбу хлебных облаток, не проглоченных со скупой каплей вина, сухих, как наждак), – эти лица отмечены выражением покорности и негромкого, то есть вдвойне ценного, мужества – совсем как у человека, которому дантист, только что варварски выдрав зуб, напихал полный рот ваты.

Они идут, умиленные своей полуторачасовой

кротостью, своей благонамеренностью, своим несгибаемым добронравием, а попробуй-ка – подойди к ним, когда они в тишайшем, скучнейшем приличии поглощают свой, безусловно, праведный, свой заслуженный, свой глубоко приватный обед, скажи: я умираю с голоду! даже рухни перед ними в голодный обморок – они, оскалясь в улыбке – такой же трупной, как у отца Лоренса, – скажут: «О'кей!» – и продолжат вкушать себе хлеб свой насущный, – вот что хотел прокричать Андерс. Нужна ли была вся эта долгая «эволюция духа» (если кто верит в такие штуки), вся мучительная история человеческого развития, полная фантастических жертв, взлетов, падений, океанов крови, безмерных слез, беспримерных предательств и подвигов, чтобы в конце Истории (а ее конец, к счастью, ясен и ощутим как никогда) прийти к тем же безусловным, простейшим рефлексам, то есть остаться наедине со своим голодом, похотью, страхом смерти?

— 9 —

Когда жена рожала второй раз, она вела себя мужественно и немного грустно. А в первый раз все было наоборот. Она была очень весела сначала, но затем, по мере нарастания схваток, все ее настроения исчезли, исчезла и она сама, оставив Андерсу от той, кем была она прежде, лишь крик, черный распяленный рот и страшные мгновения тишины – перед последующим криком. Это были крики животного, которого терзают, неизвестно за что, почему, и Андерс сходил с ума от того, что не знал, где же находится рычаг, который следует рвануть, чтобы все это разом закончить.

Он навсегда запомнил, как стоял у изголовья жены, не смея смотреть в ту сторону, где разверзлась огромная, словно бы первозданная рана. Его жена внезапно оказалась состоящей из трех черных ран-отверстий: исковерканного рта (который она, в крике, затыкала намотанной на кулаки простыней) – затем того, главного, в межножье (обритом, таком странно голом, желто-буром от йода, корейском, китайском, совсем чужом) – и того, что располагалось под ним: еще более страшного, никогда таким дотоле не виданного, грубо вздутого, синюшно-черного (от естественно разбухших вен, как попытался успокоить доктор).

Андерс избегал смотреть в ту сторону не от страха, а потому что жалел гордость и красоту жены, – и вот что было главное: потому что он тихонечко целовал плечи и руки жены, гладил ее голову. Когда жена, в промежутках меж схватками бессильно закрывала глаза истончившимися потемневшими веками, он тихонечко целовал ее родные, ненаглядные веки.

Через какое-то время врач предложил было кесарево сечение: ожидалась двойня. Однако жена сделала жест рукой – всего один жест – и это сняло с повестки дня решение врача, который он довольно долго обсуждал до того с заведующим отделением.

Андерс запомнил еще вот что. Когда, в кратком промежутке между схватками, он выскочил за врачом в коридор, когда сказал – если бы я мог взять эту боль себе, когда добавил: ведь этот ужас даже представить себе невозможно, врач усмехнулся:

«Отчего же. И мужчина может себе это вполне представить. И даже испытать».

«Как?» – Андерс был уверен, что доктор шутит.

«Взять, например, инфаркт, – продолжал доктор. – Это ведь те же схватки, только в сердце. Этиология болевого синдрома, по сути своей, та же самая. Боль возникает потому, что мышечная ткань сердца (как и мышечная ткань матки) страдает от недостатка питания. Состояние ткани, в сущности, близко к некротическому. Внутри клеток нарушается процесс аэробного окисления... Эта патологическая биохимия, посылая сигнал в мозг, и ведет к острому болевому синдрому... Разница между маточными схватками и инфарктом миокарда состоит лишь в том, что матка спазмируется по команде от половых гормональных регуляторов, пережимая своими же мышцами кровеносные сосуды, которые несут мышцам питание. Но, конечно, в правильных, неосложненных родах до инфаркта маточных мышц никогда не доходит...»

(«А при неправильных?!» – вскрикнул про себя Андерс.)

«А вот в спазме сердечной мышцы, – уже увлекся доктор, – сексуальные гормональные регуляторы, конечно, ни при чем... Здесь правит бал гормон мышечной мощи, адреналин. Или другой вариант инфаркта миокарда: гладкая мускулатура коронарных сосудов спазмируется не мышцей сердца непосредственно, то есть не механически, а сама, в силу своих сепаратных причин, но результат тот же самый...»

Тут снова дико закричала жена, и этот вопль – какой-то новый, словно предсмертный, – мгновенно выбил из головы Андерса медицинскую блиц-лекцию.

Да он бы в этой теории и так ничего не понял.

Понял он это только на практике, когда десятого февраля тысяча девятьсот пятьдесят восьмого года с ним, тридцатисемилетним, случился инфаркт.

– 10 –

...Жена, ты помнишь пылающий Дрезден? Ты помнишь ребенка, выскользнувшего из рук своей матери – прямо в океан пламени, – и саму мать, которая безвозвратно ринулась за ним следом? Ты помнишь ли огненную дорогу из Дрездена, дикую пляску смерти, ее ликующий, идущий вразнос, оглушительный триумф? Ты помнишь ли ту долгую – и одновременно краткую – дорогу из ада в ад, – дорогу, полную крови, нечеловеческих криков? Ты помнишь ли ярко-красные, зеленые и синие человечьи кишки, висящие, как праздничный серпантин, на ветках деревьев, белых-белых от взорванного прежде мучного склада (а словно бы от ужаса)? Ты помнишь дорогу, где нам обоим, еще не знавшим друг друга (к счастью – еще не знавшим), удалось уцелеть только благодаря заваливавшим нас трупам? Ты помнишь ли, жена, во что превратился весной цветущий сад герра Цоллера? Ты помнишь ли своих соотечественников? Ты помнишь, как братья терзали и насиловали своих сестер?

Знаю, что помнишь. Оттого мы никогда и не говорили об этом. Я знаю, отчего ты, крича в голос, долгие годы просыпалась посреди ночи, а сердце твое колотилось так сильно, что дрожала кровать, но я вынужден был сначала бежать к проснувшимся детям – и только потом возвращаться к тебе, чтобы успокоить, убаюкать тебя в своих объятиях. И ты – ты тоже знаешь, отчего я долгие годы просыпался с криком и стоном, и уже взрослые дети, перепуганные, робко стучались в нашу спальню, а ты говорила им, сквозь дверь, – *все в порядке*, и долго утешала меня, как ребенка, в своих нежных объятиях. *Все прошло, Анди*, говорила ты, *все прошло, забудь...*

Не одна то ли, да не одна да во поле дорожка,
Во поле дороженька она про... пролегала, пролегла...

Ничего не прошло, жена. Но я не хочу и не буду перечислять реалии рукотворного ада, превосходно организованного богобоязненными, законопослушными, *несшими свет* европейскими гуманистами. Коммунистами, фашистами, англиканцами, католиками, кальвинистами. Кем еще? Какая разница! Массовый человек любую науку, идеологию, религию – всегда перекроит в таком ключе, чтоб сподручней было брата своего отправлять к праотцам.

И вот, несмотря на все это, мы с тобой выжили. Мы выжили, несмотря на то, что вся логика истории, весь ее механизм настроен на убийство, на убийство, исключительно на убийство. Механизм, работающий бесперебойно, с краткими, словно запрограммированными антрактами – для воспроизводства объектов и субъектов убийства. Мы выжили в бойне, где сам воздух, сам воздух с выжженным в нем кислородом, был против нас. Мы выжили чудом. Мы родили детей – наверное, для следующих войн. Не думать. Лучше об этом не думать.

Попробуем жить сегодняшним днем. Какой сегодня, кстати, день недели, жена? Пятница? Не может быть. Пятница? И ты, жена, не пошла в хор? Ты не пошла в хор?! Ты сидишь тут, рядом со мной? У тебя на глазах слезы?..

Любимая, прости меня, что я так сильно мучаюсь – и этим мучаю тебя. Прости меня, что я, глава семьи, лежу на больничной койке, как последнее бревно. Нет, хуже бревна: бревно не гадит под себя, не отрывает от дел семью, не тратит на свое восстановление нужные семье деньги.

Я просто попробую объяснить тебе природу моего страдания. Видишь ли, я убежден, что Господь начисляет каждому вполне определенное, зафиксированное в специальной Его книге количество страдания. Да: твердо зафиксированный размер страдания – в каких-то там единицах. Суммарное количество этих единиц человек изменить не в силах: это и есть Судьба.

Однако человек может менять форму страдания. Условно говоря, на этом свете для человека существует гуманный («свободный») выбор между глыбой льда и сковородкой: в результате он может оказаться вмороженным в лед, а может, по своему желанию, быть зажаренным. Ну, вариантов здесь, конечно, больше, чем два. Гаррота или «испанский сапожок», «вилка еретика» или «ведьмино кресло» – ну и так далее – почитай историю инквизиции.

Заросла то ли, да заросла да во поле дорожка,
Во поле дороженька она за...заросла, заросла...

Это я говорю опять же для того, чтобы показать тебе, сколь искренне мое чувство вины: я ведь предполагаю, что, если бы не твой хор, для меня было бы мучительным что-то другое. Может быть, Господь назначил бы мне эквивалентом какую-нибудь изматывающую болезнь – кто знает? Просто назначил бы – и все. Потому что я счастлив моей любовью к тебе, а на этом свете так, видно, нельзя.

А могло бы случиться нечто еще более странное. Ты замечала ли, жена, что фантазия Господа нашего не беспредельна? Это особенно заметно — я имею в виду: заметно невооруженным глазом — на представителях животного мира — или на образцах растений — деревьев, цветов, плодов.

Он, Господь наш Вседобрый, иногда позволяет Себе лениться, потому-то и не изобретает ничего нового, а использует то же самое — только в чуть-чуть иных комбинациях. То есть комбинации эти — в том-то и дело — состоят из прежних, давно известных элементов.

К чему я клоню? А к тому, повторим, что Господь наш Непревзойденный иногда ленится. Да, Он бывает ленив. (А то с чего же ленивы бываем мы сами, созданные «по образу и подобию»?)

И вот сейчас, жена, я скажу очень важную вещь. Может быть, самую важную. Понимаешь, Он, Господь наш Всемудрый, в силу Своей лени, *не всегда снисходит до мотивации страдания*. Ее, мотивацию, ведь еще придумать надо, изобрести. А Ему, Создателю Вездесущему, лень. И вот тогда Он назначает индивиду страдание — щедрой рукой, полной мерой — просто так — *безо всякой причины*.

Я видел таких людей (страдающих как бы «без причины»: то есть без причины, *понятной* даже им самим) — сколько угодно. А ты, ты — разве не видела таких людей, жена?.. Видела. Где?.. Здесь.

Как по той, то ли да, как по той да по дорожке,
По той по дороженьке ни... ни проехать, ни пройти...

Именно. Я знал, что ты именно так и ответишь: *здесь* видела, а на своей бывшей родине – нет, никогда. Там мотивация всегда груба, зрима, а потому страдание словно бы легитимно. Блокадные очереди, очереди с передачами в тюрьмы, очереди на крестины, свадьбы, похороны – *сколько в одни руки?* И ты, жена, – не возмущайся, пожалуйста, это ведь ты же сама мне и сказала, только, видно, уже не помнишь – ты сказала мне как-то: *всю жизнь подворовывать и ни разу не попасться – вот оно, русское счастье.* Твоего отца, конечно, же, расстреляли, – и тот факт, что ты являешься моей женой, матерью моих детей и живешь на родине их отца, со своим мужем, сыграл здесь не последнюю роль – хотя (как ты сказала сквозь рыдания) «шпокнуть» его, как и любого каждого, могли бы и *за просто так,* не удосуживая себя, на манер Господа нашего, изобретением «причин». Твоя мать умерла с горя. И у тебя есть – понятные твоим людям – истоки для скорби.

А мне для страдания назначен твой хор. Ну, это помимо того, что мы пережили с тобой вместе – понятного всем без исключения: «война – это не есть хорошо для ее жертв». Чувствительность к боли, жена, – чувствительность вообще, как таковая, – у всех разная. В этом смысле не убедительно измерять боль длиной блокадных очередей (ухху! вот ему бы, этому Андерсу твоему, – то, это и то! ему бы вот *нашенское* попробовать! ухху! поглядели бы мы на него, на голубчика!). Боль, жена, сантиметром не измеряют. Страдание можно измерить только силой сострадания – если уж за то браться.

А сейчас, жена, действительно главное. Это все было вступление. Что же является для меня «действительно главным»?

Не ходи в свой хор, жена. Я прошу тебя. Я тебя молю. Если бы я мог сейчас, я бы рухнул перед тобой на колени, пал бы ниц. Сегодня же ты не пошла? Вот и не ходи потом. Не ходи больше. Пожалуйста, не ходи никогда.

Я даже не говорю: почему бы тебе не ходить в нидерландский хор? Я знаю, тебе это совсем не надо. Есть то, что есть: ты вспоминаешь свою страну с неизменным страхом, а ходишь в ее, этой страны, хор.

И знаешь, я понимаю, в чем тут дело, хотя не могу сформулировать.

Но, как бы там ни было, я прошу тебя: не ходи в этот хор.

Жена, мы пережили с тобой мировую бойню. А вот хор твой мне не пережить. Я не знаю почему. Есть как есть.

Ты же видишь, меня убивает это. Что я могу сделать? Что добавить мне к сказанному? Я люблю тебя как последний дурак. Пожалуйста, не ходи в хор.

Вот что сказал бы Андерс ван Риддердейк, на следующий же день после срочной госпитализации, то есть одиннадцатого февраля тысяча девятьсот пятьдесят девятого года, лежа в палате кардиологической интенсивной терапии, принадлежащей Университетскому Медицинскому Центру (Universitair Medisch Centrum) города Утрехта. Вот что сказал бы он, если бы не был с ног до головы опутан датчиками и прозрачными трубочками. Если бы не спал – а он как раз спал – под воздействием седативных препаратов (даже во сне тем не менее слыша пение хора). Вот что сказал бы он, если бы умел говорить бесстрастно, красноречиво и складно. А он этого не умел, то есть говорить он стеснялся (хотя на бумаге изложить бы мог). Но Андерс все же попробовал бы сказать хоть что-либо, имейся рядом с ним адресат этого монолога, жена.

Однако жены рядом с Андерсом как раз не наблюдалось. Была пятница: закончив работу, жена пошла в хор.

Зародилась сильна ягодка во сыром она бору, только бору,
Заблудилась красна девица во темном лесу, только лесу.
Приблудилась красна девица ко быстрой она реке.
Выходила красна девица на крутенький бережок.
Расстилала бел-шелковенький платок, ой, да платок.
Выставляла водочки крепкий полуштоф, да полуштоф.
На закуску выкладала бел-рассыпчатый пирог.
На забаву доставала яблычкав спеленьких пяток.
Закричала шельма-девчоныча своим звонким голоском,
Перявощик, а ты, перявощик, переправь меня, девчонычку,
На ту сторону реки, на ту сторону реки.

Там в зеленом хуторочке, что на самом на ярочке,
Мой миленочек живет, мой миленочек живет.
Перявощик, а ты перявощик, ты скажи мне, девчоначке,
Что возъмешъ за перявоз? Что возъмешъ за перявоз?

— 11 —

В больнице, когда ему стало получше, Андерс тоже играл иногда по ночам в восстановление материи. Но теперь он воскрешал из небытия уже одежки своих детей. Почему-то первой выплыла пижамка Фреда – как раз того их с Ларсом возраста, четыре года назад, когда они начали запойно читать. Это была салатно-зеленая фланелевая пижамка в белых слониках. Каждый слоник держал хоботом темно-зеленый мяч. У Ларса пижамка была голубая, вспомнил Андерс, где каждый белый слоник держал хоботом синий обруч.

Однако пижамка Ларса была уже не в счет. Именно ночная одежонка Фреда дала толчок памяти, из которой, без каких-либо родовых схваток, возникло воспоминание.

...Четырехлетняя Ирис осталась в своей спальне под присмотром матери, а он направился к мальчикам.

«Почитай, папа, почитай!» – запрыгали в своих кроватях Фред и Ларс.

«Немедленно ложитесь! – сказал Андерс. – Вы уже взрослые. Завтра рано вставать».

Он услышал свой голос словно со стороны.

Звук был очень похож, как ни пытался Андерс себя обмануть, на материнский – только, разумеется, несколькими тонами ниже.

Он увидел такой же воскресный вечер, с его неизбывной тоской и страхом понедельника – этими обязательными составляющими краткого выходного дня, которые особенно сильны в воскресенье утром, а к вечеру как раз сглаживаются: нет смысла страшиться неизбежного. Ему вдруг стало невыносимо тошно от простой и ясной мысли, что, желая того или нет, он повторяет незамысловатую в своей пошлости партитуру родительской жизни – и его дети тоже ее повторят...

«Что вам почитать?» – спросил Андерс.

«Ур-ра-а-а!» – заорал Ларс.

«Нянины рифмы!» – выпалил Фред.

«Вот для этого вы точно взрослые», – *притворился взрослым* Андерс.

«Ну пожа-а-алуйста, па-а-апочка», – заканючил Фред.

«И не стыдно? – сказал Андерс. – Вам же по восемь лет!..»

«Папа, а давай прочитаем их в английском оригинале, – с важностью выговаривая слово *оригинал,* предложил Ларс. – Вон они стоят», – он точно указал на высокий розовый корешок.

(«И совсем они не одинаковые, – в стотысячный раз отметил про себя Андерс. – Ларс немного серьезней, зато Фред...»)

«Nursery Rhymes!.. Nursery Rhymes!..» – уже хлопал в ладоши Фред.

И Андерс, раскрыв большую книгу, приятную

для рук формой и весом (она была широкая, но не толстая, не тяжелая) и прохладой гладкой обложки, – розовую книгу с желтыми, зелеными и голубыми картинками, прочел сыновьям «Baa, baa, black sheep», и «Bobby Shafto's gone to sea», и «Ding, dong, bell», и свой любимый стишок «Eena, meena, mina, mo», – и те, что знал наизусть – «Georgie Porgie, pudding and pie», и «Hickory, dickory, dock», и «Hush-a-bye, baby, on the tree top», и еще с полдюжины штук.

Последнее стихотворение было предложено выбрать наугад.

«Я буду выбирать!..» – резко сел Ларс.

«Не-е-ет, я-а-а!!» – заскулил Фред и, видя, что отец колеблется, запустил в брата подушкой.

«Раз вы еще не научились уступать, – Андерс подошел к книжной полке, – придется, видно, выбирать мне самому».

Он вытащил книжку, зажмурил глаза, раскрыл наобум страницу и ткнул пальцем.

«Что там, что?!» – братья попытались заглянуть в книгу. Андерс, прикрывая страницу ладонью, вслух прочел:

Solomon Grundy,
Born on a Monday,
Christened on Tuesday,
Married on Wednesday,
Took ill on Thursday,
Worse on Friday,
Died on Saturday,
Buried on Sunday.
This is the end
Of Solomon Grundy.

«Married – это женился?» – важно спросил Ларс.

«Да, – сказал Андерс. – А остальное – понятно?..»

«Да», – сказал Фред.

«Ничего тебе не понятно», – огрызнулся Ларс.

«Тебе самому непонятно! – выпалил Фред. – Wednesday – это среда, Sunday – воскресенье, Thursday – четверг...»

(«Вот, полюбуйся! – озлился на себя Андерс. – Надо с ним больше заниматься спортом! Может быть, у него есть способности к спорту?..»)

«А давай переведем на нидерландский», – предложил Ларс.

«Соломон-Мельник...» – неуверенно, в шутку, начал Андерс.

«Рожден в понедельник!!» – мгновенно подхватил Ларс.

Фред растерянно закрутил головой: он не был готов к словесному состязанию.

«Во вторник – крестился...» – наконец мрачно выдавил он.

«А вот и не в рифму!!» – победно заорал Ларс.

«Дальше будет в рифму, – успокоил его Андерс. – В среду – женился...»

Дети захохотали от удовольствия.

«В четверг – заболел...» – пробубнил Ларс – и тут же сморщил нос, показывая, что понимает недостаток этого варианта.

«Ага, у тебя у самого не в рифму!!» – злорадно заверещал Фред.

«Все в рифму, – успокоил Андерс. В этой жизни – все в рифму. – В пятницу – совсем ослабел...»

«Ура-а-а!!» – заорали братья...

«Сейчас опять будет не в рифму», – после маленькой паузы признался Ларс.

«Да ты же видишь: не в рифму в этом мире не бывает! – сказал Андерс. – Как там у тебя?..»

«Я не знаю... – смущенно сказал Ларс. – Я не знаю, как лучше... В субботу... В субботу... В субботу – приказал долго жить!..»

«Это что?» – спросил Фред.

«То! – сказал Ларс. – Бабушка Анна, мамина мама, приказала долго жить, помнишь письмо?»

«А, это...» – протянул Фред...

«В воскресенье – его повезли хоронить», – честно перевел Андерс.

«А как лучше перевести «This is the end of Solomon Grundy»? – спросил Ларс. – Надо по рифме, чтоб было в конце «простить», «любить»... но не подходит по смыслу... Да, па?»

«Такова была Мельника глупая прыть», – сказал Андерс.

«Что это – прыть?» – спросил Фред.

«Скорость, – сказал Андерс. – У него была высокая скорость жизни».

«И его оштрафовал полицейский?» – хихикнул Фред.

«Дур-р-рак ты! – вдруг побагровел Ларс. – Это совсем не смешно».

«А по-моему, смешно», – из вредности сказал Фред.

«Нет, не смешно! – повторил Ларс. – А ты, папа, как думаешь?»

«А по-моему, смешно», – сказал Андерс.

Он поцеловал детей, погасил свет и вышел из комнаты.

– 12 –

После инфаркта Андерс отправился восстанавливать силы в Шотландию. Такова была настоятельная рекомендация Брендона Спрея, семейного врача. Для своей практики он, втайне этим гордясь, выписывал несколько международных медицинских журналов – по проблемам кардиологии, невропатологии, ревматологии, психиатрии; в одном из них, английском, было сказано, что микроклимат некоторых частей Шотландии, с ее холмами и цветущими вересковыми растениями, прекрасно восполняет энергию истощенных нервов.

По совету жены, которая отдавала должное мечтательной («какой-то не стопроцентно голландской») натуре Андерса и где-то видела убедительную рекламу, он снял номер в недорогом пансионате километрах в двадцати от Эдинбурга. Пансионатом оказался маленький, очень уютный – и, кстати сказать, недавно отреставрированный – замок XV века, живописно розовевший меж береговых скал богатой форелью речушки Северный Эск.

В один из дней, запомнившийся Андерсу до конца его жизни, он пошел прогуляться – и забрел довольно далеко.

...Андерс шел вдоль шоссе, что пролегало в полях, когда вдруг понял, что потерял дорогу. Он не расстроился и не смутился, поскольку догадался, что просто делает круг, и решил не возвращаться к точке, из которой, видимо, взял неправильное направление, а просто подойти к пансионату с другой стороны. И продолжил свой путь.

Был очень солнечный день, первое мая. Стояла любимая погода Андерса: солнечная и нежаркая. Синее небо было не лаково-голое, не анилиновое, не бесприютное, а мягкое, словно одомашненное, словно лениво дремавшее меж рубенсовских облаков, меж бокастых и добрых рубенсовских бабищ, лежавших на свадебных своих перинах; яркое солнце было не палившее, а только веселое, будто нарисованное ребенком, – и свежий, прохладный, даже холодный ветерок убавлял, убавлял, убавлял, убавлял – с каждым шагом – груз нажитых лет. В сравнении с превратным поведением апрельских лучей, световые потоки юного мая обнаруживали новое качество: надежность. Весна решительно закончила отношения с капризным апрелем и демонстративно предпочла ему более зрелого соперника.

Голубой ветерок по-ребячьи теребил рубашку, причем Андерс постоянно чувствовал ласковую природность ее материала и словно бы возрожденную молодость своего тела. Поля были огромны, именно огромны, совсем не такие, как в его стране, то есть неоглядны – и вдобавок восхитительно разнообразны: почти через каждую сотню шагов то слева, то справа на горизонте всходила новая череда пологих холмов с россыпью деревушек у подножий и на склонах, и даже отдаленно расположенные земли разворачивали напоказ щедрые свои телеса – зелено-голубая планетарная ширь, все более расширяясь, расправляясь, набухая, распирала существо Андерса телячьим, бычьим напором жизни, он готов был уже лопнуть в этом все прибывавшем блаженстве, но продолжал глотать и глотать плотный поток ветра, чувствуя себя счастливо затерянным в мире, где небеса безбрежны и где полно места для всех, а любой фут земли прочен, пригоден, уютен – живи, Андерс, живи!

Для вереска было еще рано, он зацветал здесь в июле-августе, зато сейчас, в альпинариях садов и по склонам скудных прежде холмов – везде, словно в тайном сговоре с давно обещанным счастьем, – пылала матово-чистым цветом щедрая шотландская эрика: на фоне темно-зеленых и светло-зеленых листьев – по-детски нарядно, наивно и празднично – красовались белые, розовые, лиловые, пунцовые кисти соцветий...

Андерс шел той стороной дороги, которой ходят на материке, то есть стороной встречного транспорта, но здесь, на острове, все было наоборот: иногда огромные грузовики с грохотом выныривали именно из-за его спины, это было странно, как-то совсем не с руки, но Андерс не решался перейти дорогу, чтобы этим бытовым действием нечаянно не разрушить то чудесное – по-нездешнему хрупкое, – что можно было бы назвать внезапным забросом его, Андерса, в какое-то иное пространство. (Или просто: счастьем.)

Это был зазеркальный мир. Оказывается, он существовал именно на острове. Переплыв Ла-Манш, пробравшись по суше на север, Андерс словно бы проник сквозь амальгаму – и попал наконец туда, куда все свое догимназическое детство так упорно мечтал войти. И вот сейчас он вертел головой и смеялся, как holy fool[1]. Хотелось почему-то идти все быстрее, быстрее, быстрее! – и он двигался все стремительней, почти уже несся – как авиалайнер на взлете, на взлете! Андерс уже не помнил ни детей, ни жены, они еще не появились в этом заново сотворенном мире, врученном ему одному – как огромный, размером с Землю, зелено-голубой подарок, как приз – да, приз, – бог знает за какую такую победу. В новорожденном мире был только он, и где-то – совсем рядом! – незримо, но тем более ощутимо – любимые, совсем молодые родители – красивые, любящие друг друга, счастливо смеющиеся...

На одном перекрестке, который, казалось бы, не представлял собой ничего особенного, Ан-

---

[1] Юродивый (*англ.*).

дерс остановился как вкопанный. Странное и в то же время очень конкретное взаимодействие цвета и света... может быть, даже температуры... да, температуры и воздуха... дыхания и сердцебиения... звуков и запахов... и каких-то еще неведомых параметров, от называния которых причина не делается яснее... вернули Андерса в одно из лучших ощущений детства.

— 13 —

...После Шотландии Андерс почувствовал себя обновленным, счастливым, полным сил, что было особенно необходимо, так как дома его ждали перемены: в июне родилась девочка, которую назвали Анна-Маргарет; жена перестала ходить в хор, всецело отдавшись воспитанию малышки, этот факт оказался своеобразной терапевтической реабилитацией для Андерса: врачи уверяли, что омертвелая ткань сердца полностью зарубцевалась, притом почти без нарушений сердечной функции; двенадцатилетние Фред и Ларс добровольно занялись дополнительным (в школе был пока только английский) изучением языков: Фред – французского и польского, Ларс – немецкого и шведского; восьмилетняя Ирис стала брать уроки танцев; через полгода, к Рождеству, Андерса значительно повысили в должности, он стал зарабатывать в два раза больше; они с женой продали прежний дом и купили – там же, в Утрехте, – более просторный, где малышке сразу была выделена отдельная комната; жена уговорила Андерса взять девочке няню, он сделал и это; и вот наступил очередной вторник, и жена неожиданно пошла в хор; и наступила пятница, и жена – в приподнятом настроении, помолодевшая, красивая, как никогда – пошла в хор; и наступил вторник, и жена – уже привычно, естественно, совсем как обычно – пошла в хор; и наступила последняя пятница лета тысяча девятьсот пятьдесят девятого года, и с Андерсом случился второй инфаркт.

– 14 –

стозевное, многоочитое чудо,
чудище дивное, чудище лютое,

хор встает, как восход,
хор стоит, как пожар,
хор стоит, как пожар до самого неба –
грозный, громокипящий, предвечный;

хор,
пылающий монолитный метеорит,
одинокий титан,
изгой неведомых чужедальних галактик;
ты, частица его
ты не видна в этом слепящем сиянии,
ты не слышна в этом штормовом, бушующем огневище,
твои черты мелькнули, исчезли,
да ты ли это была?

твое лицо – что это было?
безучастный лик идола,
увенчанный увесистым, словно булыжник,
суррогатом венца,

грубым, громоздким,
схожим –
излишеством,
грузным величием –
с грубым азиатским роскошеством,
с украшением
сфинкса, скифа, мертвеца-фараона;

твое лицо
кажется мне совсем незнакомым,
земноводным,
ноздри и чешуя,
твое лицо в этом страшном тяжеловесном уборе
уже не отличимо от чужих;
меня, наверно, забросили
на кольца Сатурна,
я один,
кругом ночь и холод,
я теряю сознание,
и навигатор утерян,
да и к чему он?

бессчетное множество раз в эти годы
я оказывался в глубоком нокауте от своей догадки,
что и после до-ре-ми,
после распевки,
что и после фа-соль-ля-си,
после репетиции,
после выступления,
после аплодисментов,
после занавеса и погашения света,
и затем, после вашего дикого сабантуя,
я не смогу вычленить тебя
из монолитной стены,
где, поверх каменных лиц,
вьются, извиваются, пляшут
языки,
языки-язычища пламени;

бессчетное множество раз
я признавался себе,
что ты уже не вернешься ко мне,
не вернешься вовек,
но даже не это было самым страшным,

знаешь, мне казалось,
вот что самое жуткое,
не совместимое с дыханием,
не совместимое с биением сердца:
мне казалось,
я не встречал тебя никогда,
ты не была даже рядом со мной никогда,
и даже сон о тебе был чужим;

и ты останешься там,
с ними,
за ними,
в них,
по полному праву,
ты просто останешься там, где существовала всегда,
безликой частицей пламени,
на веки вечные,
до скончанья времен,
понимаешь меня? –
конечно же, нет

хор стоит как пожар до самого неба

* * *

Het hart zal ook in het lachen smart hebben;
en het laatste van die blijdschap is droefheid.

И при смехе иногда болит сердце,
и концом радости бывает печаль.

(Притчи Соломона, гл. 14, ст. 13)

часть четвертая

[1959]

ER IS EEN TIJD OM TE ZOEKEN EN TE SPREKEN[1]

— 1 —

Коренной наследник древних батавов (с небольшой частью фризской крови), то есть *в некотором роде* (коль подходить формально) *типичный нидерландец,* Андерс вознамерился приложить все разумные силы для выхода из ловушки.

Но что значит – «типичный нидерландец»? Такая формулировка неизбежно ввергает ее пользователя в пучину пошлости. А оттуда не видно вообще ничего.

Тем не менее отрицать, что такой стереотип существует, – пошлость тем более густопсовая, что сдобрена ханжеством. Поэтому скажем так: да, такой стереотип (наравне с прочими) существует, отражая взгляд на нидерландцев других европейских народов (главным образом соседей),

---

[1] Время – искать и говорить (*нидерландск.*). Екклезиаст.

и диктует он в основном следующее: типичный нидерландец – это человек, в первую очередь, непреложного («клинического», «паранойяльного») здравомыслия, а также рационализма – притом рационализма такой плотности, который готов к своему овеществлению в курьезный туристический сувенир; это человек дисциплинированных повседневных чувств, умеренный абсолютно во всем и главным образом позитивист.

Иначе говоря, он доверяет своей голове и своим рукам. Исходя из этого, поверит он ни в коем случае не цветистым сентенциям книг (даже священных), не изречениям мудрецов (будь то, помимо авторитетов его конфессии, хоть знатоки суфизма, хоть эксперты ламаизма), а голове и рукам наиболее знакомых ему людей.

Притом Андерс, к чести его надо сказать, не подпадал под изречение автора знаменитого «The Devil's Dictionary», Амброза Бирса, а именно: «Советоваться – это значит искать одобрения уже принятой линии поведения».

Никакой «линии» у Андерса не было и в помине.

Он просто не хотел погибать.

И потому – пытался отчаянно сопротивляться сложившейся ситуации. Говоря конкретно, он пытался сопротивляться тому, что второй инфаркт привел его к инвалидности, что после второго инфаркта он стал зарабатывать гораздо меньше, потому что со стрессами (которые предполагала прежняя его должность) уже справляться не мог и даже должен был их заранее исключить; он должен был сопротивляться тому, что жене, вследствие этого (дабы выплачивать деньги за дом, в который они совсем недавно переехали), пришлось брать дополнительную работу (у нее была маленькая пекарня); он изо всех сил должен был сопротивлялся тому, что уже не так, как прежде, радует жену в вопросах телесной любви; что в свои тридцать девять стал панически бояться инсульта (и всего, что с ним связано), что хор, так или иначе, приведет его к третьему инфаркту – хорошо, если смертельному.

Главным образом он пытался сопротивляться своей пыточной мысли о том, что жена, несмотря на его никчемное здоровье, снова пошла в хор.

При этом Андерс, разумеется, понимал, что виноват в его смерти будет не хор, а его собственное этого хора восприятие.

Ну да: *нас мучают не сами предметы, а наши представления о них* (цитата).

И Андерс (вот в чем единственно и проявило себя его рацио «типичного нидерландца») решил посоветоваться с кем-нибудь более-менее близким на тему: как изменить это восприятие. (Что, конечно, является вопросом интимным, но, например, коллеги по работе, не особо стесняясь, довольно часто обращались к нему со своими «интимностями». А кроме того, новый, прогрессивный стиль поведения в обществе гласил: любая проблема может – и должна! – обсуждаться публично, в человеческой природе нет ничего постыдного, *будем прозрачны.*)

Итак: как изменить восприятие? Если не удается уничтожить стену между женой и собой – как притвориться, что между ним и женой этой стены нет? Если не удастся и притвориться – как принять существующее положение вещей? (Или: как притвориться перед собой, что оно принято?)

Андерс сразу решил для себя, что при встрече с намеченным человеком (он наметил пока только одного, но несколько других было в запасе) – в самом начале разговора он предупредит: только не надо, пожалуйста, советов в духе «мне бы твои заботы» и «голодающим детям Африки еще хуже». А именно такие-то ответы он, конечно, предполагал получить в первую и, возможно, единственную очередь, ибо люди, в массе своей, не особенно изобретательны – чему исключением не служат и проявления их пошлости. Единственный друг, конечно, так никогда не сказал бы, но единственным другом для Андерса была его жена, а с ней-то... из-за нее-то... даже пусть из-за самого Андерса – но в связи с ней...

А может, он не видит чего-то прямо перед своим носом? Или: может, есть хитроумные пути забыться? Разговоры с католическим Богом почему-то совсем не помогают. Так, может, какие-нибудь тибетские медитации? Стояние на голове? Сидение в позе лотоса? Беспрерывное распевание мантр? Переход к вегетарианству? Умеренная левитация? Или: чтение на ночь снабженных фотодокументами книг о диких режимах тоталитарной Азии?

Может, действительно поможет чье-нибудь слово, даже самый глупый совет – просто примером от противного? Нельзя, нельзя сдаваться, пока не исчерпаны все ресурсы! А ресурсы далеко не исчерпаны. Надо посоветоваться с людьми.

И Андерс решительно ступил на эту тропу в земной юдоли.

— 2 —

Хотя виделись они нечасто, Герард де Йонг считался добрым приятелем Андерса – просто потому что других близких знакомых у того не было, да еще потому, что когда-то, в частной мужской гимназии, они сидели за одной партой. Кроме того, и это являлось главным фактором в естественном поддержании их отношений, Герард был соседом Андерсовой матери, и, поскольку его собственная мать умерла рано (а еще раньше скончался отец), Герард так и остался там, в том же самом кирпичном домишке, глядящем на улицу тремя окнами. Поэтому когда Андерс бывал у матери, то есть в доме своего детства, он почти всегда видел Герарда. Тот не был женат, что Андерс относил на счет его привязанности к своей покойной матери, – привязанности, искоренившей любую конкуренцию.

В годы войны немцы не угоняли Герарда: по счастливой для него случайности – как раз за несколько дней до вторжения «moffen»[1] – он уехал погостить к родственникам в Швейцарию, да так и пересидел там опасное время.

Герард торговал чулками. Четыре дня он делал это в собственной галантерейной лавке, устроенной на первом этаже его домика, а по вторникам и пятницам – занимался тем же самым на местном базаре. Андерс привык видеть лицо Герарда на фоне задранных женских ножек – и, видимо, такая картинка должным образом отпечаталась в его, Андерса, подсознании. Скорее всего, поэтому, а также и потому, что он не хотел втягивать в свои дела членов семьи, то есть, в первую очередь, брата, Андерс направился не к Пиму, как задумал вначале, а именно к Герарду.

— 3 —

Было воскресенье. Герард, в свой выходной, сидел дома и пил пиво. Андерс, который давно бросил курить (табачный дым вредил голосовым связкам жены), не знал, чем занять свои руки. Герард потянулся было налить ему кружку пива, но Андерс пива не пил, а более из напитков у Герарда на сей день ничего не было.

---

[1] Мофен – презрительная кличка немцев, вошедшая в нидерландский обиход со Второй мировой войны. (*Примеч. автора.*)

«Налей просто воды», – попросил Андерс.

Он сделал глубокий вдох и взялся пить воду. Зубы позорно клацнули о стеклянный край, кружка подпрыгнула в руках.

«Ты чего?» – благодушно покосился Герард.

В одной из комнат наверху что-то упало – не очень тяжелое, весом с телефонный справочник.

«Что это»? – спросил Андерс.

«Кошка, – сказал Герард. – Как дела идут?»

«Превосходно», – машинально сказал Андерс.

«Вот и отлично. У меня тоже. А что ты скажешь об этом?»

«Красивая штука», – вежливо заключил Андерс, вглядевшись в поставленное ему под нос плечо Герарда. На его бицепсе боевито синел мощный легионерский факел.

А что он еще мог сказать? Если бы он мог, если бы мог...

«Герард, послушай...»

«Да?»

«Ты вот хорошо разбираешься в женщинах...» («Боже, что я несу?!»)

«Я? В женщинах?» – Герард громко заржал.

Наверху опять что-то упало.

«Godverdomme», – процедил Герард.

«Ты прав, тут женщины ни при чем...»

«И чего ты пива не хочешь? – сказал Герард. – Это же *Grolsch*! Ммммм, порно!..»

Андерс привык, что все, так или иначе стоящее похвалы, Герард – так уж повелось у него со старших классов – награждал именно этим словцом...

«Слушай, Герард, а ты... ты ведь в Восточной Европе бывал?..»

«Ну», – сказал Герард.

«А где?»

«Да в Польше. Позапрошлым летом».

«Да-да-да, – вспомнил Андерс. – Я, кстати, тоже там бывал до войны. А ты слышал, как они поют?»

Герард расхохотался. Неожиданно тонюсеньким голосочком, словно изображая милую, трогательно-слабоумную в своей мечтательности славянскую пейзаночку, он повел:

Poszia Karolinka do Gogolina-a-a!..
Poszia Karolinka do Gogolina-a-a !..
A Karliczek za nią, a Karliczek za nią!..
Z flaszeczką wina-a-a!..
Z flaszeczką wina-a-a!..

«Тебе что, не понравилось, как они поют?»

«Почему? Нет, нормально. А пиво той же крепости, что у нас, стоит в пять – в пять раз! – дешевле... Классное! И без этого, знаешь, цветочного запаха! Порно!..»

В это время на лестнице послышались шаги. Спускался человек – крупный, грузный, судя по звуку.

Наконец он вошел. Это был похожий на застывшую вулканическую лаву портовый грузчик, которого Андерс частенько видел возле кабаков Старой Гавани. Природа не обидела габаритами и Герарда, но этот парень был крупнее раза в полтора. Бугристый его торс обтягивала черная майка; на левом бицепсе у него синел такой же победительный псевдоримский факел, низ его торса декорировали синие купальные трусики, а ноги – красные дамские чулки, уже слегка рваные – словно из тех, что Герард пускал к концу базарного дня за пару центов. Мощные уступы этих кроваво-красных ног завершались расшнурованными альпийскими ботинками.

«Знакомься, Анди: это Рон», – сказал Герард.

«Рональд», – без тени улыбки уточнил тот и, пожимая руку Андерса (ее будто прищемило дверью), внимательно посмотрел ему в глаза.

До Андерса стало потихоньку доходить. Смысл просачивался медленно, словно нехотя; ему противодействовала универсальная, почти непроницаемая в своей тупости фразочка-заглушка: *ну и что?*

«А вот мевpay ван Риддердейк о нас говорить бы не надо... – сказал Герард. – Слишком благочестивая, чтобы внимать... – Он плеснул себе еще пива и громко, по-лошажьему отхлебнул. – Но мы с тобой ведь тоже благочестивые и набожные, да, Ронни? Тебе налить?»

Рональд поморщился. Он скрутил сигаретку и, чтобы ее заклеить, высунул мокрый напряженный язык.

«Хотя священник сказал, что Господь наш изблевывает из всепрощающих уст Своих таких парней, как мы... – продолжал Герард. – Даже Он изблевывает, каково? А я, кстати, в это не верю...»

Он уже крепко набрался.

«Кончай ты, Герри, – сказал Рональд. – И дай-ка чего-нибудь пожрать. Я к Маартену тороплюсь».

«Может, не пойдешь сегодня к Маартену?..» – как-то полувсхлипнул Герард.

«Чего это я не пойду? – сказал Рональд. – Еще как пойду».

«Может, вместе пойдем? – предложил Герард. И, не дав тому отозваться, опередил: – Хочешь, я свой свитер черный шотландский тебе подарю? Новый совсем! Чистая шерсть! Порно!..»

«Иди в задницу», – сказал Рональд.

«А почему мне к Маартену нельзя»?

«Тебе никто не сказал: нельзя. Хочешь смотреть – иди».

«Я люблю тебя, Рон», – простонал Герард.

«Я люблю тебя, Герри», – словно паролем ответил Рон.

Герард мгновенно размяк:

«А я, знаешь, – самодовольно бросил он Андерсу, – скоро с чулочками-то завяжу-у-у...»

«Почему?» – из ложно понимаемой вежливости спросил Андерс. Ему давно надо было уйти: он чувствовал себя, как полумертвый гуманитарий, ошибкой забредший на лекцию по физике твердого тела.

«А мы с Рони кое-что другое будем продвигать... есть некоторые рыночные ниши... они не заполнены...» – он вопросительно посмотрел на Рональда; тот махнул рукой – ладно, валяй, под твою же ответственность...

...На йодистой фотографии в стиле двадцатых годов белели три фигуры. Слева был юноша, почти мальчик, очень худой, с трогательно-беззащитным, как у молодого подраненного оленя, очерком всего тела; он лежал спиной на письменном столе, украшенном мраморной миниатюрой Колизея. Как и две другие фигуры, он был полностью обнаженным; ноги его, по-женски закинутые назад, к голове, и широко разведенные, были захвачены за лодыжки нежными его кистями – четко виднелись обкусанные ногти на худых влажных пальцах, украшенных множеством дешевых перстеньков. В мальчиков зад, торсом вплотную, то есть *заподлицо,* был мощно вклинен стоявший на мраморном полу Герард; его ловкая причесочка брюнета-соблазнителя казалась дьявольски прилизанной, словно намазанной бриолином и вдобавок «отлакированной», как у звезды экрана этого времени, Валентино. Очень рельефно, со всеми тенями и полутенями, выделялась мускулатура его торса; одной рукой он придерживал мальчика за бедро, другой опирался о стол, но лицо его была красиво полуповернуто назад и вниз: там, в недрах его тела, хладнокровно орудовал каменным, беспощадным своим долотом не менее выразительный Рональд. Последний был монументален, обрит наголо и прекрасен, как викинг. При этом его полусогнутые руки были легко, почти невесомо, закинуты за голову – сознательно выведенные из действия, они позволяли Рональду сфокусировать максимум ощущений на своем половом органе. Лицо Герарда, полуповернутое к Рональду, – лицо полусамца-полусамки, оскалившееся болью, перекошенное звериной ненавистью, нежностью, страстью, наслаждением, молило: да, да! глубже! еще, еще!..

...А все-таки не зря я к нему сходил, – соврал себе на улице Андерс. – Хоть на часок отвлекся.

Наиболее же искренняя мысль формулировалась трудно... Хотя бы потому, что она была вполне банальна, а потому, скользкая, увертывалась, – и, главное, потому, что она, эта мысль, совпадала с конкретной причиной, приведшей его к «другу детства»: я ничего – ровным счетом ничего – не знаю о человеке, которого считал близким... Считаю?.. Нет, все же – «считал»...

Вернувшись домой, Андерс, в одежде, чего с ним никогда не бывало, прямо посреди бела дня, рухнул в постель. Властный и ласковый осьминог, обволакивая его мозг, обильно впрыснул туда свой густой, черный сок сна.

— 4 —

Старший брат Андерса, Пим ван Риддердейк, являлся тем, кого называют duivelskunstenaar[1]. Он был произведен на свет, скорее всего, лишь для того, чтобы стать преданным слугой механики, автоматики, развивающейся электроники, то есть, обобщим, – техники в любых ее проявлениях. При этом, относясь к технике с подобострастием дикаря, он вовсе не воспринимал ее как некое промежуточное звено в процессе освобождения человеческого духа – а ровно наоборот: подчиняясь технике самозабвенно, сладострастно, всем естеством своим, он, похоже, практически (хотя и бездумно) предвосхитил такое положение вещей, при котором хомо сапиенс рождается (или выводится in vitro) только затем, чтобы *обслуживать* Глобально-Самодостаточную, Священную Систему Высоких Технологий.

Над широким, почти в половину фронтальной стены, окном своей гостиной Пим укрепил металлические вертикальные жалюзи, два белых полотнища которого, вздрогнув (и всегда заставляя вздрогнуть редких гостей), с леденящим душу звуком (словно от крыльев летучих мышей в кладбищенском склепе), ровно в семнадцать часов тридцать минут раздвигались. (Так срабаты-

---

[1] Дословно: дьявольский искусник. Более точно: мастер на все руки (*нидерландск.*).

вало компактное – находчиво закамуфлированное разросшейся фуксией – хронометражное устройство с моторчиком.) Следует добавить, что, абсолютно синхронно с фронтальным, раздвигались и жалюзи, находившиеся на строго противоположном окне гостиной (скрывавшие до того – и, соответственно, затем открывавшее) вид на «сад» размером в две детские песочницы.

Таким образом – ровно за три с половиной секунды – гостиная внезапно становилась «открытой навылет» (выражение одного американского гостя, дальнего родственника Пима). С этой секунды любой прохожий имел возможность воочию, по ходу дела, проконтролировать все происходящее в гостиной и даже в «саду» – то есть увидеть жизнь одного из налогоплательщиков (семьянина, подданного королевы, члена различных благотворительных обществ) насквозь. А любой из обитателей гостиной и «сада» – мог, таким образом, наглядно отчитаться в публично зафиксированном добронравии, здоровом конформизме, тотальной лояльности и благочестии. И нечего удивляться: здесь вам, слава Богу, не de Verenigde Staten van Amerika[1]. (Менее «продвинутые» домовладельцы проделывали традиционную процедуру предобеденного обнажения гостиной, конечно, вручную.)

Но главные достижения Пима подкарауливали

[1] Соединенные Штаты Америки *(нидерландск.)*.

его визитеров после обеда. Проявления технического гения, хотели того гости или нет, попадались им на каждом шагу. Можно сказать иначе: гости, конечно, этого категорически не хотели; более того: они даже страшились сделать пару шагов, дабы не столкнуться с проявлениями означенного технического гения, но попадались в ловко расставленные силки этих проявлений чуть ли не на каждом вдохе.

Вот, например, индивид: до роковой минуты – солидный, уважаемый, законопослушный гражданин, – имеет опрометчивость войти в мирно журчащий ватерклозет. И вот, через пару мгновений, стоя – назовем по-солдатски – без штанов, он, этот солидный индивид, превращается в бесплатного циркового болвана. Новообращенный клоун, он не умеет в этом мире самого простого – оторвать клочок туалетной бумаги, воспользоваться водосливным бачком, вымыть руки, пшикнуть ароматизирующим аэрозолем (дарящим сладкую иллюзию, будто наградой благочестию является способность испражняться цветами) – и, главное, клоун-прозелит, этот гаер без короля, не имеет представления, как из отхожего места выбраться.

А между тем на все перечисленные действия в туалете существуют хитроумные пусковые устройства, которые срабатывают, правда, после набора определенных кодов. Коды записаны в блокноте хозяина (письменный стол, его содержащий, находится в кабинете на третьем этаже) и продублированы, на крайний случай, в блокнотах двух его ближайших соседей по улице.

(До эпохи карманных компьютеров еще далеко. Когда она – забежим вперед – наступит, идейные потомки Пима будут делать электронные записи следующего свойства: «Сегодня, 01.05.1998, перед отходом ко сну, в 22:30, поцеловать супругу».)

Однако вернемся к заложнику цивилизации, т. е. к пленнику ватерклозета. В стене модернизированного нужника – силами, разумеется, того же Пима – гуманно вмонтировано переговорное устройство. Оно начинает работать уже от учащенного дыхания пленника, приблизившего к нему свои дрожащие в унижении губы. Два сигнала, воздушный и тепловой, преобразуясь в звуковой, дают в итоге сирену, по силе не уступающую пожарной. От бычьей мощности ее децибелов дрожат мелкой дрожью не только жалюзи, но и поджилки гостей. Однако гости, лучезарясь толерантностью, пограничной с олигофренией, демонстрируют тщательно отбеленные «зубы улыбки» – а некоторые исходят заливистым смехом такой степени счастья, что являют обзору и самые отверстия глоток.

Хозяин энергично поднимается на третий этаж (водяным лифтом, который иногда застревает меж этажами) – и, если добирается до кабинета благополучно, то, взяв блокнот, начинает давать пленнику указания по переговорному устройству. Если же лифт все-таки застревает, за дело (без особой на то радости) вынуждена браться жена Пима. Архаично (т. е. ногами) – она поднимается на третий этаж, где, благодаря системе обнаруженных кодов, вызволяет сначала мужа (в кабине лифта тоже вмонтировано переговорное устройство); если вызволить мужа ей все же не удается (женщины от природы, увы, туповаты в технике), она производит сначала een bevrijding[1] пленника ватерклозета. Если же и это не удается, она звонит одному из соседей, в блокноте которого коды продублированы. Если же ни одного из соседей не оказывается на месте, по телефону вызывается пожарная команда; ее расчет сначала выламывает дверь ватерклозета, затем – брандспойтом – смывает содержимое унитаза, затем варварски корректирует работу водяного лифта.

Кстати, о телефонных аппаратах Пима ван Риддердейка. Они обретались в его доме целыми стаями, и, казалось, размножались с интенсивностью кроликов. Опередив свою эпоху, брат Андерса ввел такую систему телефонной коммуникации, которая позволяет выходящему на связь абоненту наилучшим образом сэкономить свое время. Андерс, имевший несчастье иногда звонить брату, с ужасом вступал в лабиринт, где хотя и не рисковал быть заглоченным Минотавром, но вероятность попадания в объятия Атэ,

---

[1] Освобождение (*нидерландск.*).

великой греческой богини безумия, оставалась для него все же немалой.

«Если вы звоните по производственному вопросу, наберите *один,* – безынтонационно отчеканивал и без того абсолютно пресный, механический голос брата; – если по частному, наберите *два*; все поздравления – *три*; все приглашения – *четыре*; все соболезнования – *пять*; если вы не можете сформулировать цели звонка – наберите *ноль*. По производственному делу: если вы мой шеф – *один;* остальные – *ноль*. По частному делу: если вы моя мать – *один*; если брат – *два*; если сестра – *три*; если сосед Симон – *четыре*; если сосед Кейс – *пять*; если знакомая моей жены, Эльза, – *шесть*; все остальные – *ноль*. Если моя мать звонит по поводу моего здоровья – *один*; по поводу своего здоровья – *два*; по поводу важнейших скидок и бонусов – *три;* по поводу обсуждения текущих автодорожных штрафов – *четыре*; по поводу выгодных изменений в страховках – *пять*; по поводу выгодной смены страховых фирм – *шесть*; обсуждение ежегодной налоговой декларации – *семь;* обсуждение программ телевизора – *ноль*».

Ну и так далее.

Но – вернемся к эпизоду вызволения обогащенного техническими навыками гостя из поучительного сантехнического узилища. «Поучительного» – в том смысле, что гости Пима обычно предпочитали умереть, нежели подвергать себя подобным испытаниям, – а потому пилиели сугубо символически, да и с визитами наведывались до крайней степени редко. Возможно, именно этот бесценный результат и являлся постоянным бессознательным стимулом для вдохновения технического гения, свившего прочное свое гнездо в *бережливом*[1] мозгу умельца на все руки. Тем не менее после такого урока весь состав гостей (куда входили Берта ван Риддердейк, Андерс, жена Андерса, их дети, Криста с мужем – и Эльза, незамужняя приятельница Пимовой жены), – весь состав гостей, будучи довольно-таки возбужденным и не зная, чем это возбуждение погасить, иногда даже осмеливался намекнуть на дополнительную чашечку кофе. Что тоже было непросто: для приготовления оной на пути хозяйки (чья неловкость за мужа стала второй натурой) – на этой опасной тропе (в интимные недра буфета: *дополнительный сахар*, в холодильник: *дополнительные сливки*, к кофемолке: *дополнительный кофе*, к кофеварке: *дополнительный расход газа*) – везде не на жизнь, а на смерть безмолвно вставали кодовые замки и замочки, а код замков и замочков менялся хозяином еженедельно, а блокнот с новыми кодами хранился в каби-

[1] Бережливый. Это выверенное слово (по отношению к коренным подданным Нидерландской короны – или же основательно «оголландившимся»), употребляется дипломатичными иностранцами – очень осторожно, по-английски, – во избежание неполиткорректных определений «скаредный», «скупой», «прижимистый» и т. п. (*Примеч. автора.*)

нете хозяина, а путь в кабинет лежал через водяной лифт, а водяной лифт... Ну и так далее.

Правда, иногда пожарная команда находилась все еще неподалеку.

И все же, несмотря на описанные перипетии, ровно в девять часов тридцать минут (весной и летом) – или в восемь часов тридцать минут (осенью и зимой), издав звук, схожий с таковым, производимым крылами летучих мышей в кладбищенском склепе, жалюзи обоих окон автоматически задвигались.

Гости снова вздрагивали. Однако уже в следующий миг, приходя в себя, с благодарностью оценивали прогрессивно поданный знак о конце приема.

— 5 —

Встреча Андерса с братом – организованная первым, по предварительной договоренности со вторым, шестью неделями заранее (Пим настаивал именно на таком сроке), состоялась в амстердамском кафе «De Brug». Андерс дальновидно дал Пиму знать, что платить будет он, включая компенсацию трат на бензин.

«У меня тут возникла одна проблема...» – сказал Андерс и отпил вина.

«О'кей», – сказал Пим и дунул на пену.

«Это касается моей жены...» – сказал некурящий Андерс и закурил.

«О'кей», – сказал Пим и глотнул пива.

«Точнее, жены и меня...» – сказал Андерс, сделал затяжку и закашлялся.

«О'кей», – сказал Пим и глотнул еще пива.

«Как ты знаешь, она ходит в хор...» – сказал Андерс и выдохнул дым.

«О'кей!» – сказал Пим и отмахнулся от дыма.

«Я чувствую, что мы стали чужие...» – сказал Андерс и сделал глоток.

«О'кей», – сказал Пим и допил свою кружку.

«Тут дело – в стене...» – сказал Андерс и сделал затяжку.

«О'кей», – сказал Пим и вытер губы.

«Вот, собственно, все», – сказал Андерс и допил свое вино.

«О'кей!» – сказал Пим и заказал еще кружку.

«Но я не могу так жить», – сказал Андерс и погасил сигарету.

«О'кей!» – сказал Пим и поторопил обера[1].

«Я стараюсь что-либо изменить...» – сказал Андерс и взял спички.

«О'кей!» – сказал Пим и дунул на пену.

«Пока не получается...» – сказал Андерс и закурил.

«О'кей!» – сказал Пим и сделал пару глотков.

«Но я надеюсь...» – сказал Андерс и выдохнул дым.

«О'кей!» – сказал Пим и отвернулся от дыма.

«Я вижу, ты спешишь», – сказал Андерс и сделал затяжку.

---

[1] Официанта (*нидерландск.*).

«О’кей!» – сказал Пим и допил второе пиво.

«До свидания!» – сказал Андерс и стряхнул пепел.

«О’кей!» – сказал Пим и потрепал его по плечу.

«Спасибо, брат» – сказал Андерс и слегка ссутулился.

«О’кей!» – обернувшись на ходу, сказал Пим – и белозубо улыбнулся.

Был самый конец летнего вечера. Андерс смотрел на закрытые черные зонты от солнца, paraplu’s, торчком торчащие возле греческого ресторана. Издали они выглядели как вытянутые вверх, стоящие словно бы на ходулях, кладбищенские статуи. Или даже так: дидактически-жуткие, беспощадные, словно иезуиты, укутанные в складки своих черных плащей, одноногие птицы погоста. Они были особенно зловещи сейчас – в длинных закатных лучах, похожих на ручьи крови. Все это – на крошечной, словно театральной, абсолютно пустой, средневековой площади...

— 6 —

Андерс шел к сестре берегом Oostsingel, одного из каналов Дельфта. Стоял сероватый, теплый, вареный какой-то день... Августовский канал напоминал своим цветом застарелый огуречный рассол... Казалось, сейчас как ни в чем не бывало проплывет мимо парочка мятых, словно разношенных огурцов...

Йохан, как всегда, сидел перед телевизором, словно баобаб перед озерцом – объемистое туповатое растение, которое здесь родилось, уродливо и бессмысленно набухло ячменным солодом, здесь и засохнет. На легком журнальном столике перед Йоханом стояла батарея пустых пивных бутылок; в последней еще лопалась ленивая крупнопузырчатая пена. Новая бутылка, только что початая, торчала навытяжку, зажатая меж его жирных чресел, словно бы пародируя боеготовность Йоханова фаллоса (то есть словно бы насмешничая, ибо в реальности, если судить по давно угасшим глазам Кристы, дело обстояло прямо противоположным образом).

...«Хорошо, Анди! Она – в хор, а ты – на футбол», – вполне предсказуемо откликнулась Криста.

(В глубине души она, как это бывает у множества женщин, недолюбливала жен своих братьев. Особенно, конечно, жену Андерса. Слишком красива. Слишком горда. Подумаешь тоже, королева! Деревенская ведьма она – и никто больше... Хотя, увы, и не меньше: она братца-то *onder de duim houdt*[1].

---

[1] Дословно: держит под большим пальцем *(нидерландск.)*. Поговорка, тождественная русской: он у нее под каблуком. *(Примеч. автора.)*

«Я не люблю футбол», – тихо отозвался Андерс.

«Ну, я не знаю, в бассейн... Или на велосипеде покатайся... Или там, ну... сам понимаешь. В общем – она для себя приятное, и ты для себя приятное».

«Но дело ведь не в этом – приятное, неприятное...»

«Да если бы Йохан хоть куда-нибудь, хоть разочек в неделю уходил, – не слушала Криста, – господи, какое облегчение! И потом: сколько свободного времени открылось бы тогда... Да я бы... Да я бы... Это же счастье, счастье...»

«Дело не в этом, Криста... Между ней и мною – стена...»

«Ах, да я бы на твоем месте...» – Криста прочно впала в мечтательность.

— 7 —

Андерс уже давно не слушал сестру. Решив пойти к ней, он возлагал надежды разве что на чудо. Он хорошо знал Кристу, хотя после того, как в юности упорхнул из родительского гнезда, с ней толком не общался. Сейчас он смотрел на ее беззвучно открывавшийся рыбий рот (звук он выключил сам, имелся у него такой ловкий навык самозащиты), думая о том, как мало Криста похожа на старшую сестру, Барбару, умершую в тысяча девятьсот сорок девятом году и, казалось, прочно в семье забытую.

Андерс прочно запомнил день самой ее смерти. У Барбары, в ее тридцать семь, случилось обширное мозговое кровоизлияние. Это было диким, ужасающим, совершенно неправдоподобным – тем более что в их роду, с обеих сторон, таких случаев не наблюдалось. Барбара влачила бездетный брак с весьма сумрачным человеком, который заведовал адвокатской конторой в Зейсте. Жили они там же, в Зейсте, как и Пим с женой, что являлось простым совпадением, – причем их дом, Барбары и ее мужа, опять же по совпадению, располагался в двух минутах ходьбы от жилища Пима.

— 8 —

Прошел слух, будто удар случился с Барбарой сразу после того, как анонимы сообщили ей, что Лили (учительница рисования, бывшая няня Кристы) уже давно подрабатывает в качестве bucolique[1]. Неизвестно, находились ли эти две молодые женщины в тех отношениях, которые принято называть интимными, – или само несовершенство мира, сфокусировавшись, как в лупе, на бойкой Лили, многократно усилило мощь своего воздействия – и прожгло тем самым мозговые сосуды Барбары. Фактом остается лишь

[1] Проститутка, работающая на природе: в лесу или в парке (*фр.*).

то, что скончалась красавица Барбара не сразу. С диагнозом «обширный инсульт» она была госпитализирована в госпиталь Святого Франциска, где ее, превратившуюся в растение, подключили к системе жизнеобеспечения. Через пять дней муж Барбары, успевший за это время провести консультацию со своим адвокатом, проверить страховые полисы и уладить дело с меврау ван Риддердейк, дал согласие семьи на отключение системы. После чего человек в белом халате подошел к стене – и вытащил вилку из розетки.

Было шестое декабря, детский праздник. Андерс с женой, то и дело пропуская через дорогу рослых Санта-Клаусов с белыми волнистыми бородами и дико размалеванных Черных Петеров с увесистыми мешками, а также, что было самым раздражающим, целые ватаги отвратительно визжащей детворы, как раз заехали к Пиму. Совпадение заключалось в том, что в этот день они посещали по делам Зейст; Андерс захотел, просто так, подарить шоколадные буквы Пиму и его жене – просто в память о детстве (своих детей у тех не было).

Из уличного автомата, находившегося как раз возле дома Барбары и ее мужа (откуда, кстати, был виден дом Пима и его жены), он позвонил Пиму. У последнего в те времена телефон предлагал всего три опции: «mijn gezien» (моя семья), «de collega's» (сотрудники), «de overigen» (прочие). Нажав кнопку 1, Андерс спросил у Пима разрешения заехать, и тот, проверив на Андерсе все кнопки звукосигналов, наконец разрешил.

— 9 —

Когда Андерс с женой зашли в гостиную Пима, у него резко зазвонил один из трех телефонов, а на белом плато, прикрепленном к стене, начали ритмично мигать багровые слова: «MIJN GEZIEN». Пим жестом пригласил гостей присесть, затем взял трубку, сказал:

«Пим ван Риддердейк».

Потом «да» – и снова «да». Потом:

«Мои соболезнования. У вас найдется секундочка? – получив утвердительный ответ, он повернулся к Андерсу с женой и сказал: – Барбара скончалась».

После этого, снова в трубку, произнес:

«Благодарю вас за информацию».

А затем:

«У вас есть рядом ручка?.. Великолепно. Записывайте».

И затем:

«Два – четыре – шестьдесят три. Также: два – семь – девяносто один. Также: два – один – пятьдесят шесть. Повторяю...»

И он повторил свои номера:

«Два – четыре – шестьдесят три. Теперь:

два – семь – девяносто один. И затем: два – один – пятьдесят шесть».

«Теперь я запишу ваши номера, – продолжал Пим. Так... так... так... это служебный? Превосходно. Теперь приватный... так... так... так... Отлично. Я повторяю...»

И он повторил два телефонных номера того, кто был на проводе.

«С кем это он говорит?» – шепотом спросила жена.

«Не знаю, – сказал Андерс, – а что?»

«Мне кажется, это тот, кто занимается делами Барбары. Ну, поверенный. Или адвокат... Или, может быть, врач?»

«С кем ты говорил?» – спросил Андерс: Пим как раз положил трубку.

«С мужем Барбары», – сказал Пим.

И добавил:

«Эээ, пардон, со вдовцом. А что?»

— 10 —

Андерс снова обнаружил себя в доме Кристы и Йохана. Он твердо уверился в этом по тому, что Криста громко сказала:

«Ну ладно, разговоры разговорами, а мне надо готовить еду».

Обычный компатриот Андерса, вне всяких сомнений, возликовал бы от перспективы заполучить дармовой обед. Но, в силу того, что с Андерсом произошла какая-то мутация – или он чем-то заразился от жены, которая была частицей иноземного хора, – он думал о данной перспективе совместной трапезы с искренним ужасом. (А что еще *искреннего* остается от человека, если, хорошенечко потерев, соскрести с его души тоненькую патину цивилизации?)

Андерса ужасал не сам обед (хотя наблюдать удовлетворяющего свою пищевую потребность Йохана – и в особенности слушать его кабаньи шутки – являлось рвотным средством само по себе) – Андерса куда больше угнетала подготовка к обеду, то есть действия его сестры.

Женщина живая, номинально образованная, наделенная кокетливым (хотя и сугубо поверхностным) артистизмом, она полностью эту живость утрачивала, едва прикоснувшись к сковороде. Происходило буквально мгновенное перевоплощение: едва взявшись за означенную сковороду, Криста оказывалась плотно укутанной толстой муфтой мысленепроницаемой тупости. Эта муфта была так толста, что изменялись и сами движения Кристы: все они делались толсты, тупы, неповоротливы. Каждое ее движение будто говорило: видите? Видите, как я, готовя пищу для семьи, *кладу на это свою жизнь*? Как *бессловесно жертвую собой*? Видите, что я делаю во имя Величайшей Женской Миссии? А знаете, почему? Потому что мне известна Высшая Кухонная Мудрость бытия, а все вы – все до одного! – попрыгунчики и шалопайчики.

С каждой минутой эта ужасная муфта вокруг Кристы, все более уплотняясь, превращалась словно бы в громадный чугунный кокон. Криста, слепая личинка этого кокона, становилась еще более тупой, максимально тупой, тупой беспредельно – и при том словно бы «скорбной» (познавшей некую скорбную истину): это был апофеоз животной тупости.

Йохан никогда не разговаривал с Кристой во время этих страшных, сравнимых разве с мучительным отелом немолодой коровы, ежедневных эпизодов – они, как можно догадаться, вообще разговаривали друг с другом крайне мало: что-нибудь вроде – куда ты дел зеленую крышку от серой кастрюли – или: где мои носки. Однако, случалось, у них бывали гости (в основном приятели из постоянных клиенток Кристы: она занималась шитьем на заказ). В таких ситуациях гости разговаривали, главным образом, с Йоханом, но иногда, приличия ради, просто для демонстрации того, что не забыта и хозяйка, бросали малозначащие реплики в сторону Кристы – которая, каменно ступая, совершала свой тяжкий, кровавый, коровий отел здесь же, в гостиной, вмещающей кухню. Однако даже эти пустоватые, ничтожные реплики из светского политеса лавочников натыкались на такую броню грозно молчащей, грузной кухонной мудрости, что у гостей сводило скулы от ужаса – как если бы всю гостиную внезапно заполнил собой гигантский скалоподобный сфинкс.

Несколько раз Андерс и его жена, которые заезжали к Кристе по делу (в области модных фасонов и выкроек), останавливались в ошеломлении на середине фразы: если в это время Криста бралась за сковороду, то любая фраза обрывалась – потому что любой, произнося что-то очень для него важное и натыкаясь при этом на мутный, ничем не пробиваемый, обращенный к капусте, гороху и репе, взор кухарки, чувствовал, что за ней, этой кухаркой, стоит энигматическая земная истина, несокрушимая мощь и вселенская правота; он чувствовал, кроме того, что она, кухарка, является сердцевиной данного мира, его осью и его основой (хотя с позиций здравого смысла такая комбинация невозможна), а он, мелящий языком, – так себе, не к месту расшалившимся карапузом. Да что там говорить! Даже царь Соломон, окажись он перед Кристой в момент кухонной ее готовки, почувствовал бы себя не кем иным, как лопоухим шалопайчиком.

– 11 –

Андерс отсидел весь обед по той причине, что все еще надеялся на чудо. Обидно было ему, отнюдь не мальчугану, который уж раз плюхаться в давно уготованную лужу. Сестру он знал хорошо, но почему-то – может быть, с отчаяния – понадеялся, что ее житейская мудрость, уплощающая все и вся, переводящая в двухмерность даже Господа Бога, – эта житейская мудрость, такая же спокойная, медлительная и неодолимая, как асфальтовый каток, облегчит его боль пусть кратковременно – хотя бы как первая помощь тяжелораненому.

Однако вышло иначе. Ненавистным ему ритуалом готовки он оказался ранен еще больше, а уйти не смог, поскольку, сразу по приходу, опрометчиво заявил, что располагает временем (так что Криста немедленно прикомандировала его чистить картошку и лущить бобы).

Вышло иначе – еще и потому, что после обеда Криста дала ему один полезный адрес, которым он мог воспользоваться в случае надобности.

А третье непредсказуемое обстоятельство заключалось в том, что Андерс, чистя картошку, внезапно заметил на кухонной стене een tegeltje, который раньше висел на том же самом месте лет пятнадцать. И для Андерса, все эти годы, он оставался невидимым. А тут вдруг het tegeltje[1] словно сам, собственной волей, четко вычленился из роения и тесноты мелких предметов кухни:

VAN HET CONCERT DES LEVENS
KRIJGT NIEMAND EEN PROGRAMMA[2].

Сказать по правде, Андерс, в душе своей, всегда немного иронизировал над тяжеловесной

---

[1] Изразец (*нидерландск.*).

[2] На концерт жизни никто не получает программки (*нидерландск.*).

мудростью крестьян, любых *едоков картофеля*... Этот многозначительный тон казался ему всегда чем-то самим собой разумеющимся – ведь полуграмотность неизбежно сращена с пафосом – притом мрачным, неповоротливым, самопародийным. Однако до градуса ехидной насмешки его бархатистая ирония никогда не доходила – все-таки домашнее воспитание Андерса было вполне традиционным, то есть следовавшим наиглавнейшему правилу (тех же *едоков картофеля*) – правилу, также высеченному на кухонных скрижалях: «Doe maar gewoon, dan doe je gek genoeg»[1].

Конкретно это означало вот что: не имей мнений; не выделяйся; извиняйся с придурковато-вежливой улыбкой перед туристом-японцем – за свое незнание японского языка; извиняйся с вежливо-придурковатой улыбкой перед беженцем-угандийцем – за свое незнание языка ачоли; ни в коем случае не одалживай денег у частных лиц; ни в коем случае не одалживай денег частным лицам; не читай заумных книг (а лучше не читай книг вообще – ну разве что Библию); не позволяй какому-либо хобби превратиться в страсть; не задумывайся глубоко (а лучше – вообще не думай на отвлеченные темы); копи деньги; время для печенья с чаем – восемь часов вечера;

[1] Поступай обычно: это уже достаточно безумно само по себе *(нидерландск.)*.

в Испании – жаркий климат; в Румынии – бедное население; хорошая погода всегда лучше плохой; иметь много денег всегда лучше, чем иметь мало; вкусная еда всегда намного вкусней, чем невкусная, – и т. п.

Андерс прислушался к внутреннему голосу и услышал, что это голос жены. И он вновь убедился, что с какого-то неуловимого времени у него не стало собственного внутреннего голоса, даже того, робкого, ущербного – изначально полузадушенного вышеозначенным краеугольным нидерландским правилом «поступай обычно», которое практически осуществлялось через подчинение мамаше, директору гимназии, декану отделения в колледже, немецкому надсмотрщику на дрезденском заводе, вышестоящему боссу на страховой службе, приходскому священнику, Господу Богу – не стало даже того робкого, очень приличного полузадушенного голоса, а вместо него в сознание Андерса вселился отчетливый, постоянно звучащий голос жены (хотя она никогда ничего подобного в реальности не произносила).

Он убедился, что у него не осталось даже и своего зрения, его кто-то подменил зрением жены, но ужас заключался в том, что его душа, душа Андерса ван Риддердейка, оставалась прежней – он, Андерс ван Риддердейк, с макушки до пят, остался сыном этих обширных водных пространств, этих крошечных домиков (которые дураки-туристы считают «кукольными», «игрушечными», почти сувенирными, не понимая, что они таковы от бедности и тесноты, от скудости, от нехватки пространства – самого важного, что необходимо всему живому); все привычное, прежнее, свое – стало ему, Андерсу ван Риддердейку, немилым, чужим – и вот он чахнет, он медленно умирает от этого несоответствия между своими же собственными свойствами: его душа словно безоговорочно отторгается телом.

Он снова взглянул на het tegeltje – глазами жены – какими ж еще – и, к ужасу своему, уловил какой-то иной, новый, прежде ускользавший от него смысл.

– 12 –

Себастиан ван дер Аалс, учитель той влаардингенской мужской гимназии, где добывал знания Андерс, был родом из Фландрии. Он преподавал нидерландский язык и литературу. Кроме того, если заболевал историк, человек крайне желчный, хромой – и вдобавок заика, господин ван дер Аалс, к шумной радости гимназистов, брал в руки и курс Всемирной истории, ловко выуживая из подведомственной ему канализационной Леты множество таких (специфически помогавших Провидению) деталей, как сексуальные забавы греческого философа – или циклопический половой орган римского полководца – или различие в размерах молочных желез у леди Помпадур, etc.

Во время Первой мировой войны, живя еще в Бельгии, он получил осколочное ранение в спину, из-за чего в ней пострадало несколько грудных межпозвоночных хрящей; это привело поврежденную ткань к атрофии (усыханию), а самого увечного – к необходимости пожизненного ношения жесткого корсета. Наличие под бельем *загадочного корсета* (о котором знала, конечно, вся гимназия) проявляло себя в спесиво закинутой голове, противоестественно выгнутой шее, паранойяльной палкообразности всего тела – и зловещем отсвете словно бы неизбежного рокового конфликта. Короче говоря, благодаря корсету Бас (как его называли приятели – и, за глаза, ученики) внешне напоминал сразу двух трафаретных сценических персонажей, типичных для увеселительных летних павильонов в провинции, а именно: белогорячечного гусара, маниакально алчущего дуэлей, дебошей и мордобоя, – а наряду с ним, как ни странно, – дидактичного, железного, несгибаемого дурака-резонера.

Из классического гусарского набора в его характере присутствовало, пожалуй, лишь волокитство, но зато волокитство это, словно восполняя отсутствие всех прочих гусарских свойств, было отменным.

Ну что значит – «отменным»? Представим

себе – давным-давно впавший в анабиоз – принципиально безбурный, занудный, большей частью дождливый кальвинистский городок. Всех событий от Пасхи до Пасхи – сломанная рука градоначальника да похороны ветеринара.

Но зато... Зато ближе к вечеру можно съездить в Амстердам или в Хаарлем – или, скажем, в Гаагу, если на то пошло.

Вот, например, медицинские женские курсы Святой Гуделлы (Sint-Goedele). Они расположены в здании одного из бывших амстердамских женских лицеев – как раз между реформаторской кирхой и австрийским кафе «Sacher». Этот промежуток тротуара под липами, при хорошей погодке, – лучшее место для уловления молодых душ, недостаточно укрепленных Господом в их неравной борьбе с желудком. А он, то есть желудок, жаждет венских пирожных – воздушных и одновременно пышнотелых – да к тому же нарядных, как избалованные невесты.

Позвольте вас угостить, юффрау. Ах, ну что вы, менеер. Нет, в самом деле, отчего бы нет, юффрау... как вас, кстати, зовут? Дело в том, у меня, знаете ли, дочурка на вас похожа (шаблонная ложь человека, не искалеченного талантом сочинительства). Ах, как я тоскую по моей Конни! А где же она? Она учится в Париже (да-а-а?), в частном пансионе. И, знаете, тоже ужасно любит венские пирожные. Конни может съесть их целых полдюжины в один присест. Ах, правда? Конечно, правда. А вы, стало быть, учитесь на сестру милосердия? Да, это так, мениир. *Die Küchens zergehen auf der Zunge...* (*Пирожные тают во рту*, как говорят немцы и венцы... Впрочем, разница небольшая, хе-хе...), а мениир, пошучивая шуточки, угощает: Indianerkrapfen (круглым шоколадным пирожным), потом обворожительным Mohrenkopf (шоколадным пирожным с кремом)... но самое сладкое... но самое сладкое пирожное еще впереди.

Происходит закрепление знакомства на уровне условного рефлекса: такой занятный (хотя и немножечко нервный), обаятельный, одинокий господин – предупредительный, ласковый, щедрый – подаваемый словно бы на том же подносе, что чашечка горячего шоколада и Windbeutel (восхитительное пирожное со взбитыми сливками). Проходит некоторое время (пару недель), и вот сама же курсистка осуществляет посильный подкуп сторожа, из чего вытекает жанровая сцена под названием «Получение заветного ключа», далее следует проскальзывание в дверь, холод и дрожь тела при прохождении словно бы совсем другими, нежели днем, безлюдными коридорами; арка, еще одна арка, вход в класс, стыдливое совлечение облачений (едва ли не лучшая часть этого мероприятия), жадное пожирание пирожных сладострастия (на учебно-госпитальной койке для истинных сестер милосердия), тошнотворное, однообразное чувство насыщения – и жалкая контрибуция соблазнителя в предвечно переполненную копилку пустых слов: ах, юффрау, должно быть, милосердие вы получили в дар от Господа нашего – да-да, еще при самом вашем рождении!..

А затем, месяцев через пять: что это ты словно бы располнела, дочка? Ах, мама, я ем много пирожных, тортов... вообще много сладкого. Главное же пирожное, наисладчайшее, которое господин ван дер Аалс называл *der Liebensknochen met die ramige Gebdckfülling* (эклер со сливочной начинкой), будучи самой природой закрепленным в его межножье, находилось в этот момент в непосредственной близи от его согнутых чресл. А сами чресла, с начала учебного часа, бывали им, в акте послушливой пунктуальности, водружены на учительский стул, незыблемо стоящий перед учительским же столом, в одном из классов влаардингенской мужской гимназии.

И – поминай как звали.

За двадцать лет такой практики он не попался ни разу – ни разъяренным родителям, ни их запоздало прозревшим дочерям.

Жил, как все утонченные сладострастники, холостяком.

Получил крохотное наследство, приноровился пользоваться услугами проституток. Это было абсолютно безопасно с точки зрения «скандала в благородном семействе» и... абсолютно скучно для сердца, тронутого червоточиной старомодного авантюризма.

Когда-то внушительная шевелюра Себастиана

ван дер Аалса к выходу последнего на пенсию стала напоминать мочалку – крайне истертую мочалку, – какой по очереди, годы за годами, осуществляет свою тщательную помывку многочадное, все прирастающее семейство клинически жизнелюбивых африканских голодранцев.

На клочок мочалки стал также походить (уже навсегда скрытый от женских взоров) межножный, некогда всесильный властелин жизни.

— 13 —

Отношение этого *наставника* к Андерсу-гимназисту – зачерпнем из жуликоватого словаря дипломатов, газетчиков и прочих прохвостов – «являлось несколько неоднозначным». Андерс, сам того не желая, выказывал гуманитарные – в частности, литературные – способности, то есть являлся фигуркой, которой можно было в нужный момент отвлечь внимание директора от беспробудной эмоциональной тупости многочисленных балбесов – в основном сынов местных фермеров и торгашей. Но причина упомянутой «неоднозначности», ее главная загвоздка, заключалась в том, что, помимо сладострастия, беспокойный Бас терзался грешком графомании (которая, по-видимому, разнузданно управляется одним и тем же порочным мозговым центром). И, в силу этого, господин ван дер Аалс ненавидел Андерса ван Риддердейка как настоящего соперника – притом люто, беспримесно – ибо даже не мог (дабы не нарушить хрупкой видимости благоденствия в своем классе) эту ненависть проявить.

Кургузых стишат самого Баса хватало лишь на то, чтобы время от времени выманивать на травку какую-нибудь деваху из окрестных фермерских работниц – ну это als het gras twee kontjes hoog was[1]. Он находил особый нутряной шарм в этих широкоплечих, грубо сколоченных, возбуждающе-сиплых девахах, законно вкушавших – после всех своих густо унавоженных забот – пару часиков вечернего перерыва. В большинстве своем, несмотря на животную жадность детородных утроб, они (к их чести надо сказать) бывали в часы пасторальных рандеву куда более сентиментальными и даже нежными, нежели избалованные амстердамские zoeterkoeien[2]. (Хоть какой-то прок для порока от скособоченного рифмоплетства: будь стихи подлинными, их невозможно было бы приспособить даже для такого нехитрого дела.)

Когда Бас, уже вышедший на пенсию, узнал, что вернувшийся из Германии Андерс ван Риддердейк женился – и, кроме того, встал на путь конторского служащего (то есть утратил потенцию былого

---

[1] ...если трава была в две задницы высотой (*нидерландская поговорка*). (*Примеч. автора.*)

[2] Сладкоежки (*нидерландск.*). Буквально – «сладкие коровы». (*Примеч. автора.*)

поэта-соперника), он постепенно смягчился и даже стал выказывать Андерсу при уличных встречах явные знаки расположения. Несколько раз они случайно встретились в кафе (Андерс был с женой), и там, втроем, сидя за стойкой бара, пили красное домашнее вино, причем Бас, склеротически разрумянившись (сетка на его щеках напоминала ажурные женские чулочки), — лихо процитировал, почти без запинки, строчек шесть из Найхоффа, а затем, пользуясь тем небесспорным алиби, которое дает старость, слюняво вгрызся в ручку Андерсовой жены.

— 14 —

«Это что, стишки?» — брезгливо поморщился учитель.

«Нет, — удивился Андерс. — Я так не думаю. Просто записал... набор горестей, что ли... Что, где и как болит — в таком, что ли, духе».

«А я думаю, Анди, это стишки. Вот глупость-то несусветная! Или жена у тебя любит стишки?»

«Ну... как сказать...»

«Погоди-ка...» — Бас придвинул поближе листки, поправил очки и, к ужасу Андерса, громко, с омерзительной канцелярской интонацией, мощно сопя от старания, продекламировал:

бессчетное множество раз
я признавался себе,
что ты уже не вернешься ко мне,

не вернешься вовек,
но даже не это было самым страшным,

знаешь, мне казалось,
вот что самое жуткое,
не совместимое с дыханием,
не совместимое с биением сердца:
мне казалось,
я не встречал тебя никогда,
ты не была даже рядом со мной никогда,
и даже сон о тебе был чужим...

Голова Баса, из-за корсета и выгнутой шеи, оставалась, как и всегда, словно бы «вдохновенно откинута», отчего впечатление выходило еще омерзительней.

«А что? Недурственно, если подумать... Все дамы любят стишки – брось ты, Анди, будто не знаешь... Только не надо так мрачно! Вот посмотри, как у меня... сейчас...»

Несмотря на возраст, он ловко, то есть привычно, нырнул в свой канцелярский шкаф. Для этого ему надо было сделать просто два шага по гостиной и открыть дверь кабинета. Папка, которую он мгновенно достал, имела желтоватый (скорее, грязно-белый) цвет, шнурки у нее были оторваны.

Бас сел за фортепиано, поставил на место для нот один из листков и бегло слегка даже неряшливо, перебирая клавиши, затянул хмельную мелодекламацию:

Женщина –
это Леда и лебедь едино.
Да: Леда и лебедь.
Что в ней от Леды?

Предчувствие лебедя.
Что в ней от лебедя?
Шея и белизна.
Крылья и верность.
Да: верность!
О, госпожа!..
Я – твой лебедь...

И – несколько эффектных элегических аккордов вдогонку – словно бы впадающих в истому, в сладкую посторгиастическую дрему. И – откровенно победоносный взгляд в сторону Андерса.

Тот осторожно взглянул на выстроенные в ряд папки – их корешки виднелись в проеме кабинетной двери, тошнотворно напоминая старые, истертые, давно не чищенные зубы. Продукция внутри этих папок наверняка имела запашок хронического кариеса...

«А? Так-то, парень, – учитель аккуратно вложил листок назад в папку. – Бабы сыпались, словно град небесный, дай бог ноги. Да, вот так, Анди... Бывали времена... – его глаза вдруг резко покраснели, как у вампира на картинке из детской книжки. – А теперь... – он потянулся к бутылке. – Анди, старина! Меня никто не понимает!..»

«А женщины?» – машинально отозвался Андерс.

«Женщины!.. – презрительно хрюкнул учитель, и его физиономию исковеркал жуткий сардонический оскал, словно он, укушенный заразным псом, вот-вот отдаст концы от клинического бешенства. – Возвышенная поэзия для них, Анди, – всего лишь аперитив к главному блюду...

к мясному блюду... к мясному блуду, я хотел сказать...» – его язык уже заплетался.

(«Господи! – с отчаянием взвыл про себя Андерс, которому поздновато открылась зловещая перспектива собственного визита. – Кто это из классиков сказал, что ни в коем случае нельзя находиться ночью в одной комнате с борзописцем? Ибо затерзает тот до смерти чтением своих опусов? Кто? Кажется, Chekhov?»)

— 15 —

Каспар ван дер Брюгген, психиатр, практикующий частным образом *коммуникативную психорелаксацию,* то есть свой запатентованный метод (притом в те библейские времена, когда психотерапевты в Европе еще не кишели кишмя, как бесы на кончике иглы), мениир ван дер Брюгген, врачеватель, порекомендованный Андерсу Кристой, жил возле зоопарка, в районе Blijdorp[1]. Этот северный район Роттердама вполне оправдал свое название во время бомбежки тысяча девятьсот сорок четвертого года, когда души менее *счастливых* (т. е. проживавших ближе к центру) роттердамцев мгновенно оказались катапультированы за пределы земных понятий... А может, действительно – *счастливых?*

---

[1] Счастливая деревня (*нидерландск.*).

Через сорок с лишним лет после той бомбежки, некой ночью, *при крупных летних звездах*, крупнейший поэт эпохи, силой тканевой несовместимости отторгнутый из давшей ему жизнь страны, будет сидеть в центре Роттердама, на самом верхнем этаже небоскреба (который корбюзьевским чертополохом взошел из этой скудной почвы, интенсивно удобренной в одночасье человеческими телами и раскаленным металлом), – этот поэт будет сидеть в фешенебельном ресторане, попивать превосходно расслабляющий напиток из высокосортного винограда; он будет сидеть *на уровне, достигнутом уже//взлетевшими здесь некогда на воздух,* – и открытая память, как открытая рана, лютой болью захлестнув его глотку, не даст сделать большому поэту большой русский глоток.

...На протяжении монолога, то есть робкого ручейка жалоб, принадлежавшего пациенту, мениира ван дер Брюггена, специалиста в области психорелаксации, терзали две мысли. Вообще-то это были, скорей, ощущения, потому что *работал он хорошо,* то есть никакие мысли (издержки рабочего процесса) у него не должны были возникать по определению.

Первое ощущение касалось обеда. К счастью, голоден психиатр не был, а то пришлось бы ему, булькающему желудочным соком, чего доброго, мысленно медитировать, дабы как-то скрыть свой голод и ненависть к пациенту. Но специалист в области психорелаксации был не настолько неосмотрителен, чтобы мучить себя визитерами в непосредственной близости наступающего обеда.

Сеанс с Андерсом ван Риддердейком был назначен на послеобеденное время. Однако – вот незадача – сегодня психиатр растянул обеденную трапезу (она, надо сказать, того стоила), а потому не успел вздремнуть. То есть он поел плотно, очень даже плотно, и, в силу этого (а именно – в силу крови, позорно предавшей мозг и ринувшейся подхалимски обслуживать желудок) психиатр мучительно хотел спать. И «мысль» его (назовем так) – по поводу происходящего – была соответствующей: «Godverdomme, надо было пообедать быстрее – тогда бы успел и вздремнуть... Идиот!»

И вот, борясь с послеобеденным, то есть самым злокозненным Морфеем, психиатр, время от времени (как это делают полусонные водители, будя самих себя, дабы не влипнуть в аварию), бросал Андерсу несколько фраз из своей профессиональной коллекции. Например:

«А теперь повторите все то же самое – с самого сначала и, вот что важно, – гораздо, гораздо медленней».

Или:

«Если у вас возникают мысли о самоубийстве,

почему вы до сих пор не осуществили свой план?»

И затем снова:

«А теперь повторите все то же самое – с самого сначала и, вот что важно, – гораздо, гораздо медленней».

Или:

«Вам полезно поплакать. Выплакаться вам даже необходимо. Плачьте сейчас, если можете».

«При вас?» – вежливо уточнял Андерс. (Вспоминая одновременно, как в этот зоопарк, что расположен совсем близко, ходил однажды в детстве с отцом.)

«Да-да, здесь, при мне. Я вам вот что посоветую. Прочтите-ка вслух свои жалобы. Читайте громко, нараспев. Салфетки, хе-хе (все мы люди), – вот в этой вазочке, прямо перед вами».

То есть психиатр, предаваясь скромной отраде сна – то с вытаращенными (как бы в сочувствии), то с полуприкрытыми (как бы в сострадании) глазами, – что-то такое, одновременно, сомнамбулически все же артикулировал (как-никак – богатая практика, опыт, профессиональный навык).

А пациент, то есть Андерс, едва начав читать, уже плакал навзрыд. Довольно шаблонно. Содрогаясь всем своим торсом, лая, кашляя, судорожно вздыхая, сморкаясь (словно имитируя влажное хлопанье чьих-то перепончатых крылышек) – и навязчиво прося прощения у спящего психиатра за каждое из этих своих действий.

Но было бы несправедливо считать мозг психиатра спящим вполне беззаботно, поскольку здесь еще не было сказано о второй терзающей психиатра мысли. Недавно побывавший у своего дантиста, специалист в области психорелаксации еще не успел привыкнуть к результату сложных, дантистом произведенных перемещений в своей ротовой полости – в частности, таких, когда два коренных зуба, один за одним, словно удаленные с поля желтоватые шахматные фигурки, с ужасающим звуком звякнули о дно никелированной пыточной мисочки, а в глубине рта с обеих сторон возникло ощущение невосполнимых, противоестественных для телесного состава дыр. Однако сейчас его беспокоили даже не они, а нечто более привычное – небольшая щелочка между верхним левым латеральным резцом и соседствующим с ним клыком. Именно в это щелке угнездился небольшой кусочек escalopes de dinde aux nectarines[1]. Проще сказать, застряло там какое-то индюшачье мышечное волоконце. Будучи малым и ничтожным, оно, однако, доставляло Каспару ван дер Брюггену мучения невыразимые. Он буквально умирал от желания выковырять, выдрать этот кусочек сейчас же, здесь же, при пациенте; он уже больно натер

---

[1] Эскалоп из индейки с «лысыми» персиками (*фр.*).

кончик своего языка, с маниакальным упорством теребя и теребя этот мерзкий межзубный улов, – и люто ненавидел пациента за то, что в его присутствии не мог позволить себе сделать простейшее действие, в каком так отчаянно нуждался. Бодрствовавший участок его мозга, довольно скромный, но полностью поглощенный страданием – именно в силу страдания не спавший, – время от времени продуцировал мысль: «Godverdomme, надо было бы зубочисточкой... Не успел... шикарная индейка...»

Андерс рыдал.

Уже осушив слезы, он, по указанию психиатра, рассказал свою историю с самого начала и вот сейчас безвольно вплывал в третий круг скорби.

«Я принесу вам воды», – сказал Каспар ван дер Брюгген.

«Ах, спасибо!» – скорей показал, нежели произнес Андерс.

«Не стоит благодарности», – с важной дидактичностью откликнулся психиатр.

Перед зеркалом ванной комнаты (предварительно заперев ее на бронзовую парижскую задвижку в виде русалки) он энергично, с наслаждением, поковырялся в проклятущей зубной щели. Почувствовал облегчение...

Кстати сказать, словно бы испугавшись этого (произведенного зубочисткой) активного действия, сонливость психиатра стремительно капитулировала. Белый флаг вожделенной доселе постельной наволочки лишь мелькнул пред мысленным взором психиатра – и растаял. Он вспомнил про пациента – и налил в стакан воды из-под крана. Тут он, словно бы заодно, вспомнил еще кое-что: взбодрившийся мозг, словно заждавшаяся борзая, жадно набросился на умственную задачу. «Там какая-то путаница с его почтовым адресом... надо незамедлительно уточнить... – произвел интеллектуальную работу мозг психиатра. – Такое уже случалось – кажется, лет семь тому: счет пришел назад! Слава Господу, что я вспомнил про адрес сейчас, а то бы пациент так и ушел!»

...Когда со стаканом воды на подносе, словно слуга из провинциального водевиля, психиатр вернулся в свой кабинет, Андерс, обессилевший от рыданий, свесив одну руку за борт глубокого кресла, измученно спал.

* * *

Gelijk aan het water
het aangezicht is tegen aan het aangezicht,
Alzo in des mensen hart tegen den mens.

Как в воде лицо – к лицу,
так сердце человека – к человеку.

(Притчи Соломона, 27–19)

часть пятая

[1960 и 2010]

EER IS EEN TIJD OM TE STERVEN[1]

— 1 —

Из дневника Андерса:

«*12 августа 1960 г.*

Цикл моей жизнедеятельности, не помню, с каких пор, стал протекать следующим образом.

В магазине я перекладываю продукты, один за другим, с торговых прилавков в тележку. Подойдя с тележкой к кассе, я перекладываю продукты, один за другим, из тележки на прилавок кассы. Заплатив по счету, я перекладываю продукты, один за другим, с прилавка кассы в тележку. Подкатив тележку к багажнику, я перекладываю продукты, один за другим, из тележки в багажник машины. Подъехав к дому, я перекладываю продукты, один за другим, из багажника в большие пакеты. Зайдя в кухню, я перекладываю про-

---

[1] Время – умирать (*нидерландск.*).

дукты, один за другим, из пакетов на стол. Открыв холодильник и кухонный шкафчик, я перекладываю продукты, один за другим, со стола на полки холодильника и кухонного шкафчика. Раскрыв рот, я перекладываю продукты, один за другим, из холодильника и шкафчика, в ротовую полость. Из ротовой полости продукты попадают, один за другим, в мой желудок, в мой кишечник, в closetpot[1]. Когда продукты заканчиваются, я еду в магазин.

Богооставленность – ах, ах – богооставленность! Разумеется, именно такой диагноз поставят мне безостановочно благоденствующие в лоне церкви. Да, именно так скажут они – поквакивая, покрехтывая, попукивая мозгами, поквохтывая... Тараканы вы недодавленные, клопы пучеглазые! Беспробудно тупая, самодовольная моль».

– 2 –

Из дневника Андерса:

«*23-е августа, 1960-го г.*

Конечно, я плохой христианин. Но, по-моему, честней – и уж всяко достойней – быть *плохим христианином* (или не быть им вообще), чем *хорошим болваном.*

В гимназии я должен был вызубривать наизусть, кто там кого родил, кто от кого родился,

[1] Унитаз (*нидерландск.*).

кто сколько лет жил. Ну да, вот это: по рождении Малелеила жил Каинан восемьсот сорок лет и родил сынов и дочерей, всех же дней Каинана было девятьсот десять лет... Малелеил жил сто шестьдесят пять лет и родил Иареда... по рождении Иареда Малелеил жил восемьсот тридцать лет и родил сынов и дочерей, всех же дней Малелеила было восемьсот девяносто пять лет (Godverdomme! Зачем мне все это?!); Иаред жил сто шестьдесят два года и родил Еноха, по рождении Еноха Иаред жил восемьсот лет и родил сынов и дочерей, всех же дней Иареда было девятьсот шестьдесят два года; Енох жил сто шестьдесят пять лет и родил Мафусала, Мафусал жил сто восемьдесят семь лет и родил Ламеха, по рождении Ламеха Мафусал жил семьсот восемьдесят два года и родил сынов и дочерей, всех же дней Мафусала было девятьсот шестьдесят девять лет; Ламех жил... (Чем это копошение имен и цифр укрепило мой дух?)

И попробуй я вякни по ошибке, что не Малеил родил Иареда, а, скажем, Иаред родил Малелеила. Или что Енох жил не сто шестьдесят пять лет, а сто семьдесят семь. Ох, что было бы! Скандал даже трудно себе представить.

А вот в Дрездене, в середине февраля тысяча девятьсот сорок пятого года, как раз в День влюбленных, *освободители* взяли и укокошили просто так (потому что люди, плоть от плоти всех этих малелеилов, не могут жить без массовых кровопусканий) – взяли и укокошили просто так (*за милу душу*) – то ли двести пятьдесят тысяч мирных жителей – то ли все пятьсот... какая разница... (А по другим отчетам – всего ничего – каких-то там двадцать тысяч... капля в море!) И до сих пор боевые друзья-союзнички тычут друг в друга *натруженными указательными*, утверждая, что это было сделано либо по наущению именно противоположной (грешной) стороны, либо для запугивания стороною чужой (грешной) – стороны своей (праведной), либо в том была «объективная необходимость». Да что там Дрезден! А Хиросима? А Нагасаки? А...

Всех-то дел: люди укокошили людей. И будут продолжать в том же духе – ныне и присно, и во веки веков.

Но попробуй скажи, что Иаред родил Малелеила! Или что было ему при наступлении счастливого отцовства не восемьсот тридцать лет, а всего восемьсот двадцать пять (а чем он, кстати, занимался до этого? терпеливо ожидал наступления половой зрелости?). Ой, что будет! Лишат тебя, нерадивого, сначала десерта, а потом и обеда. Воспитание на уровне пищевого рефлекса абсолютно действенно, это надо признать. Если не универсально.

Черт их знает. Да, именно так: если их кто и знает, то исключительно черт. Утверждать, что Бог сотворил человека по образу и подобию своему – Godverdomme! Да это же самое разнузданное, хулиганское богохульство, до которого только может доперетъ тупая, хищная, самодовольная обезьяна! Да за такую ересь ведь и на кол посадить мало! А пасторы? Боже, Боже, услышь меня – если Ты есть и даже если Тебя нет! – ведь это же морализаторствующие конюхи! – да и то в лучшем случае, ибо конюх-морализатор – если Ты есть и даже если Тебя нет – уж всяко должен быть Тебе симпатичней, чем обезумевший от наживы коммерсант. (Хотя – кто же знает Твои приоритеты?..)

По образу и подобию, ага. Если допустить, что это не богохульство, а истина в последней инстанции, следует ли мне считать, Господи, что Ты как две капли воды похож на тех босховских персонажей, коих зрю ежедневно? С другой стороны, если допустить, что Ты и впрямь на них похож, это многое в мире объясняет – если не все вообще».

— 3 —

CAMEO[1]

Андерс, мой Андерс, привет, goede dag! Сегодня, десятого апреля две тысячи десятого года, через девяносто лет после твоего рождения, я стою во Влаардингене, возле дома твоего детства. Его больше нет, как нет, конечно, и твоей ма-

---

[1] «A cameo role», или «cameo appearance» *(англ.)*. Здесь: появление в кадре автора («режиссера»). Кинематографический термин.

тери, Берты ван Риддердейк. Всем тут заправляют чужие, незнакомые тебе люди. Часть твоего дома перестроена в обувную мастерскую, а часть – в маленькое кафе, куда я и захожу сейчас.

Вот, Андерс, я пришла к тебе в гости, хотя ты меня вовсе не звал. Вот, видишь – сажусь за столик – как раз в том месте, где ты обнаружил свою Lenore с мышью в зубах. Помнишь, Анди? Я-то помню, а помнишь ли ты?

Я приехала сюда, во Влаардинген, двадцать минут назад. Я не успела раньше, хотя и торопилась – в прошлом тысячелетии, в прошлом веке, при твоей жизни. Ты поспешил родиться – или опоздала родиться я. Но зачем объяснять это – тебе? Скорее всего, из своих внеземных измерений, ты видишь и понимаешь все куда лучше меня. И, главное, ты видишь скрытое от людей – временем, пространством, скудными человеческими возможностями.

Ты уже не человек. Но ты еще не персонаж. Кто же ты? Я не знаю. Ты некто, мучающий мое сердце очень давно. Могли бы мы встретиться на этой планете?

Кстати, могли бы. Тебе сейчас было бы только девяносто, а люди иногда живут дольше. Знаешь, мне однажды написала некая женщина из Парижа, петербургская княгиня первой эмигрантской волны: ей было сто семь лет. Она жаловалась на слабоватое зрение, прилагала к письму недавно написанные стихи и приглашала в гости. Позже, случайно, я узнала, что в пожилые годы, как это иногда бывает, она завела молодого кавалера и потому убавила себе (в документах, не как-нибудь) десяток лет. А значит, на самом-то деле я познакомилась с человеком не ста семи, а ста семнадцати (!) лет. И вот, проявляя невероятное старческое тщеславие, такое же удивительное, как старческая похоть, она горько сожалела об «урезанных» годах: кабы не эта ее выходка *по молодости, по глупости*, она попала бы в какую-то книгу рекордов...

Я это рассказываю тебе для того, чтобы наглядно доказать: мы могли бы встретиться еще здесь, на земле, да! Подожди... более того: я ведь уже довольно долго живу в твоей стране... Когда я приехала, тебе, Андерс, могло бы быть всего семьдесят пять. Всего семьдесят пять! Да: но что значит «могло бы»?

Подожди. Я запуталась. Дело не в том, когда я приехала. Ведь тебя не стало еще в то время, когда я была ребенком. Через год после твоей смерти мои соотечественники запустили в космос человека. А ты – ты-то свой космос к тому времени, наверное, уже освоил.

И вот в этом месте я рискую наткнуться на невидимую преграду. Нас разделяет не только пространство и время. Сейчас, сейчас... Я уже немного выпила... В кафе надо бы расслабиться – и нечего закручивать себе и без того перекрученные мозги... да-да, *в рог барана*, как сказал мой лучший друг. С которым я тоже никогда не виделась на этом свете. Почему все наиважнейшие для меня люди (их парочка единиц) – все они уже потусторонние? Ты не знаешь, Анди? Почему я с ними никогда не встретилась в физическом мире? Хотя... так ли это важно? Более того: мне, видимо, повезло, что я с ними не встретилась в физическом мире.

Сейчас попытаюсь объяснить тебе кое-что об этой преграде – той, какую я чувствую между тобой и собой. Здесь имеет место причинно-следственная связь, неподвластная людям, но подвластная мне. Преграда – это моя иллюзия власти. А если моя власть не иллюзорна, то преграда – это мой страх перед ответственностью за эту власть.

Прости, Анди, я выпила. Сейчас... Дело в том, что ты совершил в физическом мире некий поступок... Такой, который тебя из него навсегда вычеркнул. (О, как это мудро, Анди! Тебя, исчезнувшего добровольно, я люблю еще больше.) И, раз ты совершил тот поступок сам, своей волей, значит, мне остается только записать его по готовой канве. Но...

Вот в этом «но» – самый смысл. Но – я уверена, что, запиши я твою жизнь иначе, и она там – пятьдесят лет назад – повернулась бы иначе! То есть ты совершил бы свой поступок именно по моей указке. Нет, даже раньше: не пятьдесят лет назад, то есть не в период твоего стремительного приближения к смерти, а девяносто лет назад, с самого твоего рождения, твоя жизнь повернулась бы иначе, если... Если бы иначе ее записала я. Господи, как это страшно, Андерс.

Вот запиши я, что это не Пим, а ты откупился от немцев сервизом... Даже помимо своей собственной воли откупился бы... Какая уж там «собственная воля»...

Понимаешь? И тогда это именно Пима бы (и поделом ему), а не тебя угнали в Германию. И тогда ты не встретил бы свою жену. И она не запела бы с женой Пима на Пасху тысяча девятьсот пятьдесят первого года. И не пошла бы в русский хор. И ничего бы не было «так далее» – из того, что произошло.

То есть я из моего «будущего» могла бы распорядиться твоим «прошлым». Вот какое у меня самомнение, Анди! Самомнение – и неуверенность. Самомнение – и страх.

То, о чем я сейчас сказала, невозможно ни опровергнуть, ни доказать. Преграда между нами – это сложные, *нелинейные* структуры времени, загадку которых, будучи человеком, я разгадать не могу. Преграда между нами – это сложные, опять же нелинейные связи причин и следствий. Я, будучи человеком, могу сделать лишь поворот рычага – на бумаге, то есть на мониторе моего компьютера, – и далее истязать себя мыслью, что там, девяносто лет назад, совершенно иначе начнет складываться жизнь – твоя, тебя окружающих, вашего мира, мира как такового. Это возможно. То есть, не исключено.

Но я не смею. Мне кажется, что даже этим послушным записыванием *того, что было на самом деле* (ага! как же!), я вызываю серию дичайших по мощи взрывов – там, в твоем прошлом. То есть я и сама не знаю, записываю ли по готовой канве – или канву создаю. Ну, это, ясный пень, банально.

Банально, но оттого не менее больно, Анди! Я совершенно не знаю, как работает мое слово. Да и мое ли оно? Что у меня «моего» – кроме страха? Допустим, канва «существовала», я записываю по ней, и при этом там, «в прошлом» – да, «в прошлом», в неком *нелинейном* «прошлом», – создается иная канва. Господи боже мой! За что мне такая ответственность! И как можно нести ее на своих плечах, когда все основные (основные ли?) слова-понятия своего бытования я не могу даже не брать в кавычки! Прости меня, Анди, я выпила.

И все равно. Может быть, весь этот хор, этот русский хор, про который мой любимый Чоран сказал «Прекрасно, как русский хор» (я летела тогда из Швеции в Нидерланды и думала о тебе, и взяла в руки какое-то издание, и там была именно эта цитата – разве это не знак? не одобрение? не примета? не самое что ни на есть прямое указание на то, что я обязана написать о тебе, Анди?) – так вот: может быть, русский хор рухнул на твою бедную голову моей – именно моей, не чьей иной самодурской волей? И эта женщина из русского Полесья возникла именно моей волей – твоя жена, которую ты так смертельно любил?

А зачем любил, Андерс? Дурацкий вопрос – «зачем». Я имею в виду: зачем впадать в зависимость от *человека*? От жалкого, сварганенного из самораспадающихся материалов, бренного *человека*? От этой слабой, капризной, полностью безвольной марионетки? Если хочешь ловить кайф – вон полно всякой *дури*, даже легально. В твое время она, наверное, узаконенной не была, но достать травки можно было всегда. И все равно: no women, no cry. Итак: для кайфа существует трава (дозируешь сам), я уж не говорю об архаичных формах кайфа, подвластного ведомству Бахуса, – ей-богу, больше здоровья сохранишь, а уж достоинства и подавно.

Зачем ты так любил свою жену, Анди?

Вот, скажешь ты, писатель с якобы *надмирным сознанием*, а ревность-то у тебя, автор, все та же, с человечинкой. Да, Андерс, да. Я люблю тебя, а эту любовь, которая уже сама собой разрослась, как опухоль, никакой травкой не забьешь. Ее можно лишь экстирпировать вместе с пораженным органом, то есть с сердцем. И, поскольку я люблю тебя, я говорю: сделай то, что задумал, Анди. Сделай это. Именно потому что люблю, я прошу тебя: уйди из этого мира грубых физических законов. А если этого не сделаешь ты сам, тогда вмешаюсь я.

А людей не бойся. Конечно, массового человека опасаться как раз надо. Созерцание его самого, его деяний, его потребностей – разрушительно для разума и души. Я имею в виду: не бойся *осуждения* со стороны стадных человеков. Принимай их благочестивое квохтанье за акустические помехи. Плюнь на них.

Давай перекурим? Я знаю, ты не куришь, но один раз, со мной?

...Конечно, Господь им – пастушок, а они – Его овечки. Ну, это не от злого умысла. Не от дурного вкуса. Не от тупоумия. Не от желания себе польстить. По крайней мере, не только от перечисленного. И даже не от лицемерия, их доминантной сути.

Это просто оттого, что так «исторически сложилось». У них других профессий при возникновении монотеизма еще не было. То есть, в массе своей не было. А потому и других метафор не возникало. Были пастушки – и были овечки. И пастушки убивали овечек – для пищевых нужд, для жертвоприношений, а Господь убивал их, паству, – уже из Своих собственных соображений.

Но потом, когда возникли другие профессии, корпорации сильно заспорили. Одни говорили: давайте будем веровать так: Господь – это Директор мануфактуры, а мы – его рабочие по найму! Другие – нет! – пусть он будет Директор банка – а мы – Его послушные клерки! Третьи –

нет! – Он – Генералиссимус, а мы – его сочно-розовое пушечное мясо! Иные прочие корпоративные предложения были таковы: Владелец ресторана – и Его официанты; Сапожник – и Его подмастерья; Врач – и Его пациенты; Тюремщик – и Его заключенные (вот здесь, на мой вкус, гораздо «теплее» к картине мира); Собственник публичного дома – и Его проститутки... Ну и так далее.

Шутки шутками, а громадная доля правды здесь есть. Как писал русско-американский классик: дайте мне Начальника – поклониться Ему в Большие Ноги.

А потом, чтобы никого не обойти, порешили назначить Его – Отцом, а эту *плесень на кусочке грязи* (цитата) – его детьми. И никому не обидно. Все мы – отцы и дети.

Но вот я, например, появилась на свет в результате ЭКО (экстракорпорального оплодотворения); своего биологического отца не знаю, отца-воспитателя не имела, своих детей у меня нет. Так что мне эта схема – Отец, дети – тоже не впору.

Но я, например, пишу музыку. Да, я пишу музыку, хотя об этом мало кто знает. И вот, в процессе, вымарываю, бывает, для одной мне ведомой гармонии, отдельные ноты, аккорды, десятки аккордов, сотни аккордов – да что там – вымарываю целые листы партитуры! Погибающие ноты вопят в ужасе: за что, за что?! Оставшиеся в живых вопят от животного страха: для чего?!

А для того, драгоценные, что цели Композитора ни в коей мере не совпадают с целями отдельных нот. Вы, нотки, желаете жить, жить – жить и звучать, любой ценой. То есть, в том числе, ценой нарушенной Божественной гармонии. Жить, только бы жить, хотя бы в виде шума. Но Он, Композитор, сделать вам этого не позволит. А какова она, Его гармония? Уж всяко не такова, как у до-ре-ми. Не до́лжно всяким там до-ре-ми воображать себя в Центре Мира и считать себя венцами творения. (Ну-ну.) Негоже. Особенно негоже потому, что Композитор творит – постоянно – Свою Великую (Безбрежную) Космогоническую Симфонию.

Так что давайте договоримся, что Он нам – никакой не отец (тем паче – не Отец). Давайте считать Его – Создателем, а себя – нотами или буквенками. О'кей?

А ты ничего не бойся, Андерс.

Я с тобой.

Ты слышишь меня, Анди?

Я с тобой.

– 4 –

Из дневника Андерса:

«3 ноября 1960 г.

В связи с третьей беременностью жены я изучил все, что мне удалось обнаружить по теме о внутриутробном развитии человеческого плода. Я целыми вечерами просиживал в городской библиотеке Утрехта. (Особенно долго – во вторник и пятницу. До закрытия.) Еще пару лет назад таких материалов в широком доступе не существовало.

Сразу уточню: в первоисточниках содержалось гораздо больше информации. Здесь я привожу только поразившие меня данные, а *курсивом* – особенно меня поразившие (даже сразившие).

Вот некоторые из них: навыки и поведение эмбрионов.

Ну, например.

У 14-недельного эмбриона: первые проявления мимики: умение скашивать глаза, *насмешливо улыбаться.* (Боже, Боже! Мой Боже! – А. в. Р.)

У 24-недельного эмбриона: развитие мимики: надутые губы, *хмурый взгляд* (Езус Мария! – А. в. Р.); напряжение мышц вокруг глаз, ассоциируемые с плачем ребенка.

У 30-недельного эмбриона: во время сна *появляются сновидения, занимающие все время сна.* (No comments. Нет, одно замечание: о чем он видит сны? о прошлых свои жизнях? – А. в. Р.)

У 39-недельного плода: демонстрируется четкий и ясный ритм пробуждения и засыпания и более *отчетливый крик.* (Еще бы. – А. в. Р.) Сновидения занимают *половину времени сна.*

Далее – мои комментарии.

Раньше считали: новорожденный плачет от боли (физической боли в акте рождения); кроме того, ведь происходит настоящее плодоизгнание из рая. Но сознание эмбриона (эссенция свободного света звезд), как видно, *гораздо раньше* получает сигнал и осознает, в какой же его угораздило попасть замор. И потому сознание – спит. («Лучше спать, чем слушать речи // Злобной жизни человечьей, // Малых правд пустую прю...»). И смотрит сны. Но уже перед самым выходом в Открытый Физический Мир сознание сокращает время своих ностальгических сновидений. Трезвеет, бедняга. Скоро (задыхаясь в мясной одежде, в телесном тесном платье человека) – в среднюю школу, в армию, в высшую школу, в брак, на каторгу службы! И улыбаться надо будет не *насмешливо*, а миленько, сладенько, коммуникативно, приятненько – для начальства и окружающих.

А по-моему, каждый, находящийся в процессе своего рождения, должен непременно иметь квалифицированного адвоката, ждущего наизготовку снаружи от материнского лона. Конечно, в интранатальный период (т. е. непосредственно во время самого рождения) запасаться адвокатом уже поздно.

Это следует делать много заранее – сразу, как только наивная душа, соприродная свободному свету звезд, сдуру попадается в силки *бластулы* или, как ее там, *гаструлы* – когда она, душа, только начинает отчаянно биться в материальном капкане, ошалев от зверского предательства природы, обрекшей ее с этого мгновения изнашиваться, в позоре и страхе, внутри бренной материи, словно бы даже и неразделимо с позорной материей – и вот только тогда, за девять месяцев до рождения, если дальновидно продумать судилище против своих родителей, – только тогда твой первый крик при появлении «на свет» будет официально зафиксирован как *жалоба истца*, которого, нимало не спросив, лишили законного – законного *по умолчанию* – права быть нерожденным».

«P. S. Да нет, чего там, все в полном порядке – и старо как мир: богач, красавец, баловень судьбы молча стреляет себе в рот, а голозадый смерд шумно рад всякой ложке гороха...»

– 5 –

Из дневника Андерса:

«*15 ноября, 1960 г.*

Вчера ночью, замученный громкой *непрерывностью* сердечного стука, решил подсчитать, сколько же ударов сердца (при пульсе 80 уд./мин.) отпущено человеку на жизнь. Ну, на таковую длиной, скажем, в 80 лет. Получилось вот что:

4 800 сердцебиений – за час

115 200 сердцебиений – за сутки

41 472 000 сердцебиений – за год

3 325 760 000 сердцебиений – за 80 лет

Три миллиарда! Вроде бы немало... По крайней мере, соразмерно с понятными величинами: это примерно половина жителей Земли – и финансовое состояние какого-нибудь миллиардера...»

Из дневника Андерса:

«*2 декабря 1960 года.*

О боже (Боже), – как писать тебя (Тебя) – с маленькой или с большой? – помоги, помоги, помоги».

— 6 —

...Шла рождественская, тысяча девятьсот тридцатого года, служба во влаардингенской Grote Kerk. На груди Андерса тогда висел новый шотландский шарф в красно-серо-черную клетку, подарок отца, – пушистый шарф, который Андерс потихоньку гладил, когда разрешалось отложить молитвенник. В кирхе была устрашающая акустика, так что, когда во время паузы кто-либо из прихожан вздыхал, но не умиленно и просветленно, а устало и, может быть, даже безнадежно, этот неподобающий звук немедленно, и, как казалось, в многократно усиленном виде, достигал ушей пастора, а возможно, самого Всевышнего.

Поэтому можно без труда представить всю мощь громовых раскатов, когда во время одной из маленьких пауз, предполагавших самоуглубленное единение с новорожденным Господом, кто-то невероятно громко, с полувопросительным звуком, испустил кишечные газы. К счастью, в тот же миг, яростно сострадая, грянул многоструйный орган. Представители паствы, все как один, немедленно зафиксировали свои глазные яблоки в долженствующих положениях: кто подъял к люстре, кто потупил долу. Однако во время последующей паузы Андерс заметил все же некоторое напряжение в их спинах. И оно не замедлило оправдаться: ужасное звукоиспускание повторилось.

Теперь каждый спасался, как мог. Некоторые прихожане насильственно придали себе такое задумчивое выражение, словно их избранные души наконец попали туда, где уже не могут быть встревожены никаким, ровным счетом никаким земным звуком. Некоторые, в том числе родители Андерса, а также Пим — вдруг, что есть мочи, впились в молитвенники, причем с таким судорожным остервенением, словно именно сейчас, в данный конкретный миг, они отыскали там стопроцентно гарантированный ключ к вечному своему блаженству. Некоторые, втянув головы в плечи, изо всей силы деловито кусали губы.

Человечьи кишки бабахнули снова. Андерс, словно ему вдруг стало очень холодно, взялся туго-натуго заматывать шарф и почти уже задушил себя, когда краем глаза заметил, что ситуация, к счастью, уже разрешается, причем буднично: двое прихожанок, сделав постные лазаретные лица, уже выводили под руки худенького старичка, еле живого, который, кстати сказать, через неделю после того отправился к праотцам – вследствие своей изношенности, но, как запомнил для себя маленький Андерс, конечно, со срама.

— 7 —

Именно это воспоминание, как назло, посетило Андерса сегодня – во время его встречи с отцом Лоренсом.

Пастору было уже за семьдесят. Андерс знал его с самого детства, но именно сегодня, впервые, его внимание привлекли пасторские руки. Средние суставы его пальцев напоминали многоскладчатые веки. Получалось так, будто пасторские руки имели глаза. Ну да: у пастора Лоренса ван Бретта были глазастые руки! Мощные, многоочитые. Это внушило Андерсу какую-то детскую надежду...

«...Я хорошо знал твоего отца, Андерс, – продолжил пастор, явно давая понять, что подытоживает разговор. – Ничего подобного с ним произойти не могло. Кроме того: ты совершенно безосновательно соотносишь себя с отцом. Мне кажется, сын мой, твои мысли об этой стене между женой и тобой – искушение для ослабевшего духа. Надо работать – еще больше, очень много – так, чтобы мыслям не оставалось ни малейшего места».

«Это не мысли, а чувства», – осмелился уточнить Андерс.

«Значит, я немного изменю формулировку: надо работать так, чтобы *чувствам* не оставалось ни малейшего места. Кроме чувства всепоглощающей благодарности и любви к Господу».

«Да, но мой отец покончил с собой. Он был прекрасным работником, но покончил с собой!»

«Андерс! Уясни для себя раз и навсегда: то был несчастный случай. Он выпил немного больше обычного... от радости».

«Он напился от горя, отец Лоренс».

«От чего бы он ни напился, топиться он не планировал. Я отлично знал Яна ван Риддердейка... О, я отлично знал Яна! Он был моим добрым другом!»

«А если все же допустить, что он утонул... как бы это сказать... ну, целенаправленно?»

«Значит, и он недостаточно много работал, Анди. Точнее сказать – недостаточно хорошо. Ты понимаешь, что я хочу сказать?»

«Думаю, да».

«Я уточню: он работал недостаточно хорошо для того, чтобы уничтожить в себе вредные мысли. Ответы на *существенные для Господа нашего* вопросы есть в Библии. Ты понимаешь? На вопросы, *существенные для Господа нашего.* Если тебе непонятно токование каких-либо мест, приезжай, я постараюсь их тебе объяснить. Вопросы, *не имеющие значения для Господа нашего,* имеют значение для... ты понимаешь, Андерс, кого я имею в виду?»

«Да, отец Лоренс, но...»

«Что — *но?*»

«Мой отец как-то сказал мне... точнее, проговорился... Отец сказал, что семилетним он перестал верить в Санта-Клауса, семнадцатилетним — в Господа Бога...»

«А вот в это циничное признание уже не верю я сам! Сказать-то он мог, но был явно не в здравом рассудке. Скорее всего, пьян. С горя ли, с радости или просто так. Ведь мог же он напиться *просто так?*»

«Конечно, мог».

«А я знаю наверняка, что мог. О, я хорошо его изучил! Следовательно, Анди, надо работать так, чтобы создать надежный заслон вопросам, ответы на которые не содержатся в Библии, ибо они не существенны для Господа нашего. Это тот единственный совет, который я могу тебе дать».

«Благодарю вас, отец Лоренс».

«Амен, сын мой. Ступай с Богом».

Андерс повернулся, шагнул к двери — и его спинной мозг ощутил мерзейшую щекотку: отец Лоренс перекрестил воздух.

— 8 —

Андерс проснулся и сразу вспомнил, что сегодня — шестое декабря, день Святого Николаса: детский праздник.

Он выглянул в окно. Из дюжины авто, уже

уехавших (а до того привычно проведших тут ночь на парковке), белел, почти сливаясь с белизной тонкослойного, недавно выпавшего снега, только его новый «пежо». Темнея влево и вправо от него, тянулись прямоугольники, оставленные подбрюшьями ночевавших здесь машин.

Словно гробы в ряд.

Словно могилы в ряд.

Это сравнение пришло в голову Андерса еще и потому, что сегодня он уговорил мать пойти с ним на кладбище. Именно сегодня, в детский праздник, исполнялось одиннадцать лет со дня смерти Барбары.

Андерс просил мать о встрече уже давно, но ей было все время некогда. Она активно посещала кружок флористов, взялась изучать чешский язык, а в последнее время зачастила в церковь. Когда она не ходила в церковь, ее домашнее время, помимо самоучителей по чешскому языку, занимало чтение Священного писания и жития святых. Один раз, в двадцатых числах ноября, она уже было выкроила время, но, заглянув in agenda[1], заметила, что у нее в этот вечер назначен afspraak[2] на педикюр.

Пришлось подстраиваться Андерсу. За несколько дней до этого он написал на службе письменное прошение о пропуске рабочего дня – и получил положительную резолюцию.

---

[1] В записную книжку (*нидерландск.*).

[2] Визит по записи (*нидерландск.*).

Андерс никогда не ходил на кладбище вместе с матерью – за исключением самих похорон – Яна Хендрика, а через десять лет – Барбары.

Сейчас, сойдя во Влаардингене с поезда (он специально не поехал машиной), Андерс уже шагал по Westhavenkade. Черные листья, вмерзшие в рыхлый лед канала, напоминали пережаренный, местами горелый лук в толстом слое жира... Вот гадость!

Невольно он вспомнил то, что предпочел бы забыть.

— 9 —

Вот такой же Sint-Nicolaas (и канал выглядел так же) – когда же это было? – отмечался в тысяча девятьсот... да: в тысяча девятьсот тридцатом году. Двое из четырех детей в семье Берты и Яна ван Риддердейков получили, как и положено, долгожданные шоколадные буквы: Пим (Pim) быстро схватил свою «Р», маленькая Криста принялась внимательно рассматривать свою «К».

Но... Барбара (Barbara) вместо «В» получила букву «О» – и точно такую же букву «О» получил Андерс. Ему было тогда десять лет, и он безоблачно принял объяснение меврау ван Риддердейк, что «главное – это не сам подарок, а внимание и любовь к детям со стороны Санта-Клауса и родителей».

Однако вечером того же дня Андерс застал рыдающую в холодном сарае Барбару, которой было тогда уже пятнадцать и которая не хотела говорить Андерсу ни единого слова. Когда он умолил ее, она сквозь судорожные всхлипы сказала, что никакого Санта-Клауса на свете нет, что отцу до всего недосуг, а мать попросту не любит их, никого из них вообще, что она, мать, забыла о празднике Санты напрочь, что зашла за покупками в самый последний день, когда буквы «Р» и «К» в магазине, на счастье, еще были, а вот буквы «А» и «В» уже оказались распроданы. Зато, добавила Барбара, хотя Андерс уже не хотел ее слушать, там оставалось навалом буквы «О» – потому что имен, начинающихся на букву «О», в Нидерландах нет или почти нет.

«А знаешь, – заключила она к ужасу Андерса, – буква «О» – это ведь вообще ничто – ноль, просто дырка – и все. Просто дырка, понимаешь ты? Пустота».

...Свою «дырку» Барбара отдала первому попавшемуся мальчишке на улице; Андерс отдал свою Кристе.

— 10 —

На надгробном камне Барбары стояла ее фамилия по мужу, а девичья не была указана даже в скобках. Андерс поймал себя на том, что испытывает какое-то облегчение, словно ему нравится отсутствие фамилии ван Риддердейк. Скорее всего, так оно и было. Но почему? Фамилия как фамилия... Может быть, он не испытывает симпатии к ближайшим своим родственникам? Его глаза скользнули туда, куда не хотели. Причиняя себе дополнительное мучение, Андерс с отвращением прочитал то, что знал наизусть:

БЕЗУДЕРЖНО СКОРБЯТ – МАТЬ, МУЖ, СЕСТРА И БРАТЬЯ...
О, ЗАКЛЮЧИ ЕЕ, ГОСПОДЬ, В СВОИ ОБЪЯТЬЯ!

Стандартная надпись, выбранная из стандартного арсенала, предложенного стандартным похоронным бюро. Но здесь, в случае с Барбарой – с ее никого не заинтересовавшими стихами, с ненужной ей самой поденной службой (среди таких же беспробудно тупых, как ее сестра, землероек), с ее красотой, служившей лишь разогреванию полумертвой механической похоти вышколенного, как офисный манекен, мужа, с ее безответным отношением к Лили как к некоему верховному божеству, с ее скорбной бездетностью, с какой-то неизбывной бесприютностью и, по сути, с изначальным сиротством – какую надпись ни выбери, получилась бы ложь. Что тоже вполне стандартно.

Андерс заметил: мать с любопытством смотрит в другую сторону. Там, к воротам предзимнего, беспощадно оголенного кладбища, деловито подъезжали автомобили. Из них выходили люди – парами, тройками, поодиночке. Черного лимузина с покойным среди машин не было – видимо, гроб установили в ритуальном зале заранее.

Андерсу кое-что показалось странным – точнее, привычно-странным – в группках, шедших проститься. Он видел эти разрозненные группки много раз и всегда что-то, чего он не мог сформулировать, царапало его глаза и мозг. Но сегодня – возможно, благодаря перенасыщенности уродливых цитат, которые он заставил себя прочесть на пути к сестриной могиле – а может, не только поэтому, он наконец понял.

Они шли деловито. Все они шли деловито, бодро, даже боевито, почти строевым шагом. В их походке не было скорби, горя, уныния – даже легкой печали не было в их походке. Да что там – походка! Даже слегка расстроенных лиц среди них – и то не было. Зато они хоть в этом не притворялись. Притворством служила (ему потворствуя) ширма *якобы культуры* и *якобы религии*, которые, in cooperation, призывают к сдержанности, сдержанности и еще раз сдержанности. Поэтому естественное животное равнодушие легко можно было выдать именно за мужественное, приличествующее случаю, элегантное самообладание.

Они шли на кладбище той же самой походкой, какой шли бы в банк покупать акции. Ать-два, ать-два. Они ходят такой же на службу, в магазин. С другой стороны, прощание с покойным как раз и являлось одним из дел в повседневной цепочке прочих забот: банк – служба – магазин. Ать-два, ать-два. Никто из них не был в трауре. Ни на одном не обнаруживалось даже условной дани трауру – какой-нибудь ленточки, галстука, шарфа.

Самое главное: не было траурных лиц – сплошь собранные, очень трезвые, деловитые (семья, служба) – или рассеянно-озабоченные (сложности с семьей, службой). У некоторых за спиной торчали походные рюкзачки (ах, ах, все мы на Земле странники), у некоторых – учебные или деловые портфели (живым – жить). Если бы день был выходным, и Андерс отлично знал это, у них в руках (по той же причине) было бы спортивное снаряжение. Почему бы не оставить все это в машине? Да: но вдруг машину ограбят? И то верно. Мертвые-то безвинны, зато живые... Ать-два.

Андерс предложил матери перейти к могиле отца. Мевpау ван Риддердейк подошла к изголовью надгробия, под которым покоилась ее дочь, и поправила носком туфли стеклянный фонарь с горящей внутри свечой. После этого долго промокала платочком сухие глаза. («Фантомные слезы, – подумалось Андерсу. – Она промокает свои фантомные слезы».)

«Да, верно: надо было мне надеть сегодня не коричневую шляпку, а синюю, с перышком», – раздраженно откликнулась мать своим мыслям.

– 11 –

Идя по кладбищенской дорожке к могиле отца, Андерс, как никогда внимательно, присматривался к надгробным памятникам. Он вдруг осознал, что уже давно – проходя мимо любого кладбища, мимо любой ритуальной мастерской – он подбирает что-либо по вкусу себе самому – вот как подбирают мебель: шкаф, кровать, диван или кресло. Он усмехнулся: это было бессознательное действие, однако, как у только что наблюдаемых, тоже не лишенное деловитости. Андерсу больше нравились памятники из розовато-бурого гранита, вообще нравился этот теплый цвет, напоминающий в конечном итоге мебель красного дерева. Но не только мебель. Этот цвет напоминал облитые зарей древесные стволы...

Ну, сказал сам себе Андерс, ты слишком самокритичен. Ты просто любишь деревья, а их мало в твоей стране. Да, но раньше-то хватало... Раньше – когда? Ну, до войны. До войны, повторил он сам себе (чтобы не сказать: до жены).

До войны Андерс ездил вместе с другими студентами в Польшу, во Францию, в Австрию... Видел тамошние кладбища – стихийно заросшие древесно-кустарниковой зеленью – или рассудочно, расчисленно засаженные ею – но всегда уютные, тенистые... В Германии, во время войны, он тоже видел кладбища – соответственно, на немецкий манер... Там тоже в изобилии росли раскидистые деревья...

Но Андерсу тогда это не казалось красивым. Тогда он вовсе не обладал таким тяготением к деревьям. Он любил открытые пространства своей страны – открытые везде – вот взять хотя бы отшторенные по вечерам окна: жилище видно насквозь. То же самое, считал он, должно быть и на кладбищах... Такими же, считал Андерс, должны быть идеальные ландшафты. Прозрачность во всем – как форма честности и доверия к миру... Андерс не понимал выражения *красиво, как на немецком кладбище*; он не понимал (и потому не любил) европейской ландшафтной живописи: если на картине средним планом присутствовали роща или лес, он – раньше, *до войны* – испытывал нечто вроде клаустрофобии и вполне разделял сварливый и безапелляционный вердикт своих соотечественников по поводу таких картин, гласивший: *te veel bomen* (слишком много деревьев).

Но с некоторых пор... Он стал иначе воспринимать само небо своей страны. Оно было низким – и человек под ним испытывал то же самое, что чувствовал теперь Андерс, то есть то, что испытывает букашка, попавшая под объектив микроскопа. Некий Глаз, чей взгляд, сквозь окуляр и тубус, был нацелен конкретно на данную букашку, принадлежал вовсе не добренькому Отцу и вовсе не Пастырю – мудрому, дальновидному, всепрощающему. Он принадлежал холодному исследователю и аналитику – с непостижимыми для букашки планами, оценками, целями. Спрятаться, схорониться? Но где? И потом: как вот так лежать в могиле – под открытым небом, хоть и заваленному землей, хоть и придавленному камнем, а все равно – словно голому, словно даже без одеяльца... Действительно, как это бесприютно!

Хор пел: «Pod sosno-o-o-iu, zeleno-o-o-oiu, spat' polozhi-i-i-i-itee vy-y-y-y-y me-nia-a-a-a-a...» Жена объясняла Андерсу, что люди ее краев предпочитают быть похороненными в тени деревьев... «Словно под куполом шатра, понимаешь? – добавляла она. – Словно под своей собственной уютной крышей... Да и родственникам приятно», – снова добавляла она после каких-то мыслей.

– 12 –

В этой стороне кладбища, более старой, где покоился отец Андерса, плоские надгробные плиты лежали густо, в угнетающей тесноте, словно койки в военно-полевом лазарете, запредельно переполненном после удачной атаки противника.

Андерс расчистил снежок, и на могильной плите проступила черная надпись:

МУЖ И ОТЕЦ, ЛЮБИВШИЙ НАС, ЛЮБИМЫЙ НАМИ!
О, ВОСПОСЛЕДУЙ В РАЙ БЕЗГРЕШНЫМИ СТОПАМИ!

«Я из-за него всегда плохо спала, – сказала меврау ван Риддердейк, – приезжал поздно, а уезжал рано. – И добавила: – Да, брак – это серьезное испытание, посылаемое нам милосердным Господом».

После чего сдержанно перекрестилась.

«Мама, почему ты отдала его в дом престарелых? – неожиданно для себя спросил Андерс. – Ведь у него, по болезни, плохо действовала лишь одна рука. А все равно это именно он все делал по дому! И потом: как ты смогла его туда устроить? – он хотел сказать *упечь,* но сдержался. – Ведь ему не было и пятидесяти!»

Меврау ван Риддердейк непонимающе взглянула на сына. Ее взгляд означал: это, видимо, мне снится? Затем она поджала губы, презрительно вздернула брови, полуприкрыла глаза и многозначительно отчеканила:

«Ты не можешь знать всего. – Вздохнула, вновь перекрестилась и неукоснительным, бессменным тоном непогрешимости повторила: – Да, брак – это серьезное испытание, посылаемое нам милосердным Господом».

— 13 —

«Подвезешь меня к станции?» – спросил Андерс.

«А что случилось?»

«Я без машины. Она не в порядке».

Андерс врал, чего с ним практически не бывало.

Он допил причитавшуюся ему чашечку чая у нее дома. Просто ему хотелось побыть с матерью еще хотя бы несколько минут. И ему хотелось невозможного – чтобы мать позаботилась о нем.

Он густо покраснел – от всего сразу. Но мать не заметила этого.

«А что случилось с твоим авто?» – поливая цветы, машинально поинтересовалась мевроу ван Риддердейк.

«Тормоза сдали».

«Так почему бы тебе не пройтись пешком? Врачи говорят, это полезно».

«У меня нога левая не в порядке».

Что случилось с ногой сына, мевроу ван Риддердейк уточнять не стала.

Она начала собираться: поправила перед зеркалом волосы, брызнула на них парфюмом, слегка подкрасила губы, сняла ворсинки с пальто...

Годы ничуть не уменьшили прямизну длинного, словно бы вытянутого ее тела. Наоборот, с годами ее худоба усилилась. В молодости, возможно, такое строение фигуры выглядело грациозным... Волосы, довольно густые, мать стригла коротко, и они стояли торчком, словно щетина аккуратной металлической щетки. В целом к семидесяти годам она стала отчетливо напоминать деревянную палку со стальным набалдашником на конце.

Они сели в машину. Наступил вечер. Весь короткий путь до вокзала они ехали по дороге, усеянной разноцветным серпантином и конфетти. Был конец детского праздника.

У железнодорожной станции «Vlaardingen Centrum» оба вышли из машины. Было уже совсем темно. Горевшие фонари только подчеркивали темноту вокруг.

«Спасибо тебе, мама», – сказал матери Андерс, обнял и поцеловал ее.

«За что именно?» – сочла нужным уточнить, как всегда пунктуальная, напрочь лишенная материнских инстинктов, мевpay ван Риддердейк.

«За авто, конечно», – второй уже раз соврал Андерс.

Мевpay ван Риддердейк удовлетворенно кивнула. Пару секунд простояли в молчании. Наконец мать сделала шаг к дверце.

«Поцелуй и ты меня, мама...» – наконец выдавил из себя Андерс.

Берта ван Риддердейк не знала, как надо целовать детей. Андерс не был исключением. Она никогда этим не занималась, то есть не снисходила до поцелуев и не унижала себя сюсюканьем. Кстати, втайне она очень гордилась, что выполняет свой христианский материнский долг четко, неукоснительно – и без каких-либо сантиментов.

Дети, привыкшие к ее деревянной педагогической непогрешимости, никогда не просили ее поцеловать их, даже если болели.

А сейчас сын вдруг попросил. И потому она растерялась.

Несколько секунд мевpay ван Риддердейк постояла у дверцы машины, глядя на Андерса так, будто он вымолвил нечто иностранное.

Она действительно не имела ни малейшего представления о том, как выполнить его просьбу.

— 14 —

Андерс брел по голому острову Тексел, прикрывая голову руками. Было двадцатое декабря. Шел дождь вперемешку со снегом, но зато ветер был не очень силен. Один раз Андерс, упав, больно ушиб колено и локоть. Внезапно непогода улеглась. Было около трех часов дня, и небо выглядело никаким, то есть самым страшным: словно на засвеченной фотографии. Андерс попрежнему прикрывал голову руками, хотя они от этого сильно затекали и еще больше мерзли.

Открылось голое, пустое пространство земли. Он брел под голым, пустым небом. Глаз из глубины неба наблюдал за ним безотвязно, зная об Андерсе нечто такое, чего не знал он сам. Не хотел, боялся, отчаянно не хотел знать. И потому прикрывал голову руками. А чем еще мог бы он ее прикрыть?

Он брел по острову Тексел в северо-западном направлении. Эта часть суши была абсолютно безлюдной. Через два часа, в самом конце проселочной дороги, показалась знакомая мельница. Когда-то, на заре своей супружеской жизни, Андерс с женой снимали там летом небольшой флигель у знакомого мельника. С близнецами, пока не родилась первая дочка, они прожили так несколько летних сезонов.

Сегодня Андерс прибыл сюда лодкой. Ваddenзее, внутреннее море, между Западно-Фризскими островами и материком, не замерзло, как Андерс и предполагал и, кроме того, в чем убедился по радио. Он заплатил хмурому рыбаку в Ден Хелдере за рейс в одну сторону. А назад? – на самом подходе к Текселу спросил пожелавший двойной оплаты перевозчик. Мне в одну сторону, глуховато сказал Андерс.

Но гребец не услышал. Лодка мягко ткнулась носом в прибрежную землю. Я мог бы вас подождать, мениир, сказал рыбак, надежней подтыкая водонепроницаемый плащ-накидку. Затем, с трудом оглянувшись, он увидел, что его пассажира уже нет. Помянув черта, он выпрыгнул из лодки, вылез на берег, огляделся... Куда бы он ни взглянул, нигде не было видно ни одного живого существа. Пошел дождь вперемешку со снегом.

И перевозчик уплыл.

— 15 —

Этот давно покосившийся сарай стоял возле мельницы, дав приют беременной кошке. Месяца за полтора до Рождества она разродилась тремя пушистыми котятами, которые, скорее всего, высоко оценили выбор свой матери. В надежде на пропитание она бегала куда-то недалеко, на хутора, а потом возвращалась – взволнованная, озабоченная, изумрудно мурлыкавшая, полная теплым живительным молоком.

В то время, когда мать отсутствовала, котята играли. Их любимая игра состояла в том, чтобы подцепить лапкой один из четырех ботиночных шнурков, свисавших откуда-то сверху. Самым сладким было эти шнурки грызть. Даже взрослая кошка, когда ей надоедало отдаваться радостям вскармливания, вставала и, в желании размять занемевшее тело, пружинисто извиваясь, подпрыгивала – словно стремясь достичь самый источник этих чудесных шнурков.

Источником шнурков являлись, конечно, ботинки Андерса. Зайдя в этот сарай двадцатого декабря, он был полностью поглощен мыслью, что вся семья – главным образом, жена и дети (и мать, конечно, и мать) – будут всячески порицать его за то, что он испортил им Рождество. Возможно, они подумают, что он специально так поступил именно в один из предрождественских дней, дабы открыто продемонстрировать свое безверие, богоборничество и цинизм (унаследованный от отца, уточнит Берта ван Риддердейк).

Но Андерс ничего не собирался демонстрировать.

Он просто не мог больше терпеть боль.

Конечно, он не ожидал увидеть в сарае котят, а когда увидел, то обрадовался.

Да: напоследок он даже обрадовался – и немного поиграл с котятами.

...Прежде чем они стали играть с тем, что осталось от него самого.

— 16 —

Тело Андерса обнаружили хуторские дети, два семилетних брата-близнеца, перед самым Новым годом. Как это произошло? А очень просто. Определив по сосцам, что кошка кормящая, они, в надежде увидеть котят, выследили, куда она возвращается.

Так что Рождество Андерс никому не испортил. Кстати, он предварительно написал записку, что отбывает в деловую поездку и не решается точно сказать, когда вернется, а жена не стала задумываться, какая может быть поездка в предпраздничные дни. Конечно, бывают и такие поездки, если возникает острая необходимость. Как в случае с Андерсом и произошло.

Вот и получается, что испортил Андерс своим родным только Новый год. А что такое Новый год в Нидерландах? Так, формальность. Елки, в большинстве случаев, уже выброшены (их подбирают нищие иммигранты, потому что деревца еще совсем свежие); коренное население, автохтоны, вяло посиживает в ночь с тридцать первого на первое перед телевизором, вяло же запивая пивом или минеральной водой горстку соленых орешков – вот и все убранство стола. Правда, словно в компенсацию такой скудости, вовсю неистовствуют мальчишки: фейерверк, с его бабахом и тарарахом, достигает такой мощи, что кажется приходом Судного дня.

– 17 –

Что еще? Андерс похоронен недалеко от Барбары. На его могильной плите выбито:

О, НЕ ГОРЮЙ, ЧТО НЕТ ПУТИ НАЗАД!
ПОКОЙСЯ С МИРОМ, СЫН, ОТЕЦ И БРАТ.

Здесь пропущено слово «муж». Произошло это по вине страховой компании, которой был заказан какой-то другой вариант проявления скорби, где умещался «муж» тоже, но кто-то что-то где-то напутал. Жена (то есть вдова) долго судилась со страховщиками, но так ничего и не доказала.

Что еще можно добавить? Где именно пребывает душа Андерса Виллема Францискуса Марии ван Риддердейка, доподлинно неизвестно, а тело его покоится под землей, на кладбище городка Влаардингена, где он родился и рос ребенком.

Итак, тело Андерса лежит под землей годами – день за днем, с медленной неотвратимостью, переходя в естественный состав почвы. А его вдова, состарившаяся, но такая же бодрая, волевая, по-прежнему ходит в хор. Правда, теперь она ходит в хор вместе со своими детьми, уже взрослыми.

Вот они, стоят в единой шеренге: она сама, ее сыновья, Фред и Ларс, ее дочери, Ирис и Анна-Маргарет.

Они поют.

они поют они поют

* * *

Want wat den kinderen der mensen wedervaat,
dat wedervaat ook den beesten;
en enerlei wedervaat hun beiden;
gelijk die sterf, alzo sterft deze,
en zijn allen hebben enerlei adem,
en de uitnemendheid der mensen boven de beesten
is geen;
want allen zijn zij ijdelheid.
Zij gaan allen naar een plaats;
zij zijn allen uit het stof,
en zij keren allen weder tot het stof.
Wie merkt,
dat de adem van de kinderen der mensen
opvaart naar boven,
en de adem der beesten nederwaarts vaart
in de aarde?

Участь сынов человеческих и участь животных –
участь одна:
как те умирают, так умирают и эти,
и одно дыхание у всех,
и нет у человека преимущества перед скотом,
потому что всё – суета!
Все произошло из праха, и все возвратится в прах.
Кто знает: восходит ли вверх
дух сынов человеческих,
сходит ли вниз, в землю, дух животных?

(*Екклезиаст, гл. 3, ст. 19–21*)

2001 г.

РАЯ & ААД

[повесть]

часть первая

МЕДЛЕННОЕ ХАРАКИРИ ПОД КУПОЛОМ ЦИРКА

(ПИСЬМЕННЫЕ ПОКАЗАНИЯ ПЕРВОГО БРАЧНОГО СВИДЕТЕЛЯ)

— 1 —

В лагере для беженцев она значилась как вдова украинского оппозиционера. Детальней версия звучала так: *вдова украинского оппозиционера, зверски растерзанного верными приспешниками антидемократического режима.*

Между Киевом и этим нидерландским лагерем, расположенным рядом с деревней Маасланд, тайной занозой саднила ее память Великая Британия, которая была явлена ей месяц назад в виде такого же лагеря, только значительно меньше и грязней, – Великая Британия, где зацепиться ей так и не удалось. А ведь родители продали последнее, залезли пожизненно в долги, чтобы выпихнуть ее, старшую из трех дочерей, в Европу. Теперь надо было драться насмерть.

Сложность состояла не в том, что она прибыла в лагерь девственницей. Люди, бравшие у нее *интервью* (то есть допрашивавшие ее с переводчиком и заполнявшие какие-то бумаги), как ни странно, не стали требовать никаких дополнительных доказательств имевшего место брака,то есть остались вполне удовлетворены документом, купленным ее мамашей на Подоле. И, судя по всему, запрашивавшие вряд ли собирались сопоставлять юридическую мощь этой бумаги с результатами, скажем так, деликатного медицинского обследования «молодой вдовы». (А ведь она именно этого, то есть «обследования», больше всего и ужасалась. Потому что в лагере не прекращались упорные слухи, что *такие дела, конечно же, проверяют.* Например: назвался гомиком – так побудь *гномиком*, постой *домиком. Продемонстрифуй*, стало быть, – ну и так далее.)

Однако же неувязка заключалась не только в том, что она, объявив себя безутешной вдовой, являлась анатомически безупречной девственницей. В конце концов, при желании, можно было бы (ссылаясь на исторические, а также доисторические источники) напомнить «проверяющим» лицам, что человечество знало сколько угодно платонических браков – которые были таковыми из принципа, из вредности характеров, из социального эпатажа, из особенностей артистического имиджа – или по немочи одного из супругов. Да что далеко ходить! – а родители Иисуса Иосифовича?

На случай страшной проверки в загашнике был припасен и другой изворот: можно было бы загодя разделаться с этой уликой (в смысле: с досадным анатомическим рудиментом) собственноручно – как это делают (она вычитала это из женского журнала) в некоторых полинезийских, что ли, племенах.

Но неувязка заключалась, повторяем, не только в этом. Тем более, что и длилась она недолго: на третью же лагерную ночь слаженно действующая четверка марокканцев этот телесный дефект ей живехонько устранила. Без гамлетовских колебаний со своей стороны – и, главное, без заблаговременного оповещения стороны противоположной. Делов-то. То есть четверо верных друзей привели наконец ее гендерную оснастку в полное соответствие с возрастным стандартом.

Вдова политического оппозиционера, она проплакала потом месяца полтора: венерические хворобы или залет – это было бы в ее положении полной катастрофой. Однако – судьба помиловала.

Далее. Закавыка усугублялась даже не тем, что она, двадцатидвухлетняя ширококостная деваха, напрочь не обнаруживала в своем поведении неуловимых, но одновременно неоспоримых черт, которые с головой выдают заматерелую тетку, вдосталь хлебанувшую матримониального счастья.

Главная сложность состояла в ином. Конкретная (то есть политическая) мотивация бегства, выбранная ею вместе с родителями – так любовно, продуманно, взвешенно и, как им всем казалось, так дальновидно, – данная мотивация к этому времени перестала работать. Железная занавесочка – стыдливо, но непреклонно – опустилась в одностороннем порядке. Лагерным мытарям (из коллапсировавших в одночасье царств-государств Восточной Европы), уповавшим на безотказно действовавшую до того магическую статью, все чаще стали говорить: *ваша страна уверенно движется по пути построения демократического, правового, экономически и культурно развитого общества.* Так что, типа того, срочно езжайте назад, дабы, в полном объеме, насладиться такими достижениями вашего социума, каковые нашему не видывались даже и в психоделических грезах.

В итоге иммиграционная процедура закончилась для нее отказом, и она оказалась – ну да, на улице.

– 2 –

В том же регионе, относительно недалеко от лагеря, а именно: в индустриальном, денно и нощно грохочущем городе-порте – ей удалось обнаружить необычную протестантскую кирху. Означенный Domus Dei (занимаясь главным образом виноторговыми операциями с одной из стран неспокойной Колхиды) предоставлял временный приют некоторым «ограниченным контингентам и отдельным группам лиц».

А именно: на первом этаже этой кирхи располагались местные наркоманы (не самые образцовые подданные королевы Беатрикс, но не оставленные тем не менее ее неусыпной заботой –

равно как и милостью дальновидно-лояльного общества), на втором – кантовались такие же, как она, международные бродяжки – с негативно завершенной иммиграционной процедурой – и вполне естественным нежеланием умереть, будучи заключенными в пенитенциарные и любые прочие объятия родины-мамы.

Жестким условием постоя для непризнанных беженцев являлся их нежный, надежный, регулярный уход за наркодоходягами – остроумно продуманный цикл безотходно-богоугодного, почти самоокупаемого производства (с соответствующими дотациями от конфессиональных партнеров). Однако главный («имплицитный») навар приносила руководству кирхи отлаженная спекуляция *нектарами кахетинских богов.*

О, этот *нектар* образовывал в акватории кирхи очень густую дельту, куда впадали: «Кахети», «Эрети», «Алазанская долина», «Цинандали», «Саперави», а также «Киндзмараули», «Напереули», «Ахашени», «Хванчкара», «Оджалеши», «Пиросмани»... Ничего не забыли?

Перспектив у Раи, получившей это странное прибежище, не было никаких. И не потому, что уют этого крова (где снова сшиблись лоб в лоб, нож в нож – непримиримо враждебные этносы, именно друг от друга-то и пустившиеся врассыпную с матери-родины), – не потому у Раи не было перспектив, что уют этого крова был куда менее зыбким, чем обетованное совместное благоденствие агнца и льва. Главная незадача состояла в том, что филантропическое предоставление крыши над головой являлось, по сути, аналогом укорачивания собачьего хвоста – в смысле: укорачивания по кусочкам – то есть лишь отдаляя, но не устраняя жуткий день депортации. Иногда призрачные постояльцы второго этажа, нарушая заведенный ход событий, присоединялись к потусторонним постояльцам первого – и где-то, в альтернативной инобытийности, заедино склеивали коньки от милосердной overdose.

Для тех, кто еще цеплялся за жизнь, не оставалось ничего, кроме чуда.

В случае Раи оно сработало.

– 3 –

Она умела услужливо – как бы «лучезарно» – улыбаться. Раздольно, румяно, белозубо. И это умение (церковной администрации нравилось сияющее подтверждение ее богоугодных дел) оказалось для смекалистой киевлянки индивидуальным билетиком в следующий круг забугорного рая.

А именно: невестка пастора, включенная в семейный бизнес, взялась познакомить ее с молодым человеком, своим дальним родственником, который, произнося «O, Tolstoy!» или «O, Dostoeffsky!», молитвенно закатывал глаза и словно бы впадал в транс.

Знакомство состоялось. Они, вдвоем, сидели в

синих бархатных креслах за изящным буковым столиком, то есть находились именно *с правильной стороны* гранд-кафе «ENGELS» (на внешней стороне витрины которого значилось: «You are from the wrong side of the glass!»[1] и, почти не слыша небрежно-элегантного бренчания белоснежного фортепьяно – джазового, обманчиво-разболтанного, мощно подхлестывающего адреналин, – довольно напряженно цедили уже по четвертой чашечке кофе.

Встреча завершилась с неравным счетом.

Рая влюбилась – по уши, адски, смертельно; Аад же, сравнив ее поочередно с Наташей Ростовой, Настасьей Филипповной, Соней-проституткой и Соней-приживалкой (семьи Ростовых), – довольно-таки опечаленный несходством Раи ни с одним из притягательных образцов, – заключил: «Ты – хорошая, сильная, трудолюбивая девушка. Наша королева будет рада такой новой подданной. Я женюсь на тебе фиктивно».

– 4 –

В этом месте ее биографии четко просматривается точка *выбора*. (Ну, это для тех, кто в данную категорию верит.) Иными словами, с этой самой минуты оказался вполне возможным та-

---

[1] Вы находитесь не с той (с неправильной) стороны стекла *(англ.)*.

кой вариант ее судьбы (схематично рисуем цепочку): формальный брак – легализация – натурализация – европейский паспорт – европейское образование – перспективная специальность – высокооплачиваемая должность – постоянное развитие всех способностей. А соблазненный обилием Раиных чар фиктивный муж (вариант: бывший фиктивный муж) – некая изюминка этой вынужденно-прагматичной цепочки – выполняет функции весьма нетривиального любовника. Этакий Жерар Депардье из фильма «Les Valseuses».

Красивая картинка, правда? Нам кажется, да. Как сказал классик: *вѣтвь, полная цветов и листьев.*

Но...

Она выбрала иную ветвь.

Опять же – *она выбрала* – это для тех, кто в такие заклинания верит: свобода выбора, воли и т. д. На наш взгляд, иная ветвь выбрала ее сама.

В период, предшествовавший *подаче документов* (на регистрацию злокачественного новообразования), жених продолжал жить по-прежнему. Тому доказательствами были (хотя он, собственно, ничего и не скрывал) оплывшие свечи в бутылках, полная раковина немытой посуды (с явным преобладанием рюмок), книга «Misdaad en straf»[1] на диване, окурки на полу – и, на пись-

[1] Преступление и наказание *(нидерландск.).*

менном столе, забытые (а то и оставленные на память) кружевные женские трусики.

Она же, благословенная и отчасти даже *непорочная невеста* (если принять во внимание аспект сугубо онтологический), продолжала пребывать в среде международных бомжей и местных наркоманов, а именно: в закутке два метра квадратных, причем принципиально не разговаривая с напарницей по койке – и бурно всхлипывая по ночам в грязноватую подушку. Почему всхлипывая? А как вам нравится этот антураж – этот, с позволения сказать, *пейзаж после битвы* – оплывшие свечи в бутылках, полная раковина немытой посуды (с явным преобладанием рюмок) и, главное, – забытые (а то и оставленные на память) кружевные женские трусики?

И вот – звонки к маменьке в далекий Киев, рыдания в трубку. А маменьке – нет бы напомнить дочери о фиктивной сущности ее будущего брачного договора, нет бы поговорить о сияющих перспективах новой жизни на новой земле, нет бы сориентировать дочь по части образования и, кстати сказать, самоуважения – нет: красавица-мама, на свою и дочкину беду, выросла-вызрела под зловещей сенью литературы *для народа*, а в той изящной словесности образ женщины, *жены из народа* (с кем наша героиня вынуждена была бы себя идентифицировать), – оказался надолго закрепленным в таковых картинках:

...«Красная от водки, езды и солнцепека Дарья

выскочила на крыльцо, обрушилась на бежавшую из стряпки Дуняшку:

– Где Петро?..

– Не видала.

– К попу надо бечь, а он, проклятый, запропал.

Петро, через меру хлебнувший водки, лежал на арбе, снятой с передка, и стонал. Дарья вцепилась в него коршуном.

– Нажра-а-ался, идолюка! К попу надо бечь!.. Вставай!

– Пошла ты! Не признаю! Ты что за начальство? – резонно заметил тот, шаря по земле руками, сгребая в кучу куриный помет и объедья соломы.

Дарья, плача, просунула два пальца, придавила болтавший несуразное язык, помогла облегчиться. Ошалелому от неожиданности, вылила Петру на голову цебарку колодезной воды, досуха вытерла подвернувшейся под руку попоной, проводила к попу».

Мораль сей басни, пересказанной мамашей *своими словами*, состояла не в том, что надо-де уметь пособлять жениху/мужу облегчаться (*во всех отношениях*, ты меня поняла, доча?), – оставаясь при том молодой, красивой, нарядной. Эссенциальный состав родительского назидания заключался совсем не в том – тем более что нидерландский жених – мамаша представляла себе это слабо – вовсе не пил, притом не будучи даже зашитым. То есть если пил, то бишь пригублял – например, на всяких там корпоративных сабантуйчиках, – то уж всяко не на известный мамаше манер, а как именно – замучаешься объяснять. (Раиса и не объясняла.)

Соль мамашиного назидания состояла, однако, в следующем: дочь, посмотри на себя! Конечно, у мужчины по всему дому кружевные трусики валяться будут! Вот ты утром и вечером регулярные пробежки вокруг парка делаешь?! Нет. У тебя ведь три килограмма лишнего веса!! А творог по утрам на лицо ложишь? Нет. И не забудь, шо у тебя одна сиська больше другой – ты за бюстгальтером-то следишь? вату, где надо, запихиваешь?.. А шо у тебя большая стопа – помнишь? Такая ножища – ой-ёй-ёй! – и с этим ничего уже не поделать! Думаешь, мужчине приятно смотреть на такую ножищу от женщины? А вухи? У тебя ж такие огромные вухи, шо бо-о-оже ж ты мой! Полностью за своим батькой взяла! Ты хоть волосами-то их прикрываешь? А массаж лица? А фруктово-ягодные маски? А брови не забываешь подправлять? А *там* – ты аккуратно броешь?.. А под мышечками, доча?.. А ноги?.. А спираль ты уже вставила – или хочешь у мужа своего на нервах играть?..

Ну и так далее.

И вот – дочь рьяно бросается воплощать в жизнь материнские заветы. А наивный жених, сознавая себя стопроцентно фиктивным (и потому – занебесный эльф! – даже не подозревая, какие на него расставляют силки), укладывает в чемодан «три килограмма презервативов» (констатация уязвленной невесты) – и безоблачно отбывает в Италию на вакации.

Рая же, воспользовавшись *дополнительным временем*, просит, что называется, помощи Клуба.

Что это за Клуб?

– 5 –

Это *печально известная* – точнее, *пресловутая* самодеятельная организация жен, происходящих из *давших дуба* (точнее, *гигнувшихся*) царств-государств, скажем так, Варшавского пакта. Называется клуб – «Русские Присоски».

Обидно, правда? Вот и каталонцам обидно, когда, например, эрзистезус, по старинке, зовут *каталонской болезнью*, хотя каждый каталонец, даже самый дебильный, с малолетства твердо знает, что болезнь эта итальянская или испанская, в крайнем случае – арабская.

Составляют этот Клуб в большинстве (тут квоты соблюдаются естественным путем), соответственно, российские жены. Точнее: российские жены заарканенных и стреноженных, главным образом при помощи Интернет-сети, забугорных мужей. Настаиваем: малопочетная роль сводника (в этом скрытом геноциде) принадлежит именно Международной Сети – на то она и сеть, чтобы ловить-заарканивать. А уж демоны плотского очарования, наповал разящие не клеванных жареным петухом западных разинь, а также магические сказания-былины about the enigmatic Slavic soul, доводящие указанный контингент до клинического слабоумия, довершают дело.

Ну, «Русские Присоски» – это, конечно, неофициальное название Клуба. Официальными его наименованиями в разные года были: «Полет», «Рапсодия», «Лунная соната», «Лебединая верность» (ну-ну!) – и какие-то еще кондитерские распрекрасности из арсенала романтически романтизирующих домохозяек «с запросами». Филиалы этого клуба существуют в любом, даже самом заштатном, населенном пункте нашего «небесного тела». (Да уж! «Небесного»!)

У всякого клуба есть *девиз.* Есть он и у клуба «Русские Присоски».

Дамы, терзающие в хлам служащих брачных контор, когтящие в кровь сайты брачных знакомств, измочаливающие Интернет до дыр, – дамы, с неустанным трудолюбием раздвигающие ноги «в реале» – под каждым из выуженных Международной Сетью «женихов» – с любых, какие ни есть, континентов, – дамы, раздвигающие под каждым из них свои ноги – с тем тупым, упрямым старанием, с каким неискренний отличник, вздохнув, раздвигает ножки циркуля, – эти дамы определили три минимальных предмета, без которых их блистательная международная деятельность стала бы абсолютно невозможной.

Названия этих священных предметов и стали *девизом* Клуба.

Звучит этот девиз так:

ЧЕМОДАН, ПИЗДА И ПАСПОРТ!

Оценим ритмически безупречную в своем изяществе комбинацию анапеста – с ямбической, а затем амфибрахической стопой (или двумя ямбическими полными и усеченной третьей), где трогательно-нарядное, парящее в воздухе женское окончание словно алчет поймать рифму («бастард»? «транспорт»?).

Однако же позволим себе искренне усомниться в необходимости первого и последнего составляющих этой драгоценной формулы (самой жизни!), где семантический акцент падает, конечно же, на ее центральный, опорно-несущий член, а оба крайних (обрамляющих – мы бы даже сказали, факультативных) возникают, так сказать, *в процессе*.

Правда, в вопросе дешифровки данного девиза (хоть это и сфера специалистов геральдики, но позволим себе краткий любительский экскурс) – итак, в вопросе дешифровки данного девиза не исключен и другой подход. Возможно, здесь назван не сам краеугольный трехчлен, необходимый для перехода из одного социального состояния в другое, но, как в письменах крайне скрытных ацтеков, закодирована инструкция (manual), а именно: *последовательность действий* в технологическом процессе (этого самого перехода).

Тогда эту инструкцию следует прочитывать так:

1. Взять в руки первый член формулы (чемодан).

2. Максимально активизировать второй член, придав ему коэффициент полезного действия, приближающийся к ста процентам.

3. Через три года можно запрашивать третий, «целевой» член формулы.

Флаг Клуба представляет собой шелковое прямоугольное полотнище из двух равновеликих горизонтальных полос: верхней – поросячье-розового и нижней – белоснежно-белого цвета. Отношение ширины флага к его длине – два к трем.

Поросячье-розовый цвет символизирует непреходящий оптимизм, свежесть и бьющую фонтаном сексуальность.

Белоснежно-белый цвет символизирует нерушимое целомудрие тела, души и высоких помыслов.

В центральной части полотна, на границе цветов, сусальным золотом вышит *девиз* Клуба (см. выше). В самой верхней части полотнища, по горизонтали, вышиты три золотые фигуры. Это триединая HIRUDINA (по-русски говоря, пиявка), с эротической грацией изогнувшаяся в виде следующих символов:

£ $ €

Помимо девиза и флага, в Клубе есть *ритуальное приветствие.* Завидев друг друга, дамы, т. е. члены Клуба, троекратно выкрикивают громовое: «ЖОНП! ЖОНП!! ЖОНП!!!» («Жизнелюбие! Оптимизм! Напор! Позитиff!») – и, указательными пальцами, с силой, растягивают в стороны углы своих всегда влажных, свеженапомаженных ротовых отверстий.

От этого ритуального приветствия и образовалось неформальное название его членов, а именно: ЖОНП'ы – или просто *жонпы.* Отдельно взятый член Клуба называется *жонпа.* (Было бы в корне ошибочным полагать, что здесь просматривается семантико-фонетическая коннотация с той частью тела, которая, придавая туловищу в положении сидя известную устойчивость, отвечает за написание больших объемов прозы. Нет, нет и нет – это просто курьезное совпадение.)

В этом Клубе есть, конечно, и свой *гимн.* Он имеет ритм походной строевой песни. У него громадное количество куплетов, охватывающих своим смыслом все более-менее важные (в стратегическом значении) повадки, привычки и психо-физиологические особенности мужчин различных этнических групп, а припев там такой:

Стрено-жить мужи-ка!
При помощи трех «ка»!
– Кюхе!
– Ать-два!
– Койка!!
– Ать-два!!
– Киндер!!!

В клуб «Русские Присоски» входит зоологический отряд дам, предшественниц которых мы не советуем иностранцам искать среди классических образцов классической русской литературы. Почему? Да просто потому, что этих дам там нет.

Описания этого зоологического отряда тем более нет в литературе для (про) донских казаков, казахов-стахановцев, акынов, слагающих песни о девочке Мамлакат Нахангoвой; нет их описания и в литературе для (про) холмогорских поморов, успешно наладивших массовый выпуск Платонов-Невтонов на собственной сырьевой базе, – и вообще: в обгорелых свитках-рукописях, принадлежащих к эпохе Полного Расцвета Гангрены, – описание этого зоотряда, конечно, отсутствует. Опять же: почему? Да потому, что эволюционно-исторически он еще не сформировался, хотя базисные предпосылки уже, безусловно, имелись.

Два десятилетия назад эти предпосылки наконец созрели. Так что нынче жопы, по-сестрински выручая, загрызая, лаская и подсиживая друг друга, проходят конкурсную отбраковку во всех точках нашего «небесного тела». (Охо-хо!..)

Их, в охотку, трахают франки, галлы, норманны, бургундцы;
их лениво пилят англы, саксы, фризы, юты;
их всласть дерут алеманны, бавары, лангобарды;
их, словно самцов, барают готы и швабы;
их пылко пялят каталонцы, галисийцы и баски;
их трудолюбиво долбят оски, умбры, пицены;
их, в очередь, гобзят ёты и свеи;
их злобно жарят батавы;
их задумчиво ставят на четыре кости ханьцы,

им небрежно бросают палку ачаны;
их печально трут лаху, наси, лису, чан;
их старательно дрючат пуми, дино, мэньба, ну;
их угрюмо пердолят чжуаны;
их с песней натягивают кхаси и маратхи;
их целенаправленно рвут монпа и раджпуты;
их умело штопают сефарды и ашкеназы;
их жадно употребляют дайцы и шуйцы;
их рассеянно факают маонани;
их грозно отхаривают дауры и баоань;
их без продыху шворят гэлао, ли, мяо, ва, ту;
их нон-стоп шмарят аканские народы;
их, в такт, тараканят дунгане, байи, народы туцзя;
их круглосуточно употребляют бушмены, берберы;
их, в два смычка, отделывают лемтуны, гараманты;
им, смеясь, задувают хэчжэ и гаошань;
их, между делом, имают нгони, хадза, хехе, хугу.

Ебомое мясо.

Бедное ебомое мясо.

Описание этого зооотряда вы вряд ли сможете обнаружить даже и в «постисторической» изящной словесности. Правда, отдельно взятые тени этой – гениталоголовой, прущей напролом протоплазмы – там все же иногда колобродят-мелькают, но сам *уровень обобщения*, как бы это сказать... только сбивает читателей с толку. Единственное пространство литературы, где данная категория найдет полное свое отражение, – это наша печальная повесть. А потому – оставайтесь с нами!

Систематика жонп (дается впервые: 2008).

Семейства

Зоологический отряд жонп делится на *три семейства:*

1. Подкаблучные.
2. Подкаблучницы.
3. Выкаблучницы.

Роды

Каждое семейство включает в свой состав множество женских родов. Например, только *семейство подкаблучных* делится на следующие роды: бирюлевские, скобские, бухаловские, попковские, подсосные, пьянковские, козюлинские, опухликовские, дрочеевские, задовские, сопляковские, лоховско-марюковские и т. д. Всего – несколько десятков тысяч наименований.

Виды

Рассмотрим деление на виды рода *жонпы бухаловские.* Здесь известно до сотен тысяч наименований. Например: бессяжковые, вилохвостые, зораперы, бубончиковые, ногохвостки, уховертки – и т. д.

Рассмотрим деление на виды рода *жонпы дрочеевские.* Здесь насчитывается всего несколько десятков наименований: листоблошки, тляшки кровяные, тифии, пифии, пшикалки шипоногие, ларры анафемские – и т. д. NB! Это самый малочисленный из известных видов жонп.

Рассмотрим деление на виды рода *жонпы козюлинские:* долгоносики, трухлячки, скосарки, жужжалки, златки узкотелые, жужельки пчельные, мертвоедки – и т. д. Всего – несколько сотен наименований.

Рассмотрим деление на виды рода *жонпы подсосные*: хрущачки медовые, журчалки ручьевые, хрилозодии, мокрецы. Всего – несколько тысяч наименований.

Подвиды

По определению известного энтомолога (лепидоптеролога), В. Н., вид есть совокупность (кишение) подвидов. Однако жонпы, как и человек, имеют, разумеется, единственный подвид: жонпа разумная (zhonpa sapienta). Да и кто бы взялся оспаривать этот научный факт?

Морфология жонп

Всего у каждой из жонп обнаруживается по две присоски: верхняя (головная) и нижняя (генитально-анальная). Обе расположены на брюшной (вентральной) стороне тела. Внутри верхней присоски находится ротовое отверстие. Оттого кажется, что жонпа, вцепившись в забугорную мужежертву, совершает отсосы именно этой присоской, но в действительности это не так: жонпа использует присоску исключительно для прикрепления, а все отсосы совершает непосредственно ртом. В ротовой полости жонпы расположены 3 (три) челюсти с хитиновыми зубчиками, а по краям челюстей открываются протоки наркотических желез. Их секреторная жидкость оказывает усыпляюще-эйфорическое воздействие на забугорную мужежертву. Внутренняя воронкообразная поверхность верхней присоски образует так называемую ротовую впадину.

В целом тело жонпы удлиненное, но не хлыстообразное. Головной конец сужен в сравнении с задним. Как и у большинства жонп, на спинной (дорзальной) стороне головного конца, по его краю, располагаются 5 (пять) пар глаз. Поверхность тела жонпы не гладкая, а кольчатая: она иссечена поперечными бороздками, отделенными друг от друга приблизительно равными промежутками.

Тело обыкновенной жонпы состоит из 102 (ста двух) колец. Со спинной стороны указанные кольца покрыты множеством мелких сосочков. На брюшной стороне сосочков гораздо меньше – и они менее заметны.

На теле жонпы имеется большое количество отверстий. Вместе с ротовым их число составляет 38 (тридцать восемь). Заднепроходное отверстие жонпы, или порошица, находится на спинной стороне тела, близ генитально-анальной присоски. Два половых отверстия жонпы расположены на брюшной стороне тела, ближе к головному концу.

Наружные покровы жонпы носят название кожицы. Она состоит из одного слоя печатковидных клеток, формирующих особую ткань под названием «эпидермис». Снаружи эпидермальный слой покрыт прозрачной кутикулой. Она выполняет защитную функцию и непрерывно растет, периодически обновляясь в процессе линьки.

Физиология жонп

Миграционно-копулятивный выход жонп зачастую носит массовый характер. При этом можно наблюдать роение этих организмов, во время которого происходит встреча полов. В этой ситуации жонпы даже «летают». Массовый «полет» жонп состоит из однообразно повторяющихся движений. Быстро махая псевдокрыльями, которые выпрастываются у них из присосок (и являются их придатками), жонпы чуть-чуть взмывают вверх, затем «таинственно» замирают и, благодаря большой поверхности упомянутых псевдокрыльев, кокетливо планируя, спускаются вниз – как правило, на навозные кучи. Такой «танец» совершают жонпы непосредственно в период размножения. Самец, забугорная мужежертва, подлетает к жонпе – и тут же, в воздухе, снизу, прицепляет свои иностранные сперматофоры к ее половым отверстиям. После спаривания мужежертвы в конвульсиях погибают, а жонпы откладывают яйца в их гнезда. Встречаются также живородящие жонпы.

Жонпы обладают поразительной способностью к *регенерации*. Этим своим качеством они превосходят всех известных нам представителей современной фауны, включая любимицу Левенгука, кишечно-полостную гидру. Жонпы способны восстанавливать свою девственность – по сути, бессчетное количество раз. Здесь речь не идет о восстановлении самой hymen (девственной плевы), что при текущем состоянии пластической хирургии – дело плевое. Можно, по заказу клиента, установить хоть две или три плевы кряду. (Здесь напрашивается прямая аналогия с установкой бронированных, пуленепробиваемых дверей в помещения с бог весть каким тайным богатством... Аналогия во многом сомнительная...) Но тем не менее речь не идет о косметологическом вмешательстве в область промежности и паховых складок.

Речь идет о материях более тонкой природы. И, соответственно, более тонких манипуляциях. Вот, скажем, кишечно-полостная или головоногая кралечка *раза четыре* (чем она, конечно, гордится) побывала в официальных объятиях Гименея — то есть прошла боевой путь от бракозаключающего заявления в загсе до искового бракоразводного заявления в суде; эта дама до мозга костей пропахла порохом, гарью, феназепамом, паленой водкой, липким потом случайных и неслучайных случаемых с ней самцов, ладила-врезала новый замок (или наоборот — взламывала дверь — ловчась на арапа, незаконно то бишь проникнуть в защищенное новым замком помещение бывшего супруга), прилаживалась уж было маникюрными ножничками, ненароком взрезать спящему супругу сонную его артерию, ну, всякие там слежки-обыски-сцены-подставы опускаем (как входящие в прейскурант этих диалектических процессов по умолчанию), а шантаж-сплетни-аферы-инсинуации — как общие места.

Но ударяется эта потасканная кралечка о забугорную землю — и в тот же миг предстает пред детскими очами желающей быть сожранной мужежертвы – девицей-лебедицей, целкой-отроковицей, сладкоголосой птицей юности. (Ну и, разумеется, целомудренной-целомудренной розой: почище шри-ланкийской богини непорочности Паттинн.)

Такая жонпа (ибо все перечисленное есть *процесс вхождения жонпы в самую силу*), произведя до того две дюжины абортов, а иногда гуманно уравновесив их сданными в приют детьми, разрешает забугорной мужежертве целовать себя только в лобик, в ладошку, иногда – в щечку, а в губки – в губки нет: этого она долго-долго стесняется.

Особенности алиментации жонп в различных биоценозах

Мужежертвы и клиентура платят некоторым из жонп не только собственной жизнью и здоровьем, но и, например, *эфиопскими бырами*; некоторые жонпы базируют свое хозяйство на *хорватских кунах*, некоторые как-то изворачиваются (и даже становятся православными прихожанками) на *бангладешских таках*, иные строят здоровую таиландскую семью на *таиландских батах*. А есть даже и такие жонпы, что не отвергают ни *таджикские сомони, ни узбекские сумы*, равные всего-то ста *тыйинам*.

У жонп с заурядной телесной оснасткой высоко котируется *новый румынский лей*. Что же до знаменитых *монгольских тугриков*, то здесь статистических данных у нас, увы, недостаточно. Зато бойко идет среди жонп твердый-твердый и очень длинный, несопоставимо длиннее рубля, *нигерий-*

ский найр. В Лагосе за один поцелуй хрущачки медовой дают три *нигерийских найра.*

А некоторые жонпы, как в законном браке, так и вне брака, получают много-много *малавийских квач.* У них на черный день, который, как они считают, еще не наступил, припасены тазы, ведра и оцинкованные корыта, полные *малавийских квач.* Мы располагаем некоторыми неопровержимыми данными, что особо фартовые жонпы умеют раскрутиться даже и до уровня *замбийских квач.* Одна журчалка ручьевая, пишут, построила в (ставшей ей родной) замбийской деревне православный храм – держится он без единого гвоздя, только на *замбийских квачах.* Но в зарубежной печати проскальзывали опровержения: из Боливии писали, что храм держится на *боливийских боливиано*, а из Венесуэлы – что на *венесуэльских боливарах.*

Да и черт с ними со всеми.

— 6 —

Аад вернулся из отпуска с эффектной – и отнюдь не фиктивной – любовницей. Вернулся он с ней, скажем так, *в своем сердце*, ибо физически она жила в сопредельной стране. Что, конечно, только укрепляло – своим романтическим флером – такого рода зыбкие отношения, которые, в отсутствие оного, возвращают Ромео и Джульетту к нехитрым пестикам-тычинкам секс-шопа и самодостаточным онаническим фантазиям.

Любовники встречались довольно регулярно.

У сопредельной принцессы было, суммарно, четыре неоспоримых достоинства: наличие мужа и троих детей. И не то чтобы Аад был так уж чадолюбив, скорее даже наоборот, а поэтому безошибочным чутьем бывшего страхового агента он с ходу усек, что с такой женщиной можно резвиться по полной программе – нимало не опасаясь ни истерик («хочу ребеночка»), ни фрустраций («очень-очень хочу ребеночка»), ни «задержек» («у нас, возможно, будет ребеночек»), ни бессердечных подножек («буду рожать»).

Между тем подошел день (назначенный самим Аадом, а слово он держал) подавать заявление на бракорегистрацию. Рая, наведавшись к Ааду накануне того, обнаружила кое-что похуже забытых (или подаренных) кружевных женских трусиков, а именно: она увидела идеальный порядок, наведенный более-менее стационарной женской рукой. Эпицентром же былого беспорядка оставалось развороченное двуспальное ложе, служившее (причем, судя по свежеразодранному пододеяльнику и громадным желтым пятнам на простынях, совсем недавно) ристалищем жесточайших, самых нескромных схваток.

Ведомая знаниями, добытыми в Клубе, Рая нырнула своей большой, вмиг вспотевшей ладонью между томиком Фихте и томиком Ницше, затем – между томиком Шеллинга и томиком Гегеля, затем – между томиком Леонгарда и томиком Шлейермахера, где наконец и обнаружила искомое: фотографию конкурентки. Патлатая стервоза возлеживала как ни в чем не бывало на этом – да: именно на этом! – стократно обесчещенном ложе – в костюме Евы, с бесстыжими, вольно разбросанными ляжками похотливой кобылы, – пребывая, судя по всему, в самом лучшем, то есть только что ублаготворенном расположении порочных своих телес. Рая тайно сделала копию этой порнухи – копию, которая затем поочередно демонстрировалась ею наиболее опытным членшам Клуба (и, переходя из опытных рук в руки наиопытнейшие, была сопровождаема сиплым вопросом Раисы: ну?! и кто же из нас двоих лучше?!)/ Не дожидаясь ответа, Рая начинала истошно вопить: да чтобы я теперь!!. да когда-нибудь!.. да на эту кровать!!. где он!!. где она!!. где они, сволочи, кувыркались!!. да никогда в жизни!!!

И чем громче Рая вопила (хотя, что самое существенное, ее в эту кровать никто и не приглашал), тем яснее становилось – даже случайно это слышащим детям – даже тем из них, которые совсем плохо успевали в школе: она к этой самой кровати – той, что вскоре будет узаконена местной мэрией как ее, Раино, брачное ложе, – не то что проползет – ринется по головам.

Включая собственную.

А что? В этом мире побеждает небрезгливый. Хотя – что же считать «победой»? Собственное поражение? Как-то совсем по-оруэлловски тогда получается. Сформулируем конкретней: наибольший человечий приплод приносят наименее прихотливые, наименее взыскательные, наименее брезгливые самки. Что же тогда говорить о человеческом генофонде в целом?

В Клубе русских жонп, за день до регистрации брака, Рая разражалась также и другой инвективой. Словесный ее состав (смысловой там отсутствовал) был примерно таков: а вот я завтра на него посмотрю!! я посмотрю, как он заявление на регистрацию подавать будет!! я ему ничего не скажу, я только в глаза ему загляну!! интересно, а он-то как в мои поглядит?! И т. п.

Высокочтимые дамы, т. е. члены Клуба, скорее всего, не знали, что данный брак заранее был оговорен как фиктивный. Создавалось такое впечатление, что это немаловажное примечание напрочь упускала из виду сама невеста.

— 7 —

На следующий день Рая и Аад подали заявление (о роковом поединке их взоров нам ничего не известно), а через два месяца они уже смущенно топтались на малиновом коврике перед суконным ликом брачующего их чиновника. Рая ослепительно сияла во взятом напрокат (клуб

«Русские Присоски») бархатном платье цвета вареной свеклы, удачно дополненном кучерявой синтетической розой, которая хищно чернела у Раиного широкого, как коромысло, плеча; голову ее – устрашающе блестя лаком и гелем – венчала бабетта Бабилонской возвышенности (отчего и сама Рая возвышалась над Аадом на высоту этой баснословной бабетты); нагота Аада была прикрыта бурой тишоткой с малопонятной канареечной надписью «HIC IACET...»[1] и клюквенно-красными джинсами; очень нарядно выглядели новые, огуречного цвета, пластмассовые шлепанцы на босу ногу. Над чиновником в золоченой раме, радуясь доброкачественности новой подданной – ах! – почти что помавая ей рукой! – поощрительно улыбалась королева Беатрикс, словно взявшая на себя вдохновляющие функции Флоры, римской богини плодородия. А по обе стороны от новобрачных стояли мы – два свидетеля: моя компаньонка и я.

Нам трудно было там стоять. Становилось совершенно очевидным, что мы присутствуем на сеансе заглатывания кролика удавом. Это становилось очевидным как дважды два. Картина усложнялась, однако же, тем, что не было до конца понятно, кто же кролик и кто удав, – и если можно представить кошмарную картину в духе, скажем, Алана Гоббс-

---

[1] Здесь покоится... *(лат.)* – надгробная надпись. (*Примеч. автора.*)

лея, где каждый является и кроликом, и удавом одновременно, то это было самое то.

Пикантность ситуации заключалась также и в том, что Рая, питавшая свою духовную субстанцию животворными советами дам из «Русских Присосок», тем не менее не решилась пригласить в качестве свидетельниц ни одну из них: она опасалась, что, невольно позавидовав ее, Раиному, лучезарному счастью, жонпы ее непременно сглазят.

— 8 —

Выскочив из мэрии как ошпаренный, Аад сразу же перебежал на другую сторону улицы. На другую – по отношению к той, по которой, сияя, зашагала его законная фиктивная супруга. Поволоклись и мы, свидетельницы, – в качестве свадебного – или похоронного – то ли шлейфа, то ли кортежа. Еще вылетая из холла, Аад тем не менее остановился, потребовал наши (мои – и второй свидетельницы) прокомпостированные транспортные билеты, внимательно взглянул на них, затем на свои часы – и сказал, что, поскольку час с момента компостирования еще не истек, мы можем ехать на трамвае, ура, не производя дополнительного компостирования.

(Русский человек уловил бы в этом высказывании адресованный ему намек убираться к той самой матери, праматери всех матерей, но мы с компаньонкой были уже тертыми калачами и отлично понимали, что человек нидерландский автоматически проявил здесь единственно свою мифологическую *бережливость* – назовем это так – и соответствующую ей шкалу ценностей.)

Когда мы дошли до трамвайной остановки, Аад снова перебежал дорогу, на сей раз нам навстречу, словно присоединившись на миг к нашей зачумленной троице, но вскочил в иной вагон по отношению к тому, куда водрузила телеса его законная фиктивная жена – и мы, ошалелые *свидетельницы* («преступления, совершенного в особенно циничной форме»).

Впрочем, Рая продолжала сиять. А что? В этой жизни побеждает невозмутимый.

Побеждает – кого? Ну, это уже другой вопрос.

Вторая свидетельница, забившись на заднее сиденье, *как бы* смотрела в окно. Сидя с очень прямой спиной, она демонстрировала прохожим редкий цирковой аттракцион: обильное увлажнение лица слезами – без какого-либо участия мимических мышц.

В таком составе и в таком настроении мы вышли возле дома Аада. Мы вышли там потому, что у него на этот день была назначена встреча с двумя музыкантами, которых познакомила с ним именно я, – поэтому он меня, а заодно и компаньонку, заранее пригласил. Не знаю, приглашал ли он Раю. Что-то дает мне основание в этом сомневаться. Но она тоже направилась к его двери – вместе со всеми, как ни в чём не бывало. В это время, вприпрыжку, как раз подошли музыканты.

Увеличение поголовья компании на две единицы естественным образом разрядило обстановку. Это была уже именно *компания*, даже *компашка*, а никакой не свадебный кортеж. О том, что произошло пятнадцать минут назад, знали не все, а только две трети присутствующих. И поскольку в квартире каждый из вошедших сразу же занялся своим делом – разматыванием проводов, настройкой гитар, подключением усилителей, а также сосредоточенным рытьем в книгах (в последнее были углублены, конечно, вторая свидетельница и я), то Рая как бы естественно (естественно для нее самой) – но, на всякий случай, не по-наглому, а именно что тихой сапой – вступила под своды святая святых. Она вступила под своды Аадовой кухни – «хлопотать по хозяйству».

Вот этот момент следует подчеркнуть особо. Итак, NB: Рая хлопотала на Аадовой кухне не как залетная пташка, не как гостья – на равных правах с прочими – нет! Она хлопотала как *хозяйка дома,* и на это было страшно смотреть.

Тем более что Аад не смотрел на нее вообще. Это Рая смотрела на всех – со своей сладкой-пресладкой улыбочкой («Без мыла в жопу залезет», – как экономно определяла это выражение ее экс-напарница по церковной койке). Итак, Рая смотрела на всех нас с этим убийственным (для любых *свидетелей*) и при том нерасторжимым выражением животной угодливости – и животной же невозмутимости. Карамельно улыбаясь, тараща глазки, вздыбливая бровки, она пыталась шутить. Разрумяниваясь, алея, рдея, хорошея – она порхала с подносиком, словно шекспировский Дух Воздуха. Подавая, убирая – предлагала, угощала, нахваливала: бутербродики, тостики, салатики, печеньице, конфетки, фруктики. Она подливала воду, колу, напитки, еще какую-то дребедень – и все это выглядело тем более странным, что в доме Аада почти ничего не было, он ни к чему не готовился: будний день.

Это явилось, наверное, первым испытанием для свежезарегистрированной супруги в стихийном, организованном ею же самой *обряде брачной инициации*: суп из топора Рая таки да, супчик сварила. Хотя, если быть совсем точными, она сварганила потрясающий супец – причем буквально из воздуха.

Более того: оказывается, колбасясь вчера вечером в церковной пристройке (меж смертно смердящих наркоманов), она даром времени не теряла, но, напротив того, умудрилась испечь настоящий «наполеон» – роскошный, пышный, сливочно-палевый – ах! – вызывающе-белоснежный – одним словом, царственный, – который она, бережно разместив в коробке из-под своих свадебных туфель сорок второго размера, – по дороге на фиктивное бракосочетание спрятала за цветочной кадкой возле самых дверей Аада.

И вот сейчас «наполеон» был подан. Источая сладость и масляно улыбаясь, торт, казалось, предлагал сам себя – совсем как испекшая его (претендентка на единовластное правление кухонно-прачечным парадизом).

Чем закончился для новобрачной этот день, мы – то есть вторая свидетельница и я – не знаем. У нас не выдержали нервишки: мы «по-английски» свалили.

– 9 –

Через неделю у меня стали раздаваться регулярные телефонные звонки. Звонки были от Раи, но жила она уже в квартире Аада. Каким образом оказался возможным такой кульбит? (Ну, это – смотря что понимать под словом «жила». «Рабинович здесь проживает?» – «Нет». – «А разве вы – не Рабинович?» – «А разве это – жизнь?»)

О, если у вас возник такой сугубо отвлеченный вопрос («жизнь – не жизнь»), значит, вы попросту недооцениваете женскую целеустремленность. Которая, найди она более достойное применение (чем поимка и порабощение очередного идиота-самца), давно бы уже дала человечеству возможность открыть лекарство от рака, секрет вечного двигателя, вечной молодости, вечного счастья – и, реализуя свою, заложенную природой, мощную территориальную экспансию, – даже обнаружить симпатичную, богатую кислородом планету где-нибудь недалеко от Земли. (Возможно, опять же, – для насаждения там кухонь и спаленок, но это уже другой вопрос.)

Вот один из впечатляющих примеров вышесказанного – примеров, свидетельницей которого (о господи! снова – *свидетельницей*!) мне не посчастливилось быть. Петербургский актер по имени Иван Григорьевич Барсуковский – и гримерша-лимитчица Люда. Какая-то ерунда по закулисной пьянке: он шел в нужник, уже расстегнул ширинку, а тут спотыкается об нее, о гримершу, – и вот падение (во всех смыслах), залет, вот тебе деньги на аборт, нет, буду рожать; рожаю. Следующий номер программы: что будем писать в графе «отец ребенка»? Ну, тут уж наш актер, обремененный (осчастливленный) третьей семьей, диабетом, тромбофлебитом и всяческими званиями, встает на дыбы – а вокруг себя, вставшего на дыбы, проворно закрепляет в земляном грунте архаические фортификационные сооружения в виде противотанковых надолбов.

Наивный! В науке побеждать, как говорил Суворов, только зацикленный дурак артачится на лобовой атаке.

В зоологической бойне между мужчиной и женщиной (по утверждению Антиопы, Пентесилеи и Фалестры) – так же, как, в целом, в зоологической бойне между «я» и «они» (по утверждению Сенеки, Шопенгауэра и Сартра), побеждает тот, кто имеет лучшую сноровку в обходных маневрах.

Короче говоря, примерно через полгода гримерша Люда поднесла к близоруким, пораженным вдобавок глаукомой очам Ивана Григорьевича Барсуковского два документа. Одним был ее паспорт, где на страничке о заключении-рас торжении брака ее законным супругом значился не кто иной, как Иван Григорьевич Барсуковский; другим документом было свидетельство о рождении сына, имя которому оказалось Григорий Иванович Барсуковский, а отцом его, как прочел с нарастающим ужасом Иван Григорьевич Барсуковский, был записан не кто иной, как Иван Григорьевич Барсуковский.

Скромно потупив утяжеленные тушью глаза, Люда объясняла (за рюмкой портвейна, подругам), что в пятимиллионном городе Питере – культурном, промышленном и военно-стратегическом центре, а также колыбели трех революций, – она вот, как видите, смогла найти человека именно с такими данными (прямо-таки, отметим себе мы, в традициях петербургского двойничества) – то есть существо мужского пола, которое, кроме того, находилось в юридически приемлемой для брачных уз возрастной группе. (Злые языки, правда, скорректировали эту легенду сплетнями о самой банальной взятке в паспортном столе, но красота воплощенного замысла, на мой взгляд, нимало не пострадала от этих легенд о муках творческого процесса.)

— 10 —

Экспансионистская операция под названием «Вселение Раи к Ааду» (кодовое название: «Вторжение») осуществлялась следующим образом.

После заполучения документа о заключении брака Рая немедленно показала имеющуюся в нем запись святому отцу. Узрев штамп-стигмат, святой отец вынес приговор: он не имеет более права держать в стенах вверенной ему кирхи полноценную половину полноценного автохтона. Таким образом, состоялось изгнание Раи из лона одной, отдельно взятой церкви. Рая оказалась *как бы* на улице.

Драма бездомности в данном случае была, прямо скажем, сильно раздута. Пастор, конечно, Раю не выгнал, он только имитировал изгнание из рая – и он, к его чести, еще долго не отторгал бы Раю от неоскудевающих сосцов церкви, ведь это невестка именно его, пастора, подкупленная-ублаженная райскими улыбочками, исходившими от целеустремленной беженки, познакомила ее со своим дальним родичем, «хорошим человеком». И в том случае, если бы Рая собственноручно не подбивала бы пастора срочно лишить себя крова (а дождалась бы вида на жительство, затем нашла бы работу и сняла бы себе независимое жилье), пастор, конечно, потерпел бы Раино присутствие ровно столько, сколько это нужно было бы самой Рае.

Но Рае нужно было совсем другое. И пастор, рудиментарным житейским чувством, вполне догадывался, что именно. Будучи на стороне Раи (ее рахат-лукумные улыбки не просто сулили, но *воплощали* райское наслаждение – совсем как шоколадка «Баунти», то есть делали это куда предметней и убедительней, чем могла бы сделать проповедь самого же святого отца), пастор одной рукой *как бы выселил* ее на улицу, а другой немедленно призвал к себе свою невестку – с тем расчетом, чтобы та взялась Ааду названивать – и его, Аада, увещевать.

Пастор вкупе со своим святым семейством уже был проинформирован, что данный брак Аад считает фиктивным и что именно фиктивность являлась базисным условием брачевания, но, видимо, святое семейство сочло: а чем черт не шутит? Тьфу, сатана, изыди, грех, грех – имелось в виду: чем только не одаривает нас всемогущий Господь?

Невестка пастора взялась внушать Ааду, что *все это* – сугубо временно, временно, временно, – и, в целом, смысл этого внушения не сильно расходился с проповедями святых отцов, где безустанно подчеркивалось, что и сама наша leven-лихоманка, со всеми ее топотами-хлопотами, притопами-прихлопами и даже развеселой присядкой – явление принципиально временное. Ну, скажем, как корь. Немножечко полечиться. Но, главным образом, перетерпеть.

И Аад, несмотря на свой природный и профессиональный скепсис (по образованию он был философом), как-то совсем по-детски попался. То есть пустил троянского коня (великоросского происхождения, малоросской дрессуры) непосредственно к себе в дом-крепость.

Остальное было делом техники.

— 11 —

Эта часть, которую мы целомудренно именуем «техникой», сработала, правду сказать, тоже не сразу. Ну, сразу-то — только что бывает? Вот именно. А тут речь о сакральном единении Иня с Янем, на чем и зиждется мир по опечатке Господа Бога.

Сначала Рая проспала целый год в кухне Аада на надувном матрасе для водных развлечений. Уже в середине ночи матрас, как правило, сдувался, сдавался — и превращался в плоскую прорезиненную тряпку. Но благодаря этой тряпке Рая спала все ж не на голом полу.

Узнала я об этих интимных подробностях Раиного постоя — от нее же по телефону. Но и в вопросе эксплуатации телефона образовался своеобычный нюанс.

Аад запретил Рае отзываться на телефонные звонки. Ясное дело: эта приблудная подселенка с легитимными документами фиктивной жены не должна была отпугивать и без того недружные ряды Аадовых поклонниц. (Таких дур было немало: Аад был смазлив — капризно-слащавой красотой оранжерейного нарцисса. Не будучи набобом, умеренным бабником он все-таки был.) Тем более Рая не имела никакого права дать повод его главной пассии — трехкратной мамочке из сопредельной страны — засомневаться в верности Аада.

Таким образом, когда я звонила Рае, процедура протекала следующим образом. Сначала раздавались 10 (десять) гудков, затем – словно кто-то спускал курок револьвера – слышался сухой щелчок, и вот тогда аппарат, скрипучим, врожденно-старческим голосом Аада (который как нельзя лучше соответствовал адской машинке «антвоордаппараата») сообщал, что, да, дескать, говорит телефонный автоответчик Аада ван дер Браака. Затем звучала партита Баха, под которую Аад назидательно мелодекламировал какой-то стишок, – и только после этого раздавался освободительный писк-сигнал записывающего устройства. Тогда наступала моя очередь заявить о себе. И я принималась во всю глотку орать: «Рая!! Рая!! Рая, это я!! Возьмите, пожалуйста, трубку!!!»

Поскольку орал не кто иной, как я, то есть женщина, которая уже не могла охладеть к Ааду больше того, чем была охлаждена изначально, да к тому же одна из *свидетельниц*, которых в мыслях он убирал (убивал) многократно, а в реальности – вот поди ж ты попробуй, – телефонную трубку Рае взять позволялось. (Такую категорию звонков Аад, конечно, предусмотрел.)

Но в пределах досягаемости Рая была далеко не всегда, поскольку активно моталась по чужим квартирам с целью драить унитазы, раковины, ванны и ванные, полы, окна, кухонные плиты, а также: пылесосить полы – ковры – лестницы, а также: ухаживать за растениями и домашними животными, а главное: выслушивать ужасающие в своем занудстве медико-фармакологические саги пенсионеров.

Но – ничего не поделать. Сладкая-пресладкая карамельная улыбочка Раи, которая лучезарилась на ее физиономии незакатно, то есть застыла, словно приклеенная, отверзала уста даже обезъязычевшим паралитикам.

– 12 –

Примерно через год Аад повысил Раю в ранге. Причин этого факта я не знаю, но суть его состояла в том, что Рае *уже было позволено* брать телефонную трубку в случае *любых* звонков. Такое частичное восстановление в правах после полного в них поражения можно объяснить спорадическим обострением великодушия у того, кто был попросту взят измором, – почему нет?

Хотя не исключаю, что Рая, по совету наиболее продвинутых жен Клуба, на досуге нет-нет – да и зашептывала куриное яйцо (семьсот семьдесят семь заклинаний ежедневно, в течение семи дней); крестообразно мазала его своей менструальной кровью третьего дня; посыпала пеплом срамных (лобковых) волос Аада, снова зашептывала (см. выше); затем мочилась на него утренней мочой, орошала утренней же росой; затем, под первой звездой, натирала его голодной своей слюной, а также седьмой по счёту левосторонней слезой, – и, наконец, в пятницу, с вечерней зарёй, закапывала яйцо на кладбище, в семидесяти шагах на запад от крайней детской могилки.

В любом случае – прорыв произошел немалый, согласитесь.

А вскоре я узнала (от нее же, по телефону), что восстановление в правах пошло даже шире, чем мне сообщалось первоначально.

Оказывается, Рая уже *спала* с Аадом. Ненавижу этот глагол в его *переносном значении* – звучит, на мой взгляд, еще мерзопакостней, чем фраза «она в интересном положении», или «она облегчила свой нос», – но упомянутый глагол стоит здесь в своем наипервейшем значении: она именно что спала. По крайней мере, пыталась уснуть. Еще конкретней: если Рая и пребывала в объятиях, то исключительно Морфея.

Бог весть, почему Аад позволил ей взойти на его королевское ложе. Возможно, Рая плодотворно поскулила, что на полу может застудить себе почки, придатки, гайморовы пазухи, межреберные нервы – ну и так далее – или подобного рода медицинские прецеденты уже имели у нее место. (А платить по страховке – Ааду.)

Не исключаю также, что Аад как истинный философ, то есть индивид, довольно ленивый в области бытовых действий, не был чужд *квиетизма*, а потому, что называется, и *пошел в Каноссу:* в конце концов, преследуемая целой сворой инстинктов осатаневшая женщина может атаковать спящего, беззащитного обладателя тестикул и с положения «лежа на полу» (и это, согласитесь, не самый сложный для нее случай), – но если она будет лежать рядом (как неуклюже обманывал себя Аад), притяжение запретного плода значительно для нее ослабнет – не может, черт возьми, не ослабнуть – за счет регулярной обыденности всех составляющих (пижама, чистка зубов, спуск воды в туалете, позевывание, почесывание), входящих в узкофункциональный акт безбурного, бесполого отхода к супружескому сну.

Действительно: с переменой Раиной дислокации для нее, Раи, многое осложнилось.

Теперь, когда расстояние между противостоящими сторонами сократилось до минимума, возможность обходных маневров у Раи исчезла. Ей следовало резко сменить тактику. Поэтому, помимо фронтальной (штыковой, артиллерийской, танковой) атаки, Рая неоднократно применяла к противнику длительную пытку лишением сна (в виде «задушевных ночных разговоров», которые подпирались ею целым рядом красочных примеров из Всемирной истории, напечатанной в отрывном календаре: Тристан и Изольда, Лейла и Меджун – ну, и еще пара-тройка классических пар – вроде таких, как, скажем, Николай Рыбников – Алла Ларионова.

Выпускала Раиса и своих боевых слонов. Природа щедро оснастила ее большой белой грудью, царственными ляжками – и обильными, пышными, сокрушающими мужской разум ягодицами.

Однако занявший твердую оборонительную позицию Аад – в случае тривиальных женских вожделений – оказался не таким безнадежным ослом, каким он ярко проявил себя в филантропическом проекте интеграции «новой подданной королевы». А потому он, Аад, сразу же вломил Рае в лоб, что: 1. физически она ему не нравится, 2. романтически не вдохновляет, 3. эротически не возбуждает, 4. сексуально не интересует вообще, 5. а на предмет рождения детей – просто отпугивает. После чего он закамуфлировал органы зрения веками – и поглубже забрался в свой уютный, сооруженный из подушек и одеяла индивидуальный бункер.

– 13 –

Все эти пункты, один за другим, Рая изложила мне в своем *вое по телефону* (обозначим таким образом эту разновидность устного народного жанра), чем полностью парализовала мою двигательную, а также мозговую активность.

Тогда она, с тем же *воем* (вот это были единственные минуты, когда карамель розовогубой улыбки все же сходила с ее лица), Рая приспособилась звонить в Киев – *настоящей женщине*, ушлой (хотя и подувядшей) красавице, опытной хозяйке, мужней жене с пугающим стажем супружеской жизни («Столько не живут», – как шутила означенная мужняя жена последние лет десять), – иными словами, приспособилась Рая звонить своей кровной родительнице.

Мамаша Раисы оказалась нервами куда как покрепче меня, что нетрудно. Она тут же озвучила новые пункты *науки побеждать*: а за руками ты ухаживаешь?! Не думай, что руки – это второстепенная часть!! Это как раз первостепенная, да!! У женщины должны быть красивые руки! Питательный крем на них ложишь? Ногти свои укрепляешь? Подпиливаешь? Лаком-то мажешь? А волоса из носа выдергиваешь? А массаж волосяной части головы – ты знаешь, что это? Да не себе! А мужу своему! Мужчины это все любят! *(Дробное нутряное кваканье.)* А гимнастику для бедер? А хула-хуп крутишь? Сколько, кстати, у тебя сейчас сантиметров в талии? А педикюр делаешь?

Ну и так далее. Фрикативное «г» и прочие альтернативные фонетические единицы добавить по вкусу.

– 14 –

Не успела я еще восстановиться от паралича, как Рая мне позвонила с *воем*, что у нее будет ребенок. У меня еле хватило разума не уточнять, от Аада ли возникла сия завязь, когда я поняла: *вой* Раи относится не к самой беременности, а к тому факту, что *он*, то есть Аад, ни о каком деторождении и слышать не хочет.

Тогда Рая обратилась к потенциальным союзникам. О нет, это уже не были тертые дамочки из «Русских Присосок». То были советники рангом повыше: пресноликие, воблообразные (в целом похожие на гибриды налоговых фининспекторов с автоматами для размена денег) сотрудники из службы социальной психологической помощи (СПП).

Можно сказать, что, обратившись к аборигенам, Рая открыла Второй фронт. Желая ударить по противнику объединенными силами, Рая старательно выла в кабинетах СПП: и пускай!! и пускай!! я сделаю аборт!! – на что сотрудники СПП отработанно напускали на свои лица *сострадание и крайнюю озабоченность*: что вы! Что вы, что вы! Хорошо подумайте!! Ведь это ваша первая беременность! Вы замужем! ваш муж хорошо зарабатывает! Здесь снова вступала Рая *(ария героини):* так знайте ж: я поеду рожать на Украину! И останусь с ребенком там, на Украине! И пусть мы там вместе погибнем от повышенного радиоактивного фона!! *Хор*: что вы говорите, Рая! Одумайтесь! Вы еще так молоды! Ведь ваш муж будет очень опечален, если вы умрете от радиации! А если погибнет от радиации ваш с ним ребенок, ваш супруг опечалится еще больше!

Короче, сотрудники СПП, несмотря на свое таинственное высшее образование, как-то не вполне уяснили, что Аад не хочет ребенка принципиально – ни от кого – не только от Раи в частности, но, по его утверждению, даже от бельгийской принцессы.

Однако оставим бельгийскую принцессу безутешно плакать под дождем, возле парадного подъезда Аада, где она потеряла последнюю надежду на интракорпоральное (естественное) осеменение, – и вернемся к сотрудникам СПП.

— 15 —

Их профессиональные умозаключения были таковы, что Аад на самом-то деле ребенка как раз хочет, еще как хочет, *ему просто так кажется, что он не хочет*: от запредельно сильного хотения и, главное, волшебного осуществления своих грез он частично потерял ум – и потому даже сам не сознает, насколько же он хочет ребенка.

И вот – работники СПП вызывают к себе Аада. В этой истории, загадочной для меня от начала и до конца, одним из наиболее загадочных мест мне видится именно это: за каким лешим Аад к ним все же повлекся?

Здесь лезут в голову самые неправдоподобные версии, начиная от целенаправленных заклятий Черного Полесья, аккуратно воспроизведенных Раисой по наущению ушлой киевской мамаши, цепочка логически продлевается мистическими обрядами вуду (благо среди разномастных подданных – у королей Оранских есть и такие) – и тянется аж до непреднамеренного сглаза Аада его же собственными сослуживцами. Разве не бывает? Конкуренция.

Кроме того, я вспоминаю описанную одним современным классиком гибель некоего частного лица на гражданском аэродроме. Внезапная эта гибель происходит тем не менее не сразу, а поэтапно, зловеще растянуто (главный ужас действия заключается именно в ее растянутости), завлекая человека все дальше и дальше к точке необратимости. Смерть словно играет с ним, забавляется им – ведь погибнуть человек может в любой из описанных точек, судите сами: ветром у него сдувает шляпу, он бежит по летному полю, его чуть не сбивает грузовой автокарой (словото какое!); он увертывается, поскальзывается, падает (сильно ударившись затылком об лед), но это не все: падая, он делает неловкое движение, выпускает из рук портфель – тот раскрывается, и из него выкатываются в одну сторону – красное яблоко, в другую – фиолетовый флакончик дезодоранта; побеги человек за дезодорантом, остался бы жив, но бедолага бежит почему-то за яблоком, особенно красным на белом снегу: порывом ветра его, бегущего, толкает к находящемуся рядом допотопному самолетику ЛИ-2, и лопасть включенного пропеллера наконец-то сносит человеку голову.

— 16 —

Аад стоит в кабинете СПП, а Рая в том кабинете лежит. Нет, поймите правильно: лежит она не в раздвижном комфортабельном кресле для пациентов, а прямо на полу, который еще хранит грязноватые следы продавца из магазина детских игрушек, приходившего жаловаться на свою жизнь в целом и наркозависимость в частности.

Рая лежит на полу у стены: где стояла, там и сползла, – внезапно ей сделалось дурно.

По законам куртуазного жанра, Аад (не этот, а *лучший* – в плаще, с розой и шпагой) должен бы ослабить, а то и вовсе расшнуровать ей тиски узорчатого корсета, затем изумиться прекрасным белым грудям (похожим на два сливочных пирожных – каждое с яркой клюквинкой посередине), затем потерять голову, а затем уже действовать по темпераменту: то ли опрыскать прекрасной синьоре лицо и грудь, – то ли, как писали поэты востока, *оросить розу нектаром любви*; второй вариант, конечно, предпочтительней (для заждавшихся зрителей).

Пока Аад втаскивает Раю в кресло, а работница СПП подает ей бумажный стаканчик, открывает окно и испуганно звонит в регистратуру, Рая тихо, но настойчиво воет: ойййй!.. чувствую, сейчас скину!.. ой... сейчас у меня здесь выкидыш будет... ойййй... матка уже сокращается... оййй... ойййй... Как бы теряя чувства и контроль над ними, Рая воет все же по-нидерландски, помогая себе, в наиболее сложных местах, английским – а то, завывай она на своем нативном, кто же ей станет внимать? (Ключевые слова «выкидыш» и «матка сокращается» Рая предусмотрительно вызубрила на обоих языках.)

Работница СПП, обратим на это внимание особо, совсем не рада перспективе получения выкидыша здесь, в кабинете, где она только что скрупулезно агитировала эту иммигрантку за здоровые роды. Чиновница смутно чувствует какую-то нестыковку в своей нелегкой работе и потому пастарается выпроводить эту странную steltje (парочку) как можно быстрей. При этом она советует Ааду обращаться с женой помягче – по крайней мере, не подымать тему аборта еще недели две, пока риск самопроизвольного выкидыша («несущего опасность осложнений») достаточно велик.

Проходит две недели. Аад, искоса поглядывая на законную фиктивную супругу, отмечает объективное улучшение ее состояния. Он открывает рот – и говорит то, что давно собирался сказать. Рая (с трогательным послушанием наложницы фараона) безропотно идет туда, сама знает куда.

Вернувшись позже обычного, она ложится (с видом наказанной собаки) на надувной матрас.

То есть самостоятельно наказует себя, при том явно понижая в статусе.

– В чем дело? – встревоженно закуривает законный фиктивный супруг.

– Пропущен срок, – виновато заикается Рая. – Дело в том, что в самом начале его определили неправильно: сейчас у меня на самом деле уже больше, чем двенадцать недель.

Как легко догадается всякий, кроме Аада (несмотря на его, Аада, высокий IQ), срок беременности, и вот именно что с самого начала, был определен как раз правильно (причем самой Раей, с помощью тестера); отвлекающий маневр в кабинете СПП был осуществлен с целью выиграть время.

Но Аад не сдается. Он выясняет, что аборт делают не только на таком, но даже и на большем сроке – по медицинским показаниям. Правда, Рая, *на его беду* (так думает он), здорова, как стадо лошадей. Поэтому остается три пути:

1. Подпольный аборт в любых условиях (Аад не спит ночь – и контраргументы либерального европейца побеждают).

2. Заполучить фиктивные данные о нездоровье Раи (за ними надо ехать как минимум в какую-нибудь Португалию, а то и в Румынию – кстати, там же лучше всего и довести дело до конца, но – money, money, money).

3. Есть такой волшебный кораблик-абортарий (Королевства Нидерландов), который, стоя на якоре в *нейтральных водах* (на расстоянии, как оговорено, не менее двенадцати миль от строгой и неприступной, неукоснительно католической Польши), делает для женщин, бегущих к нему по волнам, *все необходимое*, что, по странному совпадению, запрещено польским законом.

То есть делает, конечно, не сам кораблик, а несколько работающих на его борту бригад – гинекологов, хирургов, анестезиологов и медсестер. Следовательно, Раису надо будет тащить в Польшу (снова – money, money, money), затем добраться до соответствующего порта, а уж затем – как именно? лодочкой? яхтой? – преодолеть эти двенадцать миль до чудо-кораблика – о, сплошные убытки! – а на самом кораблике, украшенном, как Аад с ужасом видел в рекламе, китайскими фонариками и гирляндами живых цветов, надо будет заказывать каюту, а главное – операционное вмешательство (с каждым днем беременности элиминация эмбриона, конечно, дорожает), – не забыть вперед оплатить послеоперационный уход и контроль, а ведь там, на кораблике, надо еще и питаться – о! можно себе представить (точней, нельзя), какие на том гинекологическом плавсредстве цены! А вдруг там еще и очередь?! Money, money, money... must be funny... in the rich man's world...

– 17 –

Долго ли, коротко ли, но через полгода телефонный голос Аада говорил следующее: «Здравствуйте. Говорит автоответчик семьи ван дер Браак. Пожалуйста, оставьте ваше сообщение для Аада, Раисы или Йооста».

Я оценила умеренное остроумие Аада. Но все-таки я не смогла понять его расчета: в корнелевской борьбе между долгом и сердцем – точнее сказать, в борьбе между жизнью и кошельком – победил, что не странно, кошелек. Странно другое: видимо, Рая тотально зомбировала озабоченные (укреплением обороны) мозги Аада, если смогла провести и закрепить там мысль, что произведение ребенка на свет обойдется куда дешевле, чем его уничтожение в материнском чреве.

«Дешевле» (goedkoper) – это, конечно, магическое (даже парализующее) сочетание букв для автохтонов Низких Земель. На это словцо их можно ловить – ну просто как тупорылых карпов на хлебный мякиш. Так что зачарованный Аад словно упустил из виду двухэтапность процедуры, где непосредственно роды – от первых схваток до плодоизгнания – занимают максимально восемнадцать-двадцать часов, а вот пестование-воспитание (именно эту часть проекта Аад как-то и не учел!) – восемнадцать-двадцать лет.

Прикиньте. Причем это как минимум.

И то – исключительно в странах Первого мира.

А неизвестно, в какой по счету мир может закинуть человека изобретательный рок.

Но – кто старое помянет, тому... обвинения, шишки на голову и приключения на его глупую задницу. Как сказал известный режиссер, счастье – это хорошее пищеварение и плохая память.

...Через четыре года они чинно-мирно шли из детского садика. Впереди семенил Йоост, с противным грохотом везя на веревочке игрушечную машинку. Чуть сзади него, как-то отдельно ото всех, неторопливо шел Аад с мечтательно-отрешенным выражением по-семейному располневшего лица, которое, как водится в таких случаях, приобрело черты туповатой барственной вальяжности. Рядом с ним – затравленно, вся настороже, клала-выкладывала большие свои стопы верная Рая, с заботою кошки глядя на сына и с озабоченностью – на супруга. На лице Раи, как всегда, была четко позиционирована ее сахарно-карамельная лучезарность, которая, засахарившись под воздействием времени, воздуха и перепадов температур, словно окаменела.

— 18 —

Вот, отпускаю шпильки по поводу чьего-то беспамятства, а сама забыла такой яркий период Раиной жизни, как токсикоз первой половины беременности. С присущей ей «положительной установкой» на все сразу – установкой, при которой любые явления жизни всеми правдами – и, главным образом, неправдами – подгоняются под единственный ответ задачника («Все будет хорошо!.. все будет хорошо!..»), Раиса, конечно, подтащила под свой токсикоз «позитивную» идейную базу: оказывается, ее организм, прежде чем принять святой венец материнства, очищает свою карму от грехов прошлого. В том числе от грехов предков вплоть до Адама. То есть: чем сильнее выворачивает желудок, тем лучше!

Грехами, в конкретном, сиюминутном выражении, были: гречневая каша, пельмени, соленые огурцы, халва, конфеты «Мишка на Севере», жареные семечки – все то, что Рая с исступленным упорством покупала в русском магазине «Озорные лапти» (особенность ее токсикоза заключалась в том, что она была в состоянии потреблять только русские продукты; данный медицинский, а может, и политологический казус обеспечил бы соответствующему ученому, полагаю я, Нобелевскую медаль). Все эти продукты были словно бы предметным воплощением Раиных грехов, потому что именно они, едва поглощенные, тут же, прежним путем, выходили наружу. Процесс очищения кармы проходил у Раи круглые сутки, с очень короткими перерывами на сон – перерывами настолько короткими, что Аад, который ни разу не оскоромил своих дланей, дабы внести свой вклад в семейное хозяйство, по ночам орал на беременную жену: что, корова?! что, раковая сука?! Опять тебя выворачивает?! Я же должен спать!! Мне же утром на службу!! Когда же, боже мой, это кончится?!!

И Рая снова перебралась на свою воздушную подстилку в кухне. Но на сей раз она дальновидно утеплила ее разнообразным тряпьем, которое, в целях свивания ею гнезда, натаскали в хлопотливых клювах товарки по клубу «Русские Присоски».

Днем она разговаривала по телефону, к которому у нее уже был полностью свободный доступ (не сразу Москва строилась); телефонная трубка торчала из ее шуйцы победно, как жезл; десницею придерживала она на коленях металлическую миску с горячими свиными пельменями; у стоп Раисы жертвенно ждал своей минуты пластмассовый тазик. Рая говорила по телефону, скажем, – здравствуйте, ой, сейчас только пельмень съем! – запихивала пельмень «прямо в пельку» (как любовно именовала это отверстие ее мамаша); далее абонент вынужден был прослушать целую гастроэнтерологическую увертюру к ожидаемой алиментарной сюите – увертюру, состоящую из звуков пережевывания пищи, ее заглатывания, многосложной отрыжки, мощных рвотных спазмов, стонов, непосредственного плеска чего-то жидкого (абонент, к счастью для себя, не видел, что почти не измененные кусочки пельменей выскакивали при этом у Раи даже через ноздри), после чего Рая громко, основательно чихала – с завершающим всхлюпом и всхлипом – затем сморкалась, утирала нос-рот, глубоко вдыхала, говорила: о, проклятый! Ишь, назад выскочил! а вот сейчас запихну другой!.. Добренький день еще раз, Валентина Ивановна! Ну, как вы там поживаете? – запихивала *другой* (это было хорошо слышно), и – сложная музыкальная фраза повторялась.

— 19 —

Рождение ребенка не изменило образа жизни, который вел Аад. Имеем в виду: ни в малой степени не изменило его к худшему. Очевидно, таковым было его условие деторождения – причиной которого, деторождения то есть, стал, если подумать, совокупный комплекс социально-исторических обстоятельств: коллапс Азиопской Империи, распад Варшавского блока, падение Берлинской стены, падение рубля и всех прочих местных валют Империи, грязевые потоки восточноевропейских миграционных лавин, граничащая со слабоумием толерантность кальвинистов древней Батавии – и, конечно, спекуляция грузинскими винами, производимая одной, отдельно взятой, кирхой – для камуфляжа чего ее духовный руководитель находчиво соорудил нетривиальную филантропическую ширмочку.

Красавчик Аад, вполне основательной фобией которого являлось интеллектуальное и духовное «опрощение» на сонных огородах Гименея (безграничных, монотонно расчерченных тыквенно-капустными грядками до самого горизонта), решил принять некоторые превентивные меры – с целью сохранения своей гармонично сбалансированной цельности.

Выглядели эти меры так. После работы Аад рассеянно заходил домой (здоровая пища, имевшая сущностью тщательно просчитанные Раей калории, единицы весонаблюдателей и витамины, – снедь, принимавшая формы изысканных салатов, овощей, свежайшей зелени, рыбы или легкой дичи, – эта однозначно полезная, изобретательно декорированная снедь, восторженно ждущая своего съедения в компании невесомых, а затем янтарно-тяжелых бокалов, крахмальных салфеток, курчавых живых цветов и зажженных, девически-робких свечей, – вся эта снедь подвергалась небрежно-элегантному анатомированию серебряными, сверкающими счастьем среднего достатка вилками-ножами). После чего Аад ложился на диван перед телевизором и отдыхал двадцать пять минут. Затем, в спешном порядке, производил собственную эвакуацию из своего же семейного (словно заминированного) дома-крепости: в понедельник – брать частные уроки фортепьяно, во вторник – учиться итальянскому языку, в среду – размеренно плавать и продуманно нырять, в четверг – грамотно накачивать мышцы, в пятницу – в меру фривольно вальсировать, чарльстонничать и фокстротничать, в субботу – общаться с эсперантистами (затем – снова ехать на велосипеде в бассейн, а после – на курсы бальных танцев), в воскресенье – записывать лекции по истории средневекового искусства (а затем снова, подпрыгивая, бодро шагать в фитнес-клуб). Вот вам и семь дней в неделю.

А дома надо, соответственно, делать домашние задания. По всем предметам. Ну, разве что кроме плавания и ныряния.

— 20 —

Утверждение, что муж и жена – одна сатана, на мой взгляд, не бесспорно. Это, скорей, предрассудок, даже вредное заблуждение, наподобие того, каким является то, будто Бойль – Мариотт – это одно лицо («одна сатана»), в то время как они, вот именно, муж и жена. С позиций же духовной и прочей энергии логичней было бы припомнить, применительно к супругам, как раз закон Ломоносова – Лавуазье, и тогда мы бы поняли, почему происходило так, что чем больше Аад впитывал знаний и умений, накопленных человечеством, тем меньше в Рае оставалось сил, чтобы сопротивляться своей обвальной деградации.

Дорога в тысячу ли начинается с одного шага. Да хоть бы и в сто тысяч ли.

Еще будучи на сносях, с огнедышащим брюхом (таким, что Аад почти не врал, когда отказывался обнимать ее, говоря, что у него руки коротки), похожая на предгрозовой баобаб, Рая перевезла Аада в другой (более «культурный и цивилизованный») город, на другую (более комфортабельную) квартиру.

Но и в той, другой, квартире оказалось «много дела для умелых рук»: Рая затеяла обширный косметический ремонт.

С утра все шло по графику: блинчики ждали Аада в магнетроне, кофейный аппарат французисто картавил и уютно булькал; Рая стояла уже высоко.

Она высилась под самым потолком, словно пролетарская кариатида. На паркет, покрытый прозрачной пленкой, обильно летели мелкие снежные брызги. «Gospodi! Opiat' zdes'eta *Zhenscina s vedrom!*», – Аад, на пути в ванную, проталкивал, сквозь части зевка, ритуальную свою шутку. (Он слышал, что у русских есть какой-то *Человек с ружьем*, какая-то *Женщина с веслом* – и приятель-переводчик, научил его сходной фразе.)

В этот момент Рая обычно делала начальное движение, чтобы слезть со стремянки и подать Ааду блинчики, но токсикоз, на сей раз уже второй половины беременности, проявлял свою жестокую к ней ревность: тут же в глазах у Раи стемнело, она в ужасе хваталась за верхнюю ступеньку стремянки, из Раиного зева начинал обильно выхлестывать разноцветный фонтан: теперь она становилась похожей на полнотелую, позолоченную, красиво подсвеченную – влагоизвергающую нимфу – в далеком, не виденном Раей никогда Петергофе. «Ну вот, опять! ты опять! – справедливо констатировал Аад. (При этом он держал жужжащую электробритву возле самого уха, словно желая заглушить исходящие от жены звуки.) – Мне же завтракать надо! Вот – теперь у меня! – из-за тебя!! – весь аппетит пропал!!!»

В это время, как правило, звонил телефон. Киевская родительница точно чувствовала, что именно сейчас, в этом сложном раунде, ей надлежит сыграть роль рефери. А ты каким дезодорантом пользуешься? Польский в жизни не бери, это ж барахло! никогда в жизни! А волосы ты каждый день укладываешь? А полоскание для рта ты уже купила? А *позы* ты интересные хоть знаешь? Мужчина из-за твоей беременности ни в коем случае не должен страдать, ты это запомни!..

На каждый вопрос родительницы Рая послушно откликалась рвотным спазмом.

— 21 —

Вернемся, однако, к Ломоносову – Лавуазье. Их закон трудно было бы подвергнуть сомнению уже при первом визите в семью ван дер Брааков.

Аад, как правило, заводил за столом «культурный разговор» – например, занудливо перечисляя названия популярных в текущем сезоне кинематографических помоев, спрашивал меня – смотрела ли я то-то и то-то? Нет, я на такие фильмы не хожу – я с удовольствием сосредотачивалась на котлетах по-киевски. Так и я ведь не хожу! – радостно откликался Аад (в чем был вполне искренен), – вот только Раечка меня и затаскивает... Сажает с собой рядышком... Да, Раечка?.. Ужасно. Выбегаю из зала уже через две минуты... Такой отстой! – После этого он, с гадливой улыбочкой, приобнимал жену за широкую, еще больше раздавшуюся после родов спину и заканчивал: – Зато нашей Раечке такое кино – нра-а-авится... Да, Раечка?.. Да, пусик?..

Создавшуюся неловкость гость ловко заедал котлетой, запивал прекрасным грузинским вином.

А Рая... Рая сидела с тем неописуемым выражением, какое бывает у одного из давно живущих вместе супругов, когда второй, в простоте душевной, сообщает обедающим гостям, что тот, первый-де, во сне храпит, сопит и пукает. Как из бочки! – обводя взглядом жующую аудиторию, поясняет скрупулезный рассказчик.

Самое занимательное, что даже с какой-то (запредельно идиотской) Раиной физиономии все равно не сползала ее брендовая улыбочка.

Это был такой – широкоформатный, карамельно-жемчужный – и все равно – оскал... Словно посмертная маска непоколебимой, пуленепробиваемой «позитивности»... Застывшая эманация нервно-паралитического жизнелюбия...

— 22 —

Но не будем зацикливаться на быте. Существовало же у Раи и социальное лицо, верно? Тем более что не стал бы ведь Аад, в самом деле, держать жену на своем иждивении. С какой это стати?

То есть: коли Рая не околела с голоду и даже растила сына, это значит, что она где-то работала. Где же?

Увы. Работала она в той же самой кирхе, которая когда-то приютила ее самое[1]. Правда, физически Рая находилась в другом районе города, а именно: в филиале.

Это было здание, втиснутое между секс-шопом и магазином религиозной литературы. Еще за

---

[1] К сведению российских читателей: в странах Бенилюкса, даже в сравнении с другими странами Западной Европы, расстояния между населенными пунктами очень невелики: соразмерны человеку. Следствием является то, что зачастую «бенилюксцы» работают не в том городе, в каком проживают. Ничего сложного: дорога занимает в среднем от пятнадцати до тридцати минут. *(Примеч. автора.)*

квартал можно было разглядеть крупную вывеску над дверями, которая выламывалась из общего ряда бесспорной пикантностью нездешних буквиц. Надпись была такая:

ДОБРО ПОЖАЛОВАТЬ!

По-русски, по-русски.

Но и здесь, как и в знаменитом романе уже упомянутого Оруэлла, смысл надписи следовало понимать прямо противоположно.

В это здание, с котомками в руках, сползались существа, рожденные людьми, от людей – и людьми же превращенные в хлам. Конкретней говоря, это были представители того самого, временно пригретого кирхой контингента, чей срок пребывания в ней истек. Скорее всего, истекал он по той причине, что пересмотр дела в Министерстве юстиции заканчивался снова *негативом* (при последней апелляции из возможных), – итак, из Министерства приходил окончательный отказ, а партнеров для вступления в счастливый брак эти несчастные обрести для себя не смогли. Они не находили даже партнеров для сожительства – однополого, двуполого, обоеполого, бесполого – какие еще возможны комбинации? – не находили, и все тут.

И теперь этим недотепам следовало дать пинка под зад. То есть: полновесного депортационного пинка.

Таков был второй этап в технологическом

цикле винной спекуляции. То есть: в процессе ее, этой спекуляции, камуфляжа. Но если первый этап (прием убогих – с распростертыми объятиями) происходил непосредственно в теле церкви, то этап пинка под зад был от церкви – с целомудренной дальновидностью – отделен. И вот в этом самом филиале, имеющем функцией праведное христианское воздаяние, то есть низвержение грешников прямиком в ад, восседала Рая.

Я видела, как к ней пришел человек – за десять минут до закрытия конторы. Точней говоря, он влетел – и рухнул на стул бездыханный. Он прибыл из какого-то лагеря, куда после филантропической кирхи, чудом, снова сумел приткнуться: теперь он пришел к Рае, а до того ехал сюда полдня, с другого конца страны, со множеством пересадок, на последние центы, причем в пути случилась авария. Ему надо было спросить Раю о каком-то порядковом номере для своего ребенка, выяснить какую-то категорию или какую-то сумму – или просто забрать какую-то справку – этот вопрос, как он сказал, решался в полминуты.

И Рая не возражала. Она не возражала, что вопрос этот мог бы решиться в полминуты. Но она резко возражала против решения данного вопроса прямо сейчас. Она назначила посетителю новый визит через две недели. Тому предшествовали: долгая возня с настольным календарем, озабоченное хмыканье, пожевывание губами, насупливание бровей, задумчивые носовые звуки. Но к тому времени будет уже поздно! – взвыл полураздавленный проситель. Ничего не знаю, – додавила его Рая. Но у вас же еще десять минут рабочего времени, ну пожалуйста! – прохрипел ходок. Ничего не знаю, – уютно, по-советски, пропела Раиса. И подняла лицо: чтобы клиенту лучше была видна ее улыбка.

Видела я и харьковскую девушку, которая пришла к ней и молвила: а не могли бы вы меня здесь с хорошим мужчинкой познакомить? – А зачем тебе это? – искренне полюбопытствовала Рая. (И правильно сделала. Где вы это видели, чтобы кошка съедала мышь, с нею не наигравшись?) А мне замуж надо, – сжато изложила свою программу харьковчанка. Вот поезжай домой, там и выходи, – прищурилась, улыбаясь, Рая.

— 23 —

Вообще-то доигралась Раиса. Бралась учиться – да где тут? То мальчик болеет, то на работе завал. Стали докатываться до работы слухи, что Аад уже поговаривает Раисе: ты кто? – ты никто! (То есть творчески переосмысляет минималистский диалог Улисса и Полифема.)

В итоге...

Рая *(после работы, одна)*. Куда теперь? Домой идти? Нет, мне что домой, что на работу – все равно. Да, что домой, что на работу!.. что на работу! На работе лучше... А о жизни и думать не хочется. И люди мне противны, и дом мне противен, и стены противны! Не пойду туда! Нет, нет, не пойду... *(Берет хозяйственную сумку, идет домой.)*

Однако утверждать, что Аад «не понимал своего счастья», то есть не мог по достоинству оценить всех удобств совместного своего бытования с Раисой, – значило бы недооценить житейский и, скажем так, склад его ума. С нашей стороны это было бы серьезной методологической ошибкой, поскольку оба упомянутые вида ума работали у Аада, скажем так, incooperation, и, как говаривал классик, *скорее челюстью своей поднял бы солнце муравей*, чем было бы возможным вообразить, будто Аад, в конкретном его воплощении, упадет, не постлавши прежде на жесткую землю американский водный матрас со встроенным электронным подогревом. Но как же Аад в этом случае так вляпался со своей идиотской женитьбой? А ничего он не вляпался.

Нарциссический, то есть обостренный, инстинкт самосохранения – во время первого же свидания с Раисой – внятно нашептал Ааду, что надо бы ему держаться поближе к этой *мамочке* (как Рая, уже в супружестве, научила себя называть) – к этой *мамуле* с ее широкой, по-крестьянски сильной спиной, надежными плечами – и работящими, большими, как лопаты, руками. Инстинкт нашептал Ааду также, что, оставаясь в холостяках и будучи заваленным по макушку забытыми (а хоть бы и презентованными) женскими трусиками, он годам к сорока пяти пропадет, захиреет (язва желудка, холецистит, остеохондроз, гипертония, брюшко) – и все это на фоне разнообразных женских истерик, ложных и подлинных беременностей и непрерывной угрозы венерических неудобств, – а там и коньки склеить недолго.

Аад никогда не планировал обзаводиться конкубиной, это было бы, разумеется, артефактом в системе его мировоззренческих построений, но, чтобы *цвели* (и даже плодоносили) *все цветы*, необходимо было какую-либо кухарку и домработницу в надежном тылу все же иметь.

В общем, ничего оригинального.

На клевретах подобного «модуса вивенди» и мир стоит, хотя по мне, конечно, эстетически верней, если бы он, этот мир, сверзился в тартарары.

Однако вплоть до появления Раи в гранд-кафе «ENGELS» Аад совершенно не представлял, каким же образом разрешить подобную контрадикцию. К этому времени у него не создалось в этой сфере никаких, так сказать, прецедентов. Но когда наконец возникла Раиса... А вы что – и впрямь поверили, будто он решил осчастливить королеву Беатрикс ценой собственного счастья?

Трусость Аада являлась другим его неоспоримым достоинством. Эта была натуральная, природная трусость очень редкого, очень высокого качества, вдобавок формально структурированная кальвинистскими принципами – и доведенная до своего логического совершенства социальным статусом университетского преподавателя.

Кстати сказать, в шаблонной системе подмен, взятой на вооружение изворотливым, хотя и не оригинально лгущим себе человечьим мозгом, эта густопсовая трусость именуется, конечно, не иначе как «трезвость», «здравомыслие», «взвешенность суждений и поступков» и даже – «философский склад ума».

В силу этого ценнейшего своего качества Аад, желая быть удобно-захомутанным, – самостоятельно, то есть активно, в хомут не лез. Но, будучи стреноженным работящей, железобетонностойкой, баснословно неприхотливой и вдобавок бездомной (зависимой) Раисой, он с облегчением разыграл гамбит.

— 24 —

Уже через пару месяцев совместной жизни – то есть в тот период, когда еще сегрегированная Рая упрочивала новую свою жизнь на плавательном надувном матрасе и не имела права подходить к телефону, Аад уже понял, что он недостаточно хорошо знает русскую литературу. После некоторых колебаний, он признал для себя, что во время смотрин в гранд-кафе «ENGELS», методологически крайне неверным с его стороны было ограничение золотых эталонов (*русской жен-*

щины) только Наташей Ростовой, ее конфиденткой Соней, Соней-проституткой и Настасьей Филипповной. Он с горечью осознал, что упустил из виду множество других канонизированных женских персонажей. Теперь же, через несколько месяцев, он, поумневший, глядел на Раю – и, сверяя свои впечатления с книгой (коей являлся сборник переводов на нидерландский русской классической поэзии), самодовольно отмечал: ну да –

Глаза, как небо, голубые,
Улыбка, локоны льняные –

но! но при этом! – ах, дамы и господа! но при этом! –

И голод, и холод выносит,
Всегда терпелива, ровна...
Я видывал, как она косит:
Что взмах – то готова копна!

Именно – Аад с удовлетворением поглядывал на снующую по кухне Раю, – именно, что так! Absoluut!

В ней ясно и крепко сознанье,
Что все их спасенье – в труде,
И труд ей несет воздаянье:
Семейство не бьется в нужде...

Wooooow! – мысленно восхищался Аад, – как это классик так ловко сформулировал то, о чем Аад, глядя на эту женщину, мог только смутно догадываться?.. Впрочем, на то классик и есть классик...

Всегда у них теплая хата,
Хлеб выпечен, вкусен квасок,
Здоровы и сыты ребята,
На праздник есть лишний кусок.

Неплохие перспективы!.. Совсем даже неплохие!.. Раечка, а что такое «kvasok»? Понятно... А это не очень калорийно? Так-так-так... А исходные продукты – биологически доброкачественны?.. А-а-а. Ну, тогда хорошо...

Идет эта баба к обедне
Пред всею семьей впереди:
Сидит, как на стуле, двухлетний
Ребенок у ней на груди...

Да уж... Насчет *стула* – это поэт... да... – Аад самодовольно хмыкнул. – В самую точку. Рая на этот самый *стульчик* не то что ребенка, она и его, Аада, поудобней пристроит...

И, что самое главное... что самое главное... Классики-то описывали двух совершенно разных женщин... можно сказать, представительниц антагонистических социальных слоев... А он, Аад, заполучил это чудо гибридизации и генной инженерии – в одном – именно, что в одном флаконе! Да к тому же совсем бесплатно!

После года таких приятных размышлений, то есть после двенадцати месяцев их приятного, неторопливого пережевывания, Аад и снял с Раи свой мораторий на телефон.

А затем, step by step, Аад ввел аболицию на неприкосновенность своего ложа – и на свой довольно-таки естественный (в случае с Раей) целибат.

— 25 —

ВЫПИСКА ИЗ ДНЕВНИКА ПЕРВОГО БРАЧНОГО СВИДЕТЕЛЯ

«Сегодня в Академии балета, где я преподаю такой шарлатанский предмет, как всеобщая история, меня спросили, что такое *гаррота.* Объясняя, мне пришлось, для пущей наглядности, сжать свое горло – и внезапно я отдала себе отчет, что при этом слове вспоминаю, в первую очередь, не ту казнь удушением, которая производилась в Испании при помощи хитроумных приспособлений инквизиторской инженерии (вплоть до 1974 года), а ту, которой всякий раз подвергалась я сама – во время своих злосчастных визитов в семейство ван дер Брааков.

Самое странное в этих посещениях – для меня (возможно, именно как для профессионального историка) – заключалось в том, что Рая делала вид, будто *ничего не помнит.* «Невозмутимость» – этот девиз был начертан на ее штопанном-перештопанном знамени зверски изнасилованной оптимистки.

За чаем она мне обычно излагала баллады про алые розы своего семейного счастья – розы, которые сыпались на нее отовсюду – с неба, с потолков, с крыш, с фонарных столбов, – еще в тот период, который она называла не иначе, как *романтическое жениховство Аада.* Она рассказывала мне про серенады, которые он якобы распевал под стенами их церковного бомжатника, про мольбы, которые адресовал самому Небу, про слезы на его глазах, когда он просил ее руки, про...

И это все рассказывалось *мне*, несчастному свидетелю их воистину казуистического бракосочетания, имевшего место быть всего три года назад...

В связи с этой *странной трактовкой исторических фактов* (если не сказать – с их *изощренной подтасовкой*), в связи с этим, я бы сказала, беспрецедентным ревизионизмом реваншистского толка, у меня – как отстраненного исследователя истории – возникает несколько версий:

1. Существует такой психологический феномен, известный науке как *параллакс Френкеля – Закса:* когда индивид сильно врет, он уже и сам верит, что он не врет, – то есть даже не верит, что врет. Короче, аж по макушку влипает в не что иное как – им же самим! – «предлагаемые обстоятельства».

2. Возможно, Раиса надеялась, что память, по каким-то таинственным причинам, вроде укуса мухи цеце, выветрилась у всех индивидов из ее, Раиного, окружения – и не осталось этой памяти, даже в размере каких-нибудь пяти жалких килобайт, ни у кого, в частности, – у ее визави. То есть Раиса предполагала самое оптимистичное: а вдруг у меня (то есть у свидетеля, угнетенного ее же позором, – у свидетеля, располагающего,

кстати, и еще одним свидетелем) – да завелась наконец хвороба Альцгеймера?!

3. Третье объяснение, на мой взгляд, – самое убедительное. Раиса была больна (была здорова) корневым человеческим свойством – *отсутствием исторической памяти.* В частности – отсутствием *исторической памяти* на все «негативное» (с фрикативным «г»), на все «не оптимистическое», «не жизнеутверждающее», «тяжелое», «чернушное» – etc.

А поскольку существование всего живого состоит исключительно из сгущений боли с краткими переменками (между уроками), то никто уроков толком не помнит. Homo popularis, он же homo massalis (массовый человек), в итоге помнит лишь переменки: веселые потасовки в рекреациях, сладкие ватрушки в буфете, беспроблемное сдирание сочинений, курение в уборной, etc.

И, в таком контексте, полагаю я, куда уж там Габриэлю Гарсиа Маркесу с его крупномасштабной бойней, вагонами трупов, ливнем, который мощно, как из брандспойта, смывает следы побоища, – куда уж там Маркесу с его знаменательным утром, наступившим буквально через пару часов после побоища, – тем утром, когда *о только что происшедшем не помнит уже никто.* Куда там Маркесу с этим страшным обобщением, если, задолго до него, наследника ацтеков и майя, уже оставили в этом вопросе свой золотой след два таинственных еврейских мудреца из города Черноморска.

Их бойня – несколько меньшего масштаба. Правда, по числу порющих, она, порка, вполне даже массовая, но по числу выпарываемых – сугубо индивидуальная. А описанный мудрецами *пейзаж после битвы* являет собой настоящий шедевр минимализма:

«Но в кухне уже не было никого, кроме тети Паши, заснувшей на плите во время экзекуции. На дощатом полу валялись отдельные прутики и белая полотняная пуговица с двумя дырочками».

Вот эти *две дырочки* легко могут добить когонибудь слабонервного. Две пуговичные дырочки – это, по сути, все, что остается в памяти массового человека после любых преступлений – любого масштаба.

А что уж говорить про круглосуточное попрание человеческого достоинства в так называемой «семье»? На то человеку и мозги дадены, чтобы выворачивать любую перчаточку с выгодой для себя. Ну что значит – «с выгодой»? Это значит, что человечий (в особенности самочий) мозг нацелен исключительно на изобретение оправдательных («оптимистических») объяснений. То есть таких объяснений происходящего, которые бы – любой ценой!! – способствовали сохранению «статуса-кво» – независимо от его качественной сути.

Проще говоря, мозг дан человеку для того,

чтобы оснастить последнего такими «предлагаемыми обстоятельствами», при которых задница упомянутого человека, плотно соприкасаясь с довольно-таки горячей сковородкой (и тем не менее ленясь изменить свою дислокацию), – эта ленивая задница должна восчувствовать, будто сидит на мягчайшем диване... хорошем, добротном... марки, скажем, «Хилтон-2»... Немаловажно также убедить в том окружающих. Поскольку, будучи убежденными, они станут поддерживать ленивую задницу морально. Придавать ей уверенности в том, что, уже дымясь, она сидит не на сковороде, а на гламурнейшем из диванов.

Или: убеди окружающих и себя, что раска-ленная сковородка для задницы твоей даже полезна. Необходима. Неслучайна. Обетованна. Искупительна. Является овеществлением избраннических судеб. Роковой воли Небес. Ну и т. п.

Свое малодушие окрести «здравомыслием», а свинскую небрезгливость – «многотерпением». Бесхарактерность назови «добротой» и «покладистостью». Трусость и лень, соответственно, – «тонкостью души» и «почвенной мудростью». Свою тупость нареки, ясный пень, «спокойным, уравновешенным характером». Явное отсутствие привлекательных черт аттестуй как наивернейший признак их «тайного присутствия». Катастрофический дефицит интеллекта назови, не стесняйся, «сокровищами, потаенно живущими в самой глубине души».

А что? На то человеку и мозг даден. В отличие

от стыдящихся его, человека, куда как менее заносчивых родственников по эволюционной лестнице».

— 26 —

Предпоследним актом этой трагедии (именно *трагедии*: на жанре настаиваю) явилось посещение Аадом и Раей семейного психотерапевта.

А куда ж современной семье без *отвлекающей терапии*? Так и тянет сварганить римейк (социальный роман): Анна Аркадьевна знай себе бегает к семейному психотерапевту: сначала открыто, с Карениным, затем тайно – с Вронским. Страховая компания визиты с Карениным возмещает, а с Вронским – нет. (Или, допустим, с Карениным возмещает полностью, а с Вронским – только на 14%.) Анна все глубже, все отчаянней, все безнадежней погрязает в долгах... Финал известен.

Вывод: в социально развитом обществе соответствующий страховой полис обязан покрывать расходы по семейной психотерапии в равной степени – и для супругов, и как минимум для одного из любовников застрахованных супругов – даже если он, любовник одного из застрахованных супругов, сам по себе застрахованным не является.

Так что небесспорно утверждение, будто каждая уродливая семья уродлива по-своему. Если у супругов есть в наличии достаточно солидная страховка, они могут легко заменить *уродство семейной жизни* на *красоту семейной жизни*: такие программы доступны для покупки – в равной степени через оптовую и розничную торговую сеть: их только следует грамотно проинсталлировать. И вот для этого на помощь приходит семейный психотерапевт.

Ну, семейный психотерапевт – это вам не иудейский раввин, так что не стоит от него дожидаться каких-либо патетических восклицаний, мудрых мыслей или просветляющих откровений. Семейный психотерапевт не станет углубляться в Талмуд – и не возьмется давать вам иносказательные (т. е. полностью затуманенные ближневосточной элоквенцией) указания. Он не станет одаривать вас и прямыми руководствами к действию – например, насчет последовательного ввода-вывода – в ваше жилище, из вашего жилища – *ограниченного контингента* коз, свиней, овец и коров.

Ничего из этого семейный психотерапевт делать не будет. Психотерапевт – это вообще не человек в его традиционном (эволюционно-историческом, анатомо-антропологическом, психо-физиологическом, культурологическом) понимании. Психотерапевт – это субчеловек, роботообразная социальная функция, составляющая в развитом технократическом (хайтэковском, постисторическом) обществе комплементарную часть – к функции адвоката. Психотерапевт и адвокат – работая в упомянутом обществе, по сути, in cooperation – составляют взаимонерасторжимое устройство высокотехнологичного биоценоза; их изначальное разделение – это всего лишь социально-технологическая аналогия гендерного разделения на мужчин и женщин.

То есть: *современное* (читай: «хорошо развитое») общество, в своем апогее, состоит из двух – одинаково прекрасных – половин: психотерапевтов (психиатров) и адвокатов (юристов). В своем отлаженном взаимодействии и взаимообслуживании они являются замкнутыми друг на друге системами и даже, как это иногда кажется со стороны, не нуждаются в каких-либо дополнительных клиентах.

Но клиенты, при вышеозначенных условиях бытования, конечно, не переводятся.

— 27 —

Рая и Аад явились на прием к семейному психотерапевту, находясь в стадии двухмесячного разрыва дипломатических отношений. Правда, формальные ритуалы сожительства они по-прежнему выполняли: пили кофе, завтракали, обедали, даже, кажется, осуществляли, по рассеянности, машинальное супружеское соитие, но все это – принципиально – в полнейшем безъязычии. Казалось даже, что их уговор был таков: кто первый проронит словечко, хотя бы и звукоподражательное, тот заплатит ощутимый денежный штраф – в пользу автоматически выигравшего. И это был редкий, если не единственный, случай, когда своему уговору, посреди шквала явных и затаенных свар, они следовали железно.

Йоост, их маленький сын, в тот период выполнял при них функции, схожие с таковыми Нидерландского посольства. (Которое, напомним, в прошлом веке, с 67-го года и до второй половины 80-х, обеспечивая Израилю фактическое представительство, работало международным посредником между не имевшими дипломатических отношений Израилем и СССР.)

И вот Аад обращался к Йоосту так: скажи своей дорогой мамулечке, что я... (благодаря ее уборке, не могу найти своей музыкальной папки) – и Йоост это Рае, стоящей рядом, передавал; Рая же обращалась к Йоосту так: скажи своему бесценному папулечке, что... (синяя кастрюля с компотом, которую он второй день ищет, уже второй день пустая – и находится в мойке), – и Йоост все это почти синхронно, для Аада (лежащего тут же) озвучивал.

Именно к этому периоду и относится зафиксированный *свидетелем* эпизод их счастливого семейного шествия из детского садика. Ну да, вот этот:

Впереди семенил Йоост, с противным грохотом везя на веревочке игрушечную машинку. Чуть сзади него, как-то отдельно ото всех, неторопливо шел Аад с мечтательно-отрешенным выражением по-семейному располневшего лица, которое, как водится в таких случаях, приобрело черты туповатой барственной вальяжности. Рядом с ним – затравленно, вся настороже, клала-выкладывала большие свои стопы верная Рая, с заботою кошки глядя на сына и с озабоченностью – на супруга.

Весьма даже репрезентативный эпизод, который ни в коей мере не противоречит только что изложенному.

Таким образом, ван дер Брааки отправились к семейному психотерапевту, уже утратив общий язык – даже то бедное бытовое наречие, каким они повседневно пользовались, – и бессознательно рассчитывая также на дополнительные, то есть переводческие, функции психотерапевта. (О чем последний, конечно, предупрежден не был, ибо за работу толмача он бы выставил дополнительный счет.)

Психотерапевтом оказалась особь формально женского пола, определить гендерную принадлежность которой оказалось возможным только по ее имени. Уютно устроившись в кресле напротив Раи и по-пасторски сложив на плоском животе заранее лояльные ладошки, она вмиг словно заразилась оскалом своей клиентки: пресное, невыразительное лицо семейного психотерапевта, словно в кривом зеркале, перекосила ужимка поросячьего бодрячества. В итоге ее полуоткрытое ротовое отверстие оказалось где-то в районе правой ушной раковины. Было похоже на то, как если бы у психологини внезапно воспалились сразу несколько ветвей тройничного нерва.

Аад, оказавшись между двумя резко позитивными дамами, то есть подвергшись двойной атаке зубодробительного оптимизма, тоже не выдержал: его смазливая физиономия стареющего нарцисса вмиг потеряла симметрию – и теперь выглядела так, словно её поразил флюс или затяжной лицевой тик.

– 28 –

От семейной психоцелительницы Рая (в отличие от Аада) вернулась в полном восторге. Ей понравилась психоцелительницына синтетическая кофточка. Ее подкупила обходительность семейной исцелительницы. Ее покорил ум семейной психоцелительницы, оформленный университетом с максимальным функциональным комфортом для общества. И, главное, ее полностью пленило домашнее задание, порученное семейной психоцелительницей ей и Ааду к следующему визиту.

В задании значилось, что каждый из них должен написать о *партнере* (так они оба и были названы: «партнеры» – словно игроки в подкидного дурака) – так вот: каждый из них должен был написать о *партнере* только положительные вещи. С незыблемо-четкой позитивной установкой.

...Ах, мудрая семейная психоцелительница! Наконец-то она, Рая, – впервые за столько лет! – узнает, что хорошего думает о ней Аад. Он сам расскажет об этом. Хотя бы и по бумажке.

По-быстрому завершив хозяйственные дела, Рая включила в гостиной настольную лампу и села делать домашнее задание.

часть вторая

ПАЛАТА ПОСТРАДАВШИХ

— 1 —

ДОМАШНЕЕ ЗАДАНИЕ РАИ

«Мой муж очень красивый. Он также и очень умный. Он хорошо образован. Он работает преподавателем латыни и философии в университете. Он много читает и всем интересуется. Он контролирует свое внутреннее развитие и свой внешний вид. Он любит свои хобби: спорт, бальные танцы, иностранные языки, искусство. Он регулярно следит за политическими и культурными событиями в нашей стране и во всем мире. Он почти никогда не храпит...»

В этом месте Рая задумывается. Глядя на розовый абажур настольной лампы, она потихоньку начинает соображать, что ничего почему-то не написала об отношении этого таинственного мужа к ней самой. На такой поворот мысли ее натолкнула, скорее всего, интимная ассоциация с храпом...

«Мой муж, Аад ван дер Браак, никогда меня не бьет. Он также не пьет и не изменяет».

Автоматически накропав сакральную триаду матримониального благоденствия (триаду, экспортированную, конечно, с родины), Рая снова задумывается. Какое там «не изменяет»!

Ясно, как божий день, что изменял, изменяет – и будет изменять. Хотя это даже изменой назвать нельзя: ведь не клялся же он ей, Рае, в верности? Ну а раз клятв верности он не давал, то... Просто ведет оптимальный, наиболее рациональный для себя образ жизни. Рая обеспечивает ему тыл. А он гарцует на амурных фронтах. Ну, то есть резвится на кучерявой траве-мураве. Это важно для его здоровья и настроения – как фитнес-клуб, как и все остальное. А здоровье Аада важно для семьи в целом.

Так?

Так.

Тут Рая делает очередное насильственно-позитивное усилие – и додумывает важную мысль до конца: *раз муж клятв верности жене не давал, то, изменяя, он не изменяет.* Ей очень нравится такая формулировка!

Закончив на этой оптимистической ноте домашнее задание, Рая, счастливая, довольная собой, тихохонько ложится под выделенное ей сиротское одеяльце в холодную часть супружеской постели – на пригретой половине которой уже давно почивает Аад и, как всегда, почти не храпит.

— 2 —

ДОМАШНЕЕ ЗАДАНИЕ ААДА

«Раиса хорошо готовит...»

Написав эту фразу, Аад чувствует явное отсутствие вдохновения. Просто какое-то минус-вдохновение посетило его, когда он засел писать это дурацкое сочинение!

Раиса тупа, неразвита... Хотя и работяща, надо отдать ей должное... Но каждый день я сталкиваюсь с такими доисторическими залежами ее невежества!.. С таким дурновкусием!..

Интеллектуальная и артистическая составляющие в ней полностью отсутствуют... Каждый вечер, по наущению своей маменьки, она мажет свои сиськи-письки и сиськи-масиськи какими-то приворотными, что ли, лосьонами. Тьфу, мерзость какая! Она *позиционирует себя* как кусок мяса (чем, собственно, и является), а мясо, ясное дело, не должно протухать... Она клиническая оптимистка: плюнь ей в глаза – все Божья роса... Облегчись на чело – именины сердца...

Получается, я совокупляюсь с животным?! Ну да, с животным... Так и есть... Значит, я – зоофил?! скотоложец?! Выходит, что так. Но почему же тогда я не живу с козой? Она бы так же, как Рая, блеяла, когда я бы ее драл, но зато, в отличие от Раисы, не донимала бы меня этими параноидальными установками на «вечный позитив»... Да, но коза не готовит обедов... Коза не стирает... Коза не подбирала бы мне галстуки и носки, когда я бы собирался к любовницам...

Правда, у Раисы есть и еще одно неоспоримое достоинство: она не философствует. Или *почти* не философствует. То есть, конечно, она пытается найти объяснение уродству нашей совместной жизни, уродливости жизни как таковой – и тогда, вылезая из кожи, подлаживает его, свое объясненьице, под «правильный ответ задачника». Того задачника, который есть на вооружении любой домохозяйки «с запросами». А домохозяйки «с запросами» не посягают на попытки приближения к *сути* вещей. *Суть* им и на фиг не нужна. Что с нею, с *сутью* то есть, им делать? *Ни съесть, ни выпить, ни поцеловать.* Поэтому домохозяйки «с запросами» располагают таким задачником, где «правильный» ответ, как положено, стоит в самом конце, и этот ответ единственный: «семейное щастье».

Ох, если бы я мог сказать о себе то же, что сказал Цицерон, – *abiit, excessit, evasit, erupit* (ушел, скрылся, спасся, бежал)!.. Увы, ноги пока коротки. Может, еще подрастут?..

Моя жена стихийно придерживается, я бы сказал, птоломеевской системы мироустройства. По Раисе получается так, что любые катаклизмы в нашей (как и в любой другой) Вселенной происходят исключительно для того, чтобы она, Раиса, могла спокойно испражняться в теплой уборной. Вообще – чтобы в теплых уборных могли спокойно испражняться «все хорошие люди». А если происходит заминка – либо с процессом дефекации, либо с процессом отопления нужников, – это, по ее мнению, лишний раз подтверждает то, что не нуждается в подтверждениях: все, что ни делается, – к лучшему.

Правда, когда я на эту овцу прицыкиваю, свое оптимистическое «бе-е-е-е» она прекращает.

Так что самое изматывающее в ней не это – другое. А именно: что бы ни случилось, с ней, со мной, с миром, она – всенепременно – притрется-притерпится, стерпится-слюбится, *приладится* к любой ситуации – к абсолютно любому положению вещей.

Она, самка, обживет-обустроит любой ад. Любую помойку. Человечину жрать? – Пожалуйста. Да еще и кухонную теорийку подведет, почему это, в конечном итоге, *справедливо и полезно* для всех – в том числе, разумеется, для съедаемых. Экскременты глотать? – и тут у нее с адаптацией не заржавеет. Добавит перчику, специй по вкусу – и, со своей оптимистической улыбочкой, – за самую милую душу. Бррр! Вот жаба! Да еще и детей возьмется плодить в охотку – для той же помойки! для той же доли!..

Мерзейшая самочья природа. Ну что значит – «самочья»? Это природа отнюдь не *самки как таковой*: не будем оскорблять величавых цариц честного царства фауны. Попробуйте-ка – ха-ха! – так запросто случить кошку – или, например, суку с «неправильным» партнером! Да они скорей околеют, чем дадут *поцелуй без любви!* В смысле: без любви ответной...

Так что я имею в виду именно *человеческую самку*, самую чудовищную из всех.

Тысячу раз прав был Вайнингер, ненавидевший самочье начало в человеке – тупое, аморфное, болотистое, изначально и навсегда заземленное. Безвольное и агрессивное одновременно. Если бы я, как он, нашел *подходящее место ухода*, может, тоже бы застрелился...

На Востоке – то же самое... именно Инь считается темным началом. Маленькую надежду дарит мне лишь то, что, как считается там же, Инь и Янь *почти* всегда существуют во взаимодействии. И вот это слово «почти» – почти слово – крохотный зазор – дарит мне крупицу веры...

Да ладно, о чем это я? Мне надо ведь домашнее задание делать: супруге дифирамбы петь. Господи, какая же она все-таки черномясая!.. Однако веселенькое все-таки задание придумала эта кастрированная вобла на договоре...

Сугубо технически – вероятно, это возможно: сыграть ноктюрн на водосливном бачке. Ну, как-нибудь там изловчившись. *Настоящий музыкант*, безусловно, сыграет. А плохому, что ни говори, собственные руки помеха. Но вообще-то для исполнения ноктюрна созданы, как ни странно, фортепьяно, флейта и скрипка. Они, как ни крути, лучше подходят для этой цели...

Меня же, *при отсутствии подлинного инструмента*, пытаются убедить, что сыграть ноктюрн можно (и даже нужно!) *на чем угодно*. На первом подвернувшемся предмете. Ага. На тефлоновой сковородке под аккомпанемент крышки от новой гусятницы.

Итак, *в первом подвернувшемся предмете* (схваченном не мной как таковым – но моим желудочным и половым инстинктом) мне, по заданию психолога, *надлежит разглядеть* (по-рачьи таращa органы зрения в течение моей единственной жизни) – мне *надлежит разглядеть* фортепьяно, флейту или же скрипку... О волшебные музыкальные инструменты, скрытые от непроницательных взоров обманной оболочкой водосливного бачка! То есть именно в непременном наличии музыки за этим, черт побери, канализационным атрибутом – я должен убедить себя сам... Вот уроды!

Но что мне делать? Если я навешу нудный хомут повседневного сожительства на одну из трех своих нынешних любовниц (соответственно – фортепьяно, флейту и скрипку), каждая из них рано или поздно превратится в водосливной бачок... Это неизбежно.

На мою удачу, Раечка не знакома с классиками даже так называемой «родной литературы». Вообще – она знакома с родной культурой не больше, чем среднестатистический иностранец... Слишком рано ринулась, бедолага, из родительских угодий за гламурно-глянцевым своим счастьицем... А что в результате своей охоты получила? Ее незамысловатое оружие полностью сожрала ржавчина традиционного для их этносов рабства...

Возьму-ка я продукцию их известного бабника и картежника (ну и, разумеется, резонера по совместительству). Она как нельзя лучше предоставляет любому версифицирующему привольный диапазон для импровизаций...

С этими мыслями Аад жадно накинулся на клавиатуру – и... Мгновенно, из той же клавиатуры, вынырнул – и впрыгнул в Аада ловкий орфический бес... В течение сладкой четверти часа Аад и бес развлекали друг друга – вакхически-солнечно и безоблачно, в невинной салонно-альбомной форме.

(Стишок Аада «по случаю» – написан, соответственно, на нидерландском языке. Ниже дан мой авторизованный перевод. – *Примечание Первого свидетеля.*)

ПАНЕГИРИК РАИСЕ, МОЕЙ ДРАЖАЙШЕЙ СУПРУГЕ

Любые скандалы выносит,
Всегда терпелива, ровна...
И денег на тряпки не просит,
Брильянтов не носит она!

В ней крепко живет пониманье:
Без мужа она – круглый ноль.
Хоть муж ей – одно наказанье,
Позор, униженье и боль.

Этап каждый день у нас – «новый»,
Коль бреду поверить ее.
Оковы ей – счастья подковы.
Бедлам – разлюли-прожитье.

В дешевую мчится киношку –
Кормить канареечный мозг,
Страстишек хлебнуть понарошку,
И трепетно таять, как воск.

А дома – такое же стойло,
Как было, как будет – всегда.
Но сладко привычное пойло...
Горит меж ногами – звезда!

часть третья

УПРАЖНЕНИЯ С ГЛАГОЛОМ «ЛЮБИТЬ»

(ПИСЬМЕННЫЕ ПОКАЗАНИЯ ПЕРВОГО БРАЧНОГО СВИДЕТЕЛЯ: ПРОДОЛЖЕНИЕ)

— 1 —

...В следующую среду Рая, равно как и семейная психоцелительница, пришла в полный восторг от бойких куплетиков Аада (последнюю строфу которых он, глумливый, даже пропел). Обе дамы крайне редко сталкивались со стихами – с *искусством* вообще, – да и где с ним в повседневной жизни столкнешься? (Надо ведь что-то *кушать!* – о да! – надо ведь платить за квартиру – о да! Etc.). Короче говоря, трогательная неискушенность привела обеих слушательниц к тому, что обе они, несмотря на значительную разницу в своем образовательном статусе, с единодушным ошеломлением восприняли ловкие фокусы рифм (как ребятишки из простонародья воспринимают цирковые номера) – при этом целиком упустив самый смысл.

Семейная психоцелительница даже сделала *профессиональное заключение*, что, раз муж посвящает жене стихи, – это является неоспоримым проявлением его (то есть мужа) к ней (то есть к жене) *любви.* О каковой муж, вероятно, и сам ещё не догадывается! И Рая – даже раньше, чем был поставлен этот диагноз, – с таким положением дел согласилась.

— 2 —

А вскоре Аад сократил число своих любовниц до одной. На что Рая дала ему строго симметричный ответ: она родила одного ребенка. (В смысле: еще одного – к уже имевшему место быть.) Мальчик был назван Аад.

Прирост семейства ван дер Брааков однозначно показывает, что Рая не позволила себя провести на зажеванной мякине. Может, кому-нибудь, менее битому, резкое сокращение штата аманток показалось бы отрадным симптомом – и даже плодотворным результатом посещений семейного психотерапевта, но...

Но, на сей раз, не Рае. Мощный инстинкт «плодовитой самки» (Л. Н. Т.) в совокупности с эмпирической, уже немалой, поднаторелостью, помог ей восчувствовать – безо всякого суфлерства мамаши и даже без помощи Клуба, – что пока Аад шатался туда-сюда развеселый, пока телефон звонил ему самыми разными женскими голосами и от Аада веяло самыми разнообразными духами, – семейный барометр показывал «ясно». Но когда Аад стал ходить смурной... И когда поднятая ею трубка телефона стала зловеще молчать... Да, молчать – одним и тем же женским голосом... И когда от Аада стало разить одним и тем же каверзным парфюмом «Bruno Banani»... И когда он как-то странно начал поглядывать на чемодан...

Раиса поступила так, как поступила бы на ее месте всякая другая *берегиня очага*: она ринулась цементировать семейные руины. Точнее: она ринулась цементировать семейные руины жестоким, но отлично проверенным способом. А именно: она ринулась цементировать семейные руины живой жизнью ни в чем не повинного существа.

Библейскими хитростями и мифологически изощренными самоунижениями – она добыла-таки семени своего малодушного супруга (уже стоящего одной ногой в квартире избранницы) – и, как было сказано выше, вызвала к этой страшной жизни еще одно существо, превратив невесомый свет далеких звезд в три килограмма и сто пятьдесят граммов красного, орущего мяса.

Однако уже через два года после этого семейного торжества соседи, то есть *свидетели поневоле*, шумно заявляли друг другу в ближайшей пивной, что видели Аада, загружавшего ярко-желтый итальянский чемодан в багажник своей «мазды». И это при том, что до периода отпусков было еще весьма далеко!

Затем очевидцы-соседи сошлись во мнении,

что фигура Раисы, с серьезным, вдохновенным лицом выбиравшей зелень в овощной лавке, вроде как раздалась.

Народные приметы оказались верны. Раиса родила еще одного ребенка. Она назвала его, конечно же, Радомир.

И вот тут выверенная веками *мудрость народных примет* полностью восторжествовала над статистически оснащенной наукой социологией, этнографией и демографией вместе взятыми. Очевидцы-соседи (а по совместительству завсегдатаи ближайшей от дома ван дер Брааков пивной) вывели, между двумя кружками пива (все великие открытия в этом мире совершаются между делом), общий закон. Этот закон устанавливает жесткую корреляцию между гражданским статусом поголовья народонаселения – и условиями его, народонаселения, прироста. Назвали закон фамилиями открывших его очевидцев-соседей – Хичкока и Линча.

Звучит закон Хичкока – Линча так:

РОЖДЕНИЕ ВТОРОГО
И ВСЕХ ПОСЛЕДУЮЩИХ ДЕТЕЙ
В ЕВРОПЕЙСКОЙ СЕМЬЕ
ЯВЛЯЕТСЯ ИНДИКАТОРОМ ТОГО,
ЧТО СУПРУГИ, К МОМЕНТУ ЗАЧАТИЯ,
НАХОДИЛИСЬ НА ГРАНИ РАЗВОДА.

Через год этот закон, в общедоступных визуальных образах, был проиллюстрирован снова: Аад выгрузил возле двери (на которой по-прежнему сияла латунная дощечка «RAYA & AAD van der BRAAK») три новых чемодана. Далее все шло по известной схеме: через несколько месяцев очевидцы-соседи видели сильно располневшую Раю, которая – придирчиво, как мышь, – копошилась в крупах бакалейной лавки; затем все знакомые, в том числе упомянутые соседи (всегда готовые на роль понятых), получили открытку, украшенную розовыми маргаритками и весьма озабоченным харизматическим аистом. Открытка оповещала, что Рая благополучно разрешилась от бремени, родив девочку, которую назвали в честь отца Адой; еще через три месяца Аад погрузил в багажник своего белого «пежо» черный, синий и красный французские чемоданы и уехал далеко – не в смысле географических координат, но именно что в смысле мировоззренческого ощущения; после чего, через полгода, соседи вновь получили открытку, на которой в качестве скромного иллюстративного украшения чернело сломанное деревце и было вписано краткое сообщение о том, что Раиса (Рая) ван дер Браак, урожденная Голопятко, супруга Аада ван дер Браака, мать Йооста, Аада-младшего, Радомира и Ады ван дер Брааков, дочь Ефросиньи и Василия Голопятко, сестра Эсмеральды и Карменситы Голопятко, скоропостижно скончалась.

часть четвертая

THE SECOND OPINION

(ПИСЬМЕННЫЕ ПОКАЗАНИЯ ВТОРОГО БРАЧНОГО СВИДЕТЕЛЯ)

— 1 —

Смерть Раи вовсе не была предусмотрена законом Хичкока – Линча. Она осуществилась в соответствии с какими-то другими закономерностями – то ли общей амортизации Раиного организма, то ли изношенности ее нервной системы, то ли милосердием Божьим. А вы небось себе вообразили, что эта лихоманка, свистопляска, однообразная бодяга так и будут себе трюхать-шкандыбать – по кругу, по кругу – ad infinitum (до бесконечности)? Или как минимум – до смерти в *почтенной старости*?

Ну, во-первых, на протяжении человечьей жизни, протекающей в невзыскательных формах минимализма, немилосердно укороченной вдобавок к тому же кухонными афронтами, а также интегрированными в брачную жизнь приемами восточного боя (еко мен учи, атеми, муна цуки, тэнчи наге, шомен учи и т. д.) – на протяжении такой-то жизненки уж точно ничего бесконечного не случается. Такая жизненка вряд ли даже где и пересекается с осью вечности. Касательно же понятия «трюхать-шкандыбать до смерти», то именно так оно, как мы сами можем убедиться, и случилось, только смерть Раи наступила на полвека раньше среднестатистического срока – и притом во сне. Опять же – по милосердию Божьему.

— 2 —

После похорон, которые прошли с обычной протестантской сдержанностью, включая также и финансовую сторону вопроса, немногочисленные сопровождающие вернулись с Аадом в его дом. Соратниц Раи по Клубу не было: Аад их знать не знал и не испытывал ни малейшей потребности знакомиться с ними на похоронах жены.

Дети – Йоост, Аад-младший, Радомир и маленькая Ада – были заранее отправлены к Аадовой незамужней сестре. Зато по всем комнатам бегали, в количестве трех, маленькие дети его замужней племянницы. Они создавали невероятный шум. Отсутствие детей Раи – и словно замена их другими, никогда не виденными мной детьми, – создавали такой странный эффект, будто и синее небо за окном (стоял май) сейчас вынесут прочь, обнажив страшный, не представимый до того задник... А затем, дав зрителю вволю налюбоваться этим задником, уже навсегда внесут ночь.

И тут позвонила Раина мать.

Из Киева.

Это показывал определитель номера.

А откуда же еще она могла звонить? Аад, по малодушию, не сообщил ей, что ее дочь умерла.

Более того: предвидя ее регулярную еженедельную интервенцию, Аад запретил мне брать трубку. Я мгновенно вспомнила (не забывала никогда), как он то же самое запрещал Рае в первый год ее жизни здесь... («А разве это жизнь?..»)

После десяти изматывающих звонков включился наконец автоответчик. Голос Аада сообщил: вы, дескать, звоните в квартиру Аада, Раисы, Йооста, Аада-младшего, Радомира и Ады ван дер Брааков; он извинился, что сейчас все заняты, и просил оставить сообщение после сигнала.

Писк сигнала.

Почти мужской, напористый голос (фрикативное «г» – расставить по вкусу) ворвался, словно шаровая молния:

– Райка!.. Раиска!.. Куда вы там все подевались?.. Райка, с мало́й гуляешь, что ли?.. послушай... шо я хотела тебе сказать... все время забываю... Как проснешься или с прогулки вернешься, я не знаю... ты это... Раиска, послушай мать! Ты – когда *своему* последний раз нормальный борщ варила? С этими твоими, как его, козами-токсикозами *(смешок)*, – ты не забыла хоть, как борщ нормальный варить? Мужа всегда, запомни это, надо кормить сытно...

В это время один из детей Аадовой племянницы, мальчик лет четырех, вбежал в гостиную, держа в руках красно-синий мячик, – и тут же мячик выпустил, обомлев от странной интонации... смешного языка... А вдруг это Черный Пит звонит?!. Чтобы заранее узнать, какие подарки привезти через полгода?! Малыш ринулся к телефону.

Я перехватила его за метр до телефонной трубки. На протяжении последующей рецептурно-кулинарной фиоритуры мои руки, как две змеи, крепко обвивали тело мальчишки, который орал и вырывался с суммарной силой Лаокоона и обоих его сыновей. В гостиную заглянул Аад и, сделав усиленно-страдальческую физиономию, а также энергично кивнув, дал мне тем знать, что я поступаю правильно – и должна продолжить в том же духе. После чего скрылся в своем кабинете.

... – Значит, так. Покупаешь это, говядину на косточке... обязательно хороший кусочек бери... Свинину не бери, *твой* есть не будет, он же, это... как еврей у тебя... *(Смешок).* Залила его, значит, в кастрюлечке водичкою, не багато воды, только залей, довела до кипения – и вот варишь на сла-а-беньком таком огонечке хвылыночек сорок – сорок пять... Ну, бурячочек подбери – ни большой, ни маленький... середненький такой... штучки две-три... *(В сторону: «Почекай, почекай!»)* Ой, Рая, это! Я потом еще позвоню... твой батька зовет... там фильм... с этой, как ее... ну, еще в этой комедии... ну, как его... про таксиста и проститутку... *(В сторону.)* Да сейчас я, сейчас! вот пристал!.. Рая, ты мне скажи: ты хоть волосы на ногах себе броешь? После четвертых-то родов могут си-и-ильно волосы на ногах пойти... С головы повыпасть, а на ногах пойти... Ты от матери-то проблем не ховай... Всё! перезвоню!..

В это время я чуть не вскрикнула. В воздухе мелькнуло Раино лицо. В нем было что-то незнакомое, чему я не знаю названия. Знаменитой улыбочки – не было.

– Was het Zwarte Piet die gebeld heeft?![1] – сердито спросил меня освобожденный мальчик.

– Nee lieverd... Het was geen Zwarte Piet[2]...

– Wie dan wel?[3]

Я пожала плечами, развела руками, выразительно подняла брови: geen idée[4].

– Wat voor taal was het?[5] – не отставал ребенок.

Мне почему-то захотелось сказать: это был язык далекого острова Мапуту... Но я сказала правду, как взрослому:

– Het was de Russische taal. Bijna[6].

---

[1] Это Черный Пит звонил? *(нидерландск.; данный персонаж рождественской мистерии помогает Санта-Клаусу разносить подарки. (Примеч. автора.)*

[2] Нет, милый. Это был вовсе не Черный Пит.

[3] Так кто же тогда?

[4] Представления не имею.

[5] Что за язык это был?

[6] Это был русский язык. Почти.

— 3 —

ПИСЬМО ВТОРОГО БРАЧНОГО СВИДЕТЕЛЯ ААДУ ВАН ДЕР БРААКУ
(Перевод с нидерландского)

«Господин ван дер Браак!

Поскольку после смерти Раи мои с Вами отношения сами собой прекратились, я решила прибегнуть к письменной форме, чтобы изложить некоторые факты, касающиеся Вашей бывшей жены.

Эти факты, я уверена, совершенно Вам не известны. Или они известны Вам в той малой степени, которая не позволит отцу четверых детей воссоздать для них портрет умершей матери.

Единственное сомнение, которое меня беспокоит, – это степень Вашего к моему рассказу доверия. Будучи философом, да и попросту «взрослым человеком», Вы, возможно, заключите нечто вроде того, что не существует единой истины – равно как и единого человеческого образа. Это положение я не собираюсь оспаривать. Я лишь обозначу свою точку зрения. Хотя я собираюсь дать не только свою оценку некоторым проявлениям Раиной натуры, но перечислить именно факты.

Вы скажете: факты – такой же блеф, как и все остальное: перчаточка, ловко выворачиваемая свидетелем (историком) в угоду осознанной или бессознательной лжи. И потом: что значат «голые факты», если мы не знаем – и никогда не узнаем – их подоплеки?

А на это я отвечу: господин ван дер Браак, пожалуйста, не втягивайте меня в дебри пустопорожней схоластики. Ибо речевые навыки у меня развиты не хуже, если не лучше Ваших, – и Вы это отлично знаете.

Тем не менее я прошу простить мне это агрессивное, явно неполиткорректное вступление. Такой тон отчасти вызван тем, что это – единственное письмо, которое я Вам пишу. Я не буду вступать с Вами в дискуссию, если Вы откликнетесь. Наши отношения, повторяю, пришли к естественному концу. И потому в данном письме я должна предугадать Ваши возражения и заранее их отмести.

Начну не в хронологическом порядке, а с тех фактов, которые самостоятельно встают в первый ряд.

...Когда меня, превратив в мешок костей, а затем в гипсовый кокон, сбил на полном ходу «Мерседес-эскорт», – когда меня, как подержанную вещь, в течение долгих месяцев перетаскивали с операционного стола – на койку – и снова на операционный стол, затем на каталку, на инвалидную коляску – и снова на операционный стол, а я была тогда без языка, без документов и без единого цента в кармане, – моим единственным посетителем была Рая.

Визиты Раи начинались с того, что первым в дверях палаты появлялся ее беременный живот. У нее был тогда невероятный токсикоз – ну, Вы помните. Занимаясь мной, она по многу раз выскакивала из палаты... Впархивала же – с неизменно лучезарной улыбкой. (Именно – впархивала! С таким-то беременным животом!) В тот период эта ее знаменитая лучезарность еще не была у Раи приклеенной...

Я написала, что Рая была единственной. Историк должен стремиться к точности. По крайней мере, цифр. Формально говоря, ко мне заскакивали, в сумме, еще трое. Но как бы это сказать... Здесь кроется некий нюанс, который я должна Вам пояснить, потому что Вы не располагаете таким background'ом, как я, и Вам не с чем сравнивать.

Видите ли, в нидерландской больнице посетителю, между нами говоря, нечего делать. Он не выполняет там, как это принято на моей бывшей родине, функций санитарки, медсестры, медбрата, врача, фармацевта, аптекаря, психолога, лечебного физкультурника, физиотерапевта, массажиста, снабженца, повара, гигиениста и, конечно же, неиссякающего источника взяток. (Там, в моем прошлом, посетитель не выполнял функций разве что патологоанатома. Но – времена сейчас «новые», так что, может статься, и выполняет.) А здесь, в Королевстве, – здесь посетитель должен лишь приятно и ненапряженно общаться с недужным. Взаимно наслаждаться, так сказать, *роскошью человеческого общения.* В разнообразных стилях: «семейном», «добрых знакомых», «старых сослуживцев», «таких дружных соседей, которые как родственники», «просто соседей».

Вот с этим-то зачастую и получается сбой. Если люди за стенами больницы никак не общаются, не умеют – то с чего у них вдруг, именно в больнице, это получится? Ясно, что дельце вряд ли выгорит.

А потом: что значит «приятно, ненапряженно»? Приятно – значит, по крайней мере, «не неприятно», а ненапряженно – значит «легко» и, большей частью, «очень напряженно, ибо лживо». Но «не неприятно» общаться трудно, а «легко» – трудно до полной невозможности. Поэтому человеческое общение заменяется «контактом» (зловещее словцо из арсенала дермато-венерологов, шпионов и электромонтеров) – а на кой черт эти формальности нужны больному? Лучше уж мирно и нелживо дремать в дегенерирующих лучах телика.

С Раей было не так. Мало того что души в ней содержалось – хоть с кашей ешь (ну, это Вы знаете), но она понимала, что и в нидерландской больнице (которая представляет собой воплощенный рай даже для отъявленных атеистов Второго и Третьего мира) не все идеально. Особенно далека эта больница от идеала для закованного в гипс индивида, который неделями существует между таинственными металлическими устройствами (как в фильме Кубрика «Космическая одиссея 2001-го года») — с задранной нижней конечностью и нелепо вытянутой верхней: ни дать ни взять астронавт, парящий в пространстве одинокой межгалактической станции и не знающий позывных.

В то время как три мои упомянутые посетителя приходили, садились и принимались на меня молча смотреть (а я — на них — насколько позволяли шейные позвонки): что-то среднее между игрой в гляделки и сеансом взаимного гипноза, — в это самое, равно как и в другое время, Раиса мне что-нибудь готовила (это в нидерландской-то лечебнице!). Она каким-то образом сообразила (знала от рождения, как и многое другое), что больничное меню, сопоставимое с таковым питерских ресторанов моей юности, все равно не содержит и не может содержать «витамина Д» — ну да: дружбы, доброты, действенной помощи. И вот она быстрыми-быстрыми беличьими движениями готовила мне какие-то маленькие, очень красивые (и очень вкусные!) бутербродики — а я чувствовала себя пятилетней (это при том, что Рая была значительно моложе меня) — какой я была, когда бабушка нарезала для меня, ничего не желающей есть, маленькие кусочки хлеба с сыром и колбасой и, смешно называя их «солдатики», «квадратики», «гусарики», «драгунчики», кое-что умудрялась мне скармливать.

И еще Рая приносила мне самодельные компоты и самодельные морсы – и это при том, что уже в вестибюле самого Медицинского центра располагались два кафе и три магазина, где можно было купить десятки наименований какого угодно питья. Но нет: Рая, мучимая токсикозом, варила мне кисели... выжимала вручную соки... Да, у нее, конечно, был *гипервитаминоз «Д»*...

Нет смысла перечислять отдельные эпизоды из поведения человека, который в любой ситуации, в паре с любым человеком, в группе любых людей брал всю ответственность на себя. Не взваливал, а именно спокойно брал. Потому что любая ответственность ему была по плечу. И все с облегчением эту ответственность на «того человека» перекладывали.

Глупо получается, правда? Будто пишу я некролог. Хотя – почти так и есть.

«Почти» – потому что это письмо давным-давно было у меня готово. Я просто все не решалась Вам его отдать при Раиной жизни. Как я могла вмешиваться?!

Тем более Рая была Вами словно зомбирована... Теперь я письмо подправила. Кроме прочего: поставила глаголы действия, имеющие отношение к Рае, в прошедшее время. Все до единого.

Почему я рассказываю так подробно про Раин *гипервитаминоз «Д»*? Пишу я об этой стороне ее натуры – стороне, которая Вам-то как раз была отлично известна, лучше других, – пишу об этой стороне натуры, благодаря которой Рае сначала было позволено встать на специальный коврик в мэрии, пред ликом королевы Беатрикс; затем – существовать на подстилке в Вашей кухне; через год было разрешено отзываться на телефонные звонки; затем – даже перебраться с подстилки на супружескую кровать; затем – зачинать, вынашивать и рожать детей; затем – детей растить, вести дом, тащить на себе весь быт – и, наконец, благодаря той же самой стороне натуры, Рае было позволено *уйти молодой* – освободиться, «откинуться». Это как раз та самая сторона, которую я назову, если давать «диагноз» подробней, *безмерной добротой и беспредельной силой*. Так вот: пишу я обо всем этом только для того, чтобы задать Вам два вопроса.

Как это получилось, что в процессе вашей совместной жизни (ну да: «А разве это жизнь!») она так разительно изменилась?

И еще: как это получилось, что ничего или почти ничего не осталось от прежней Раи, – даже и в том частном проявлении, в каком она, с несвойственной ей стервозностью, умудрилась ко всему приспособить на стервозной своей работе?

Вопросы, конечно, сугубо риторические.

...Последние годы перед ее смертью я даже стала бояться таких дат, как Новый год, православное Рождество, старый Новый год и, конечно, Международный женский день Восьмое марта.

Дело в том, что во все эти дни Раиса непременно рассылала своим русскоязычным знакомым (включая, конечно, меня) страшные электронные открытки. Она рассылала их *скопом* (не знаю и знать не хочу «правильного» электронного термина): одна внеперсональная открытка – одним нажатием кнопки – отправлялась сразу трем дюжинам мгновенно обезличенных адресатов.

Такого рода типовая открытка была исполнена в стиле конвейерного оптимизма американских комиксов. Кишение-роение поэтических образов на такой открытке составляли: забавные звездочки, трогательные грибочки, мультяшные кошечки, цветочки, задницы в виде сердечек, сердечки в виде задниц (такая вот закономерная семантическая конверсия, неизбежная анатомическая трансформация); короче –

I ♥ U!!!

Это были именно те самые образцы визуального искусства, которые продуцируются и потребляются таинственными (хотя и составляющими агрессивное большинство) существами – теми самыми, чей IQ прочно оккупировал зону отрицательных чисел – и чьи ближайшие предки переболели культурой, как корью, приобретя к ней стойкий – и даже генетически передаваемый иммунитет. В открытках было уже все написано – и поздравление, и пожелания. Рая ван дер Браак ставила только свою подпись: Рая ван дер Браак.

Русскоязычные приятельницы Раи – дамы, в массе своей, прямо скажем, не самой тонкой организации, перестали ей отвечать. Это, разумеется, не было бойкотом Раиному (развившемуся резко, как флюс) дурному вкусу. Это не было саботажем махрового, внезапно расцветшего ее бездушия. Это не было игнорированием и самой поздравительницы – в ответ на игнорирование поздравительницей всего сразу: адресатов, личных отношений с адресатами, индивидуальных особенностей адресатов, традиции, своей индивидуальности, в конце концов.

Ими правил испуг в химически чистом виде. Дамы из клуба «Русские Присоски» (о котором Вы, наверное, слышали), не перегруженные «чувством прекрасного» даже в его портативном варианте, – даже они, дамы, впадали от этих открыток в сплин. Точнее, в русскую хандру.

Почему?

Да потому, что открытки подписывала, на их взгляд, не Рая. Это делал какой-то другой человек, никому из ее знакомых не известный. Возможно, открытки подписывало даже электронное устройство. Но куда же делась сама Рая? Была ли она оборотнем? Или законный супруг, то есть Вы, господин ван дер Браак, подменили ее удобным для себя двойником, а настоящую Раю замуровали в холодной стене – где-то между ватерклозетом и кладовой?

Страшно наблюдать, когда большой и яркий человек – всю свою громадность, все свои силы – направляет исключительно на то, чтобы стать маленьким и незаметным.

О ком идет речь?

Кто – этот яркий и сильный человек?

Да Рая же, Рая.

Сейчас я сделаю еще одно признание. Я обязана его сделать. И мне безразлична Ваша реакция, господин ван дер Браак. Но прежде чем Вы дадите волю своей реакции (недоумения, переходящего в откровенную насмешку), примите, пожалуйста, во внимание следующее: круг моего общения составляют люди талантливые, притом настоящие профессионалы в своих сферах. Это отнюдь не «гении местных масштабов». То есть когда я пишу о Рае, поверьте, мне есть с кем ее сравнивать.

Так вот: Рая была талантливей всех. Просто она осталась неразвита. Да-да: я не встречала человека, одаренного природой щедрее, чем Рая. В чем же именно проявлялись задатки ее талантов? Да во всем!

Напишу сейчас только об ее актерском таланте. В России когда-то блистала феерическая личность – Фаина Раневская. На небосклоне российских звезд, да и не только российских, – увы, невозможно обнаружить талант сходной природы, мощи, цельности, шарма.

Так принято думать.

Так думала и я.

Пока не встретила Раю.

У Раи именно такой-то талант и был. Она играла постоянно. Она играла легко, смело. Она играла свободно, даже не понимая, что играет. До замужества Рая вообще не существовала в быте, она его невольно – именно невольно – обыгрывала, яростно перепалывала своими остротами, лицедейски переиначивала. Все ее поведение, включая непредсказуемые повороты мысли, пение, речь, жесты – были мощным, сверкающим каскадом чистейшей импровизации, которую я нахожу гениальной; ее комические переходы, перепады, эскапады были ошеломляющи. И вот – может быть, главное, чем обладала Рая и что встречается крайне редко даже у профессиональных актрис: *она не боялась выглядеть некрасивой.* Она не боялась быть и смешной. Она вообще ничего не боялась.

Никогда не забуду, как она, в ходе рассказа или действия, вдруг начинала с комической деловитостью наматывать белокурый локон на палец, притом держа перст возле самого своего носа, скашивая на него голубые (бесовские) глаза – и медленно, раздумчиво произнося: «Я сошла с ума... Кажется, я сошла с ума...» – именно так, как делала это Раневская в одном из послевоенных культовых фильмов...

В этой нередко повторяемой сценке содержалась, кстати сказать, ироническая, то есть очень трезвая оценка своих действий. О, Рая отлично понимала, куда, вцепившись ей в светло-русую гриву, влечет ее, Раю, женский *рок событий* – в какую душегубку заталкивает ее брачный гон, – она все понимала, но, скажите, кто и когда мог противостоять этому гону (року)?

Представляю (точнее, даже не могу представить), с каким энтузиазмом Вы встряхиваете сейчас головой. Вам кажется, что Вы спите – и там, во сне, читаете мое письмо. И во что бы то ни стало Вы пытаетесь проснуться.

Я Вас понимаю. Да и кто б Вас не понял? Получается, что Вы прожили жизнь с другим человеком. Не с тем, которого, как казалось Вам, Вы знали наизусть. Чертовщина какая-то, верно?

Но, господин ван дер Браак, знаете, бывают испытания и похуже. Персонаж одного французского классика навсегда теряет жену – и, по этому поводу, соответственно, убивается. Он полагает, что не переживет ее смерти. Но вот через пару дней выясняется, что она была совсем не той, за кого он ее принимал. Не той, с кем – как с примерной женой – жил много лет. Она была высокооплачиваемой куртизанкой. Муж, вдругорядь, прибит.

Однако французскому классику и этого мало. Он делает так: через пару дней вдовец продает женины, заработанные в чужих постелях, украшения, обретает неведомое ему до сей поры материальное благополучие – и полностью утешается. Именно – утешается, вкушая закрытые для него доселе радости жизни. Хотя получается, что и он-то сам – вовсе не тот, за кого всю жизнь себя принимал.

И вот этот, третий удар – самый сокрушительный – автор наносит не персонажу (того уже ничем не пронять), а непосредственно читателю.

Ваше положение, господин ван дер Браак, мне представляется полярно обратным. Вы считали, что живете с тупой коровой – и вот Вам говорят: это была женщина моцартианской одаренности.

Здесь нет противоречия. Коровой она стала, так скажем, *в процессе*. Да и предпосылки к тому были, прямо заявим, коровьи. То есть совсем иные, чем у Вас. Нищета, тупость и деспотизм изначального окружения, его перекошенные, вывихнутые, изуродованные представления о достоинстве, затем – беженство, скитания, бесправие, бездомность, потерянность во вселенной вплоть до чувства абсолютного своего исчезновения – когда смотришь в зеркало, и там тебя нет, – да: потерянность во вселенной вплоть до чувства абсолютного своего исчезновения – и не только в экзистенциальном смысле, уверяю Вас! – что Вы обо всем этом знаете?

Я никогда не считала Вас интеллектуалом – несмотря на два Ваши университетских образования, множество языков и умение себя подавать (в том числе: продавать). Я всегда видела и продолжаю видеть в Вас тривиального начетчика. Вы знаете наизусть каталоги сочинений Баха, Генделя, Моцарта, Малера – в хронологическом, алфавитном, номерном – и прочем порядке, который только возможно изобрести для пущего потребительского комфорта. Вы, рафинированный консьюмерист, потребляете музыку (как и остальные изделия из «мира прекрасного») таким тщательно просчитанным образом, чтобы она доносила до Вашего оранжерейного мозга «правильную» дозу питательных веществ, микроэлементов и витаминов, но чтобы Вы, не дай бог, не схлопотали себе от нее какого-либо «потрясения», «смятения чувств», etc. А что именно могло бы в Вас быть потрясенным, господин ван дер Браак? Вы не содержите субстанции, которая изобретена природой для высоких эмоциональных потрясений; более того: Вы являете собой конструкцию с надежной anti-shake программой, инсталлированной в Вас самим социумом.

Если Ваша ярость сейчас окажется несколько слабее любопытства, остается некоторая вероятность, что Вы чтение моего письма продолжите. Так вот: в сравнении с Вашей неразвитой, недостаточно образованной, но крупномасштабной от природы женой – Вы всегда казались мне бездарным недоразумением. Скучнейшим следствием мертвой, трусливой, сугубо мозговой учености. Или так: закономерной, немного комической издержкой высшего образования – беспроблемного для людей, живущих в ситуации непоколебимой стабильности. Мне было мучительно наблюдать, как Раиса, эта микеланджеловская сивилла, яростно стесывает могучие формы своего духа, чтобы сделаться, под стать Вам, чистеньким, молочно-белым бильярдным шаром.

И вот какие сцены происходили между нею и мной – еще до вступления ее на скользкий путь супружеского благоденствия – до ее выхода на этот гололед, где она, собственно говоря, и сломала себе шею. (Жалею, что этого не произошло с ней раньше, дабы она могла избежать пути закономерной и бессознательно-целенаправленной деградации.) Да: так какие же именно сцены происходили между мною и ею?

А такие вот: я, глядя на нее, слушая ее рассказы, то и дело вскрикивала: Рая, как вы талантливы! Как вы баснословно талантливы! Вам необходимо учиться!

Что она неизменно пропускала мимо души. Там, внутри ее души, пронзая алмазными лучами околоземное пространство, обосновался Рыцарь на Белом Коне.

То есть Вы.

Тогда я увеличивала громкость: Рая!! Поверьте мне!! Я отлично знаю, что говорю!! На свете найдется, может быть, три человека, которым я сказала такие слова!!

Ноль внимания. Мечтательная улыбка девочки-женщины. Мысли о Вас, прекрасном, занебесном женихе.

Тогда я хватала ее за грудки, с силой трясла – и кричала во всю мощь: Раиса!!! Услышьте меня!!! Внемлите!!! Не губите себя!!!

Ответом мне служила ее – все нарастающая – загадочная улыбка – розово-карамельная, жемчужная, сияющая раем, – улыбка, которая в ту пору еще не была приклеенной.

Мое письмо движется к своему крещендо. Можете не дочитывать. Мне это, собственно говоря, все равно. А ей и подавно. Пишу сугубо для себя.

Пишу вот что: один талантливый поэт сказал о другом, умершем, чей талант был еще больше: знаете, он был не только талантлив, он еще отличался самыми разнообразными способностями. – Способностями? – переспросили окружающие. – Это вы так-то – про гения? Способностями – к чему? – Ко всему, – было ответом. – К языкам, к автовождению, к музыке, к спорту...

Вот так же и я – про Раю. Она от природы была фантастически обучаемой. А учиться ей не довелось почти нигде. Не считая там и сям нахватанных курсов – нидерландского языка, бухгалтерского дела, чего-то еще...

Да, кстати: помните эти курсы автовождения? Помните, как она, сдав экзамен с первого раза, что бывает уже само по себе нечасто, – как она, сдав экзамен в одиннадцать часов утра, – в час дня уже сидела за рулем Вашего голубого «Опеля», держа путь на другой конец Европы? Рядом с ней, блаженно погрузившись в сладкую праздность, развалились Вы, а на заднем сиденье спокойно спал Ваш первенец, Йоост, – и Вы тоже могли спокойно спать, слушать музыку, пить пиво, читать – делать все, что угодно, потому что на этом пути к благословенному месту летних вакаций – да и на всяком ином пути – Вы имели полный набор оснований, чтобы доверить Раисе жизнь своего сына, всех последующих своих детей – и свою собственную.

Я написала, что она, в комических, ею же разыгрываемых сценках, не боялась выглядеть некрасивой. Из этого трудно заключить, какой же она была вообще. К внешности человека – красавца, урода ли – привыкаешь одинаково – одинаково переставая внешность замечать. И потому, для посильного приближения к истине, надлежит вспомнить самое первое впечатление.

Я увидела рослую, статную девушку. Первое, что бросилось мне в глаза, была невероятная смелость, даже лихость ее голубого взгляда. Густая, ровная грива природной блондинки была словно обрублена у самых плеч. У нее были правильные, мягкие славянские черты – жадно притом ловящие любую смешинку. Эта готовность расхохотаться была ее природным ароматом, тоньше и пряней эксклюзивного парфюма. Казалось, сама нежная кожа ее лица благоухала взрывной готовностью к веселью, к смеху...

У нее были свежие, почти детские розовые губы – и очень выразительные руки. Когда она говорила, то обязательно помогала себе всем сразу: глазами, бровями, губами, руками, пальцами.

Раиса была красива.

Раиса была сокрушительно, победоносно красива.

Из «объективных недостатков внешности» у нее были, пожалуй, несколько великоватые уши – *чтобы лучше Вас слышать*, господин ван дер Браак, – но эти уши она легко скрывала густыми своими волосами – того редчайшего цвета, который понимающие в этом толк галлы назвали бы blanc-Limoges.

И, конечно же, у Раисы были большие ладони. Даже слишком большие. Как лопаты. Чтобы она могла хорошо работать. Чтобы она могла хорошо работать на Вас, господин ван дер Браак. Меня удивляет, что, обладая несметным количеством духовных талантов, Раиса большей частью работала всю свою недолгую жизнь именно руками.

Удивляет?

Она родилась в той части планеты, где тотально действовует *презумпция виновности*. Само рождение на той территории является для индивида изначальным проявлением вины – перед государством, обществом, перед любым должностным лицом – и даже перед таким же *виновнымъ*, как он сам. Появление на тьму («светом» тьма может называться только в романе Оруэлла) – так вот: появление индивида на тьму в тех обойденных покоем угодьях, в тех конкретных условиях истории и географии является *юридически достоверным фактом вины его, индивида, в совершении преступления* – и таковым оно для индивида остается до конца его жизни («...а разве это жизнь?»), если индивид не может доказать обратное.

Какое дать определение этому явлению? Я считаю правомочным написать: *презумпция виновности*. Для тамошнего человека она автоматически вступает в свои неограниченные права самим фактом его рождения. Она запускает раковые метастазы во все сопредельные земли.

Может, точнее назвать эту *презумпцию виновности* азиатской? Трудновато на такое решиться. Ведь даже наука не ведает истинных источников той или иной заразы, а что уж говорить об источниках заразного мировоззрения. К примеру, как Вы, конечно, знаете, господин ван дер Браак, люэс, то бишь сифилис, немцы и русские называли «французской болезнью», французы – «неаполитанским недугом», греки – «сирийской заразой», – и таким образом это отфутболивание длилось бы до бесконечности (являясь неоспоримым проявлением горячей любви друг к другу соседей по небесному телу), пока на зачете по микробиологии в одном из мединститутов Северной Пальмиры (ну-ну!) наиболее полный, исчерпывающий ответ не дала наконец некая студентка из города Барановичи. Студентка изрекла: *Уси хворобы йдуть с Западу*. Так была поставлена достойная точка в вековом споре исследователей.

А с *презумпцией виновности* и того сложнее. Если на невинную спирохету (а спирохета, вне похабных действий человека, и впрямь невинна) – так вот: если даже на невинную бледную спирохету валится грязная тень жульнической человечьей идеологии, если даже бледная спирохета стенает и воет под прессом взаимной любви-ненависти народов, то как уж тут и заикаться-то о понятиях, с одной стороны, глобальных, а с другой, – и вовсе отвлеченных?

Да и так ли сейчас важно, от каких именно троглодитов зародилась на землях восточных славян *презумпция виновности*? Важно, что Рая в полной мере попала под разрушительную радиацию неуважения человека к человеку, которой на упомянутых землях атмосфера заражена тотально; важно и то, что неуважение к себе она считала скорее нормой (хотя могла громогласно декларировать обратное), – важно, что ощущение невытравимой третьесортности было у Раи в крови.

Хотя сейчас важнее всего то, что она покинула нас навсегда.

Впервые я встретила ее в школе иностранных языков. Мы оказались с ней в одной группе. Там было еще около двадцати студентов.

Раиса превосходила «одноклассников» с колоссальным отрывом. Мы все, с той или иной способностью к обучению (с очень даже высокой у некоторых), – все равно оставались табунком жеребят, которые пытаются мчаться наперегонки с локомотивом. Зрелище трогательное, но малоинтересное – в силу предрешенности.

Ее способности к языку я назову баснословными. Еще в ту пору, до школы, когда у нее в запасе было несколько сотен слов, *она говорила на нидерландском совершенно без акцента.* Если учесть, что нехитрые свои фразы она строила абсолютно правильно, то следует, смеха ради, заметить, что уже через два месяца после своего нахождения в стране (в это время она только-только переселилась из лагеря беженцев в достославную кирху), то есть еще до каких бы то ни было занятий в школе, она говорила на нидерландском так – то есть с такой степенью чистоты, таким ясным пониманием самой его сути, – что голландцы принимали ее за голландку. Чем она, разумеется, пользовалась (например: в разговорах по телефону с должностными лицами – похлопотать за какого-нибудь знакомого).

На уроках мы больше наблюдали за ней, чем за преподавателем. Это был непрерывный аттракцион. Заметим по ходу дела, что у нее не было типичного поведения отличницы. Ее даже и отличницей-то нельзя было бы назвать. Она как-то выламывалась из бурсацкого убожества таких категорий. Она была просто гениальна. Выяснилось, что Рая не просто запоминает речь преподавателя – слово в слово, но одновременно (если ей делалось скучно) перемножает в уме пятизначные числа.

А скучно ей было на уроках всегда. Хотя она, конечно, это не демонстрировала. Представим себе гоночную машину, которую обязали ехать на городское кладбище (со скоростью десять километров в час). У такой машины запросто может сдохнуть мотор. Чтобы этого не случилось, Раиса играла сама с собой в разные игры.

Например, в анаграмму. Притом – на нидерландском. Притом – смысл игры состоял не только в составлении новых слов, но и *в мгновенном*, при первом же взгляде на слово, угадывании количества таких слов (комбинаций). И даже не только в угадывании общего количества, но и в угадывании однородных групп. Например: трехбуквенных слов должно получиться столько-то, четырехбуквенных – столько-то, пятибуквенных – столько-то – и так далее.

Но и это не все. Раиса, едва взглянув на слово, могла определить, *какой процент* будут составлять, скажем, трехбуквенные слова по отношению к общему количеству новых слов.

И вот при всем при том смотреть на нее было страшно.

Почему?

Ее целенаправленные усилия не были направлены в сторону языка как такового. Для нее это было несерьезно.

Ее целенаправленные усилия были направлены на успешную интеграцию.

То есть, в первую очередь, на соответствие своему жениху – что, по ее понятиям, значило «трогательное женское» отставание в развитии, робкое поглядывание на жениха (а даст бог, и мужа) – да, вот так: снизу вверх, распахнутыми в восторге глазами, ноздрями, ртом.

Успешная интеграция включает в себя полнейшую обезличку. Она, собственно говоря, именно ее и подразумевает. Обезличка же обеспечивает адаптацию на службе – на любой службе, – а значит, успех интеграции. Круг замыкается.

Рая понимала, что Вы, господин ван дер Браак, никогда не станете жить под одной крышей с женщиной «своей мечты». Вы слишком «романтичны», то есть, попросту говоря, капризны, чтобы совсем уж беспечально конвертировать соловьиное пение Ваших шкодливых променадов по пленеру в бульканье семейного супа.

Рая понимала, что жить Вы будете вот с какой женщиной: *самой для Вас удобной.* А это уж никак не Наташа Ростова. Самая удобная для Вас женщина – как подсказывала Рае природная смекалка – должна содержать в себе две части – и обе оптимальные: как «западная европейка» она обязана быть полностью обезличена, аннигилирована до функции (чтобы быть принятой на службу, на любую службу, – и «делать карьеру»), как «русская» она должна быть сказочно неприхотлива, необъятна сердцем и работяща.

С «русской» стороной у Раи было все в порядке. Ей необходимо было нарастить, в соответствии с эталоном, «европейскую сторону». И вот именно эта-то сторона наращивалась и усиленно шлифовалась Раей в школе языков. Рая быстро научилась *с безупречной интонацией и правильным выражением лица* артикулировать наиважнейшие фразы автохтонов: вчера погода, полагаю, была хуже, чем сегодня, но завтра, я слышала, будет лучше.

О, это огромное искусство – произносить такие фразы без содрогания!

Рая поймала на лету тот факт, что в процессе коммуникации с аборигенами негласно-легитимными являются только определенные темы. Если ты хочешь, чтобы на тебя смотрели нормальными, а не выпученными от ужаса глазами, надлежит поддерживать разговор исключительно о четы- рех основных стихиях мира, которыми являются: 1. налоги; 2. автодорожные штрафы; 3. страховки; 4. котировки акций.

В этих вопросах Раисе не было равных. Ну, некий, скажем так, орнаментальный (фоновый) разговор, конечно, имел право быть – и только приветствовался. Разговор, служащий ненапряженным задником для магистральных бесед о налогах, автодорожных штрафах и сравнительных особенностях страховок, а также о котировках акций. На мой взгляд, чай довольно хороший. Я предпочитаю чай. Мой муж, наоборот, отдает предпочтение кофе. О, выпечка очень вкусна. Здесь действительно очень уютно. Вы великолепно выглядите. Превосходно! Восхитительно! Фантастично! Я приехала из Киева. Да, Киев – это очень красивый город. Вы бывали когда-нибудь в Киеве? У меня есть родители и две младшие сестры. У моего мужа тоже есть две сестры. Меня зовут Рая. Очень приятно! Спасибо. Ничего страшного! О да, это вкусно! Я уже наелась. У меня уже полный живот, ха-ха-ха. Попробуйте, это вкусно. Да? Ну, иногда. Ну, как сказать... Это трудный вопрос... Скорее да. Это очень дорого! В прошлом году это было намного дешевле. В Польше, говорят, это дешевле всего. Я живу здесь уже пять лет. Да. Очень. Ну что вы! Нет, я не говорю по-японски. Язык Украины называется украинский. Язык Белоруссии называется белорусский. Вы так думаете? Да-да. Нет, Санкт-Петербург – это пока не Украина. Очень приятно. Да-да, там были колоссальные скидки. Нет, не пятнадцать, а даже тридцать пять процентов, представляете? Невероятно! Да, пожалуй, спасибо. С сахаром и с молоком. Это для мужа. А мне, пожалуйста, без сахара. Да, ха-ха-ха... А вы? О да. Летом мы были в Испании. Я люблю море. Мой муж тоже любит море. А ваш муж любит море? Море, я полагаю, полезно для детей. В Испании всегда солнце. Там всегда хорошая погода. Там прекрасный климат в горах. И очень дешевый кофе. Но, увы, не очень вкусный, ха-ха-ха... Мой муж неоднократно жаловался. Во Франции кофе лучше. Да, марки те же, но во Франции, по мнению моего мужа, они умеют его приготавливать... Да? Что вы! Мой муж потребляет очень много кофе. Нет-нет, мне нельзя... Я не хочу набирать вес, ха-ха-ха... Ах, завтра снова на работу... Нет, совсем не хочу... ха-ха-ха... А что делать? Надо! Прекрасный вечер. Увы... До следующей встречи. Чмок-чмок-чмок... И вам того же! Чмок-чмок-чмок... И вам того же! Чмок-чмок-чмок... И вам того же!.. Чмок-чмок-чмок... И вам того же! Чмок-чмок-чмок... Чмок-чмок-чмок... Чмок-чмок-чмок...

Да: весь могучий запас душевных и физических сил Раи был целенаправленно брошен на то, чтоб сделать себя никем.

Окончить школу языков – чтобы стать наконец никем.

Нет, раньше. Еще с той самой кирхи – стать никем.

Еще раньше: с лагеря для беженцев в Нидерландах.

Нет, раньше: с лагеря для беженцев в Великой Британии.

А по-настоящему у нее это стало получаться с

того самого момента, как она встретила Вас, господин ван дер Браак.

Кем ты хочешь стать, девочка? – Я закончу курсы бухгалтеров! (Не отвечать: космонавтом, актрисой, художником.) – Отлично. – Кассиров! – Превосходно. – Продавщиц! – Прекрасно. Зачет. – Парикмахерш! – Волшебно. – Железнодорожных контролеров!! (А в душе: Никем. Никем. Никем. Никем. Никем.)

Рая была очень умна.

Она мгновенно уловила наиважнейшую формулу адаптации.

И оказалась в ее претворении предельно успешной!

Но почему же тогда она прожила так катастрофически мало?

Прощайте.

Браки свершаются на небесах».

2008 г.

СОДЕРЖАНИЕ

Литературно-художественное издание

Палей Марина

ХОР

Ответственный редактор *О. Аминова*
Младший редактор *А. Дадаева*
Художественный редактор *П. Петров*
Технический редактор *Н. Носова*
Компьютерная верстка *Г. Клочкова*
Корректор *Е. Чеплакова*

Фото на обложке: Konrad Bak / Shutterstock.com
Используется по лицензии от Shutterstock.com

ООО «Издательство «Эксмо»
127299, Москва, ул. Клары Цеткин, д. 18/5. Тел. 411-68-86, 956-39-21.
Home page: **www.eksmo.ru** E-mail: **info@eksmo.ru**

Подписано в печать 20.09.2011. Формат 84×108 1/32.
Гарнитура «Нью-Баскервиль». Печать офсетная. Усл. печ. л. 18,48.
Тираж 4000 экз. Зак. № 6801.

Отпечатано с электронных носителей издательства.
ОАО «Тверской полиграфический комбинат». 170024, г. Тверь, пр-т Ленина, 5.
Телефон: (4822) 44-52-03, 44-50-34, Телефон/факс: (4822) 44-42-15.
Home page – www.tverpk.ru Электронная почта (E-mail) sales@tverpk.ru

ISBN 978-5-699-52121-0

9 785699 521210 >

Оптовая торговля книгами «Эксмо»:
ООО «ТД «Эксмо». 142700, Московская обл., Ленинский р-н, г. Видное,
Белокаменное ш., д. 1, многоканальный тел. 411-50-74.
E-mail: **reception@eksmo-sale.ru**

По вопросам приобретения книг «Эксмо» зарубежными оптовыми покупателями *обращаться в отдел зарубежных продаж ТД «Эксмо»*
E-mail: **international@eksmo-sale.ru**

International Sales: *International wholesale customers should contact Foreign Sales Department of Trading House «Eksmo» for their orders.*
international@eksmo-sale.ru

По вопросам заказа книг корпоративным клиентам, в том числе в специальном оформлении,
обращаться по тел. 411-68-59, доб. 2115, 2117, 2118, 411-68-99, доб. 2762, 1234.
E-mail: **vipzakaz@eksmo.ru**

Оптовая торговля бумажно-беловыми и канцелярскими товарами для школы и офиса «Канц-Эксмо»:
Компания «Канц-Эксмо»: 142702, Московская обл., Ленинский р-н, г. Видное-2,
Белокаменное ш., д. 1, а/я 5. Тел./факс +7 (495) 745-28-87 (многоканальный).
e-mail: **kanc@eksmo-sale.ru**, сайт: **www.kanc-eksmo.ru**

Полный ассортимент книг издательства «Эксмо» для оптовых покупателей:
В Санкт-Петербурге: ООО СЗКО, пр-т Обуховской Обороны, д. 84Е.
Тел. (812) 365-46-03/04.
В Нижнем Новгороде: ООО ТД «Эксмо НН», ул. Маршала Воронова, д. 3.
Тел. (8312) 72-36-70.
В Казани: Филиал ООО «РДЦ-Самара», ул. Фрезерная, д. 5.
Тел. (843) 570-40-45/46.
В Ростове-на-Дону: ООО «РДЦ-Ростов», пр. Стачки, 243А.
Тел. (863) 220-19-34.
В Самаре: ООО «РДЦ-Самара», пр-т Кирова, д. 75/1, литера «Е».
Тел. (846) 269-66-70.
В Екатеринбурге: ООО «РДЦ-Екатеринбург», ул. Прибалтийская, д. 24а.
Тел. +7 (343) 272-72-01/02/03/04/05/06/07/08.
В Новосибирске: ООО «РДЦ-Новосибирск», Комбинатский пер., д. 3.
Тел. +7 (383) 289-91-42. E-mail: **eksmo-nsk@yandex.ru**
В Киеве: ООО «РДЦ Эксмо-Украина», Московский пр-т, д. 9.
Тел./факс: (044) 495-79-80/81.
Во Львове: ТП ООО «Эксмо-Запад», ул. Бузкова, д. 2.
Тел./факс (032) 245-00-19.
В Симферополе: ООО «Эксмо-Крым», ул. Киевская, д. 153.
Тел./факс (0652) 22-90-03, 54-32-99.
В Казахстане: ТОО «РДЦ-Алматы», ул. Домбровского, д. 3а.
Тел./факс (727) 251-59-90/91. rdc-almaty@mail.ru

Полный ассортимент продукции издательства «Эксмо»
можно приобрести в магазинах «Новый книжный» и «Читай-город».
Телефон единой справочной: 8 (800) 444-8-444.
Звонок по России бесплатный.

В Санкт-Петербурге в сети магазинов «Буквоед»:
«Парк культуры и чтения», Невский пр-т, д. 46. Тел. (812) 601-0-601
www.bookvoed.ru

По вопросам размещения рекламы в книгах издательства «Эксмо» обращаться в рекламный отдел. Тел. 411-68-74.